K.J. SARTOR

Irish Blues

oder Das ferne Kind

Rote Katze Verlag

K. J. SARTOR

Irish Blues

oder Das ferne Kind

Roman

Rote Katze
VERLAG

Impressum

Bibliografische Information der Deutschen Nationalbibliothek:
Die Deutsche Nationalbibliothek verzeichnet diese Publikation in der Deutschen Nationalbibliografie; detaillierte bibliografische Daten sind im Internet über http://dnb.dnb.de abrufbar.

Herausgeber: Rote Katze Verlag, Lübeck
www.rotekatzeverlag.de

1. Auflage, Juni 2022

Satz: La Deutsche Vita®
Umschlagabbildung: K.J. Sartor
Lektorat: Sabine Hofbauer
Herstellung: BoD – Books on Demand, Norderstedt

Buch
16,00 €

ISBN 978-3-9824516-1-9

Before us lies eternity; our souls
Are love, and a continual farewell.

Vor uns liegt die Ewigkeit; unsere Seelen
Sind Liebe – und ein ständiges Lebewohl.

Aus »Ephemera«
von William Butler Yeats (1865 - 1939)

1

Laut Pass und Personalausweis heiße ich Alexander, höre aber lieber Alex, auch wenn die Leute das A bisweilen dehnen, als spielten sie auf mein Wesen an. Außerdem mag ich's, wenn mich mein Gegenüber umstandslos duzt und ich zurückduzen darf; aus Sicht meiner Generation trägt das Duzen zum sozialen Frieden bei. Wie gerade wieder festgestellt, klingt Alex hierzulande kurz, egal wie gut man mich zu kennen glaubt. Das englische »you« indes, so freundlich es auf uns Deutsche wirkt, darf nicht ohne Weiteres als Nähe gedeutet werden.

Ich habe einen Flug und eine Busfahrt hinter mir, und es kommt mir nun seltsam vor, allein durch Dublin zu laufen. Die letzten Jahre sind Anja und ich stets als Paar zu den Reimers gereist und vor der Weiterfahrt nach Sligo jedes Mal ein paar Tage durch die quirlige Stadt gestreift. Seltsamer noch finde ich, dies aber schon lange, dass ich außerhalb meines Berufs als Astronom nur auf Reisen handschriftlich festhalte, was mich bewegt. Aufzeichnungen erleichtern einem zwar den Rückblick auf das Erlebte, doch erklärt das diese »Anomalie« nur halb. Aktuell wurde meine Schreiblust, so nehme ich an, zusätzlich durch das Fluchtartige der Reise geweckt.

Dabei habe ich dreifach Glück gehabt: Die Universität, in Gestalt meines Chefs, hat mir umgehend Arbeitsurlaub gewährt, damit ich mit meinem Opus magnum endlich »zu Potte käme«, Aer Lingus hatte in Economy schließlich doch noch einen Sitzplatz frei und auch Trinity College, dessen Unterkünfte im Sommer an Touristen vermietet werden, bemühte sich und versah mich mit dem letzten verfügbaren Bett.

Bevor ich bei Ute und Gert erneut den Ersatzsohn spiele – jedes Mal gern und diesmal voraussichtlich länger als sonst – muss ich Abstand gewinnen von etwas, das ich erst seit Kurzem weiß, und mit dem ich, wie man in ähnlicher Lage, letztlich wohl aus Eigenschutz, zu sagen pflegt, nicht gerechnet hatte.

»Alexander«, sagte Anja ungewöhnlich ernst, als mir nach einer stressigen, in eigener Sache jedoch ergiebigen Nacht an der Sternwarte nur noch nach Schlafen zumute war. »Alexander, ich muss dir was gestehen.«

Da sah ich meine Freundin an, als wäre sie eine Schimäre und nicht die Lebenspartnerin der letzten elf Jahre. Es war ein warmer, sonniger Tag (soviel hatte ich beim Heimradeln ins Villenviertel noch mitbekommen) und Anja müsste auch bald aufs Fahrrad steigen, um rechtzeitig in der Montessori-Schule zu sein, die ihre Unterrichtscontainer, keine Ahnung warum, auf dem Gelände meiner Arbeitsstätte stehen hat.

»Ich bin schwanger«, hörte ich wie durch eine Wattewand. Automatisch fielen meine müden Augen nun auf ihren Bauch, der von einem gelben T-Shirt mit der Aufschrift »Sunny Day« bedeckt war – und mir wurde der Umstand bewusst, dass Anjas Vorderseite sich dort zu wölben begann.

An dieser Stelle zwingt es mich zu erwähnen, dass ich in letzter Zeit wie besessen gearbeitet habe, zunehmend nachts, um mein bisher größtes und wichtigstes Projekt abzuschließen. Sonst werde es nichts mit der Dozentur und dem langfristigen Dienstvertrag, lautete die Ansage meines Chefs. Daraufhin war unser Liebesleben zum Erliegen gekommen und ich Sterngucker hatte das Bäuchlein glatt übersehen.

Nun hätte die Person, die ich liebe wie keine zuvor, ihre »anderen Umstände« als späten Erfolg unserer Bemühungen im Bett verkaufen können: Müde wie ich an jenem Augustmorgen war, ich hätte ihr geglaubt. Anja ist jedoch eine ehrliche Haut. Eine solche Lüge, so fromm sie wäre, käme ihr nie in den Sinn. Mit etwas hinter dem Berg halten kann sie dagegen gut. Doch jetzt standen ihr mehr Tränen im Gesicht, als sie auf dem Weg zur Schule würde getrocknet bekommen.

»Ich habe die fehlende Aussicht auf ein Kind nicht mehr ertragen und zum letzten, mir verfügbaren Mittel gegriffen. ›Mir läuft die Zeit davon‹, dachte ich. Und du und ich, wir hatten doch alles versucht!«

Hatten wir nicht! Vor der klassischen Reagenzglas-Methode hatten wir zurückgeschreckt. Wir hatten gesagt, dass wenn *das* klappt, entstehen dabei mehr brauchbare Embryonen, als nötig sind. Klappt es weiter, erwartet die überzähligen der Tod. Und weil zumeist mehrere Embryonen in die Gebärmutter eingebracht werden, steigt die Wahrscheinlichkeit einer Mehrlingsschwangerschaft. Mehr als ein Kind hatten wir aber auf keinen Fall gewollt.

Unfähig, einen klaren Gedanken zu fassen, bekam ich nur »Lass uns alles Weitere heute Nachmittag in Ruhe besprechen« heraus und legte mich schlafen. Freilich fand ich nicht die Ruhe, die ich brauchte, sondern fing zu grübeln an.

In der ersten, überschwänglichen Phase unserer Beziehung, die bald nach der Jahrtausendwende begann, waren wir uns noch selbst genug gewesen. In der nächsten, deutlich ruhigeren Phase stand Kinderwunsch auch nicht gerade im Vordergrund, obwohl wir uns nun für ein gemeinsames Leben entschieden hatten. Erst in der dritten Phase, als sich Routine im Alltag einzunisten begann, kam das Thema »Familiengründung« ernsthaft auf den Tisch. Da hatte Anja die fünfunddreißig überschritten, weshalb sie – mangels einschlägigen Erfolgs – Angst bekam. Bevor die vorerst letzte, vierte Phase aus äußeren, mein Berufsgeschick betreffenden Gründen begann, hatten wir seit Langem auf Verhütung verzichtet. Anjas Zyklus - präzise wie eine Kuckucksuhr, fällt mir hierzu ein – kannten wir genau. Und wie abträglich es der Sache ist, wenn der Kinderwunsch überhandnimmt und die Frau nur selten zum Orgasmus gelangt, wussten wir so gut wie alle anderen, aus dem gleichen Grund verzweifelten Paare. Weshalb wir auf Yoga und Tantra setzten, darin sogar eine gewisse Kunstfertigkeit erwarben. Trotzdem stellte und stellte sich keine Schwangerschaft ein! Da begannen wir, einander mit Vorwürfen zu überhäufen, fanden aber gottlob rechtzeitig wieder aus diesem Teufelskreis heraus und wandten uns aussichtsreicheren Formen der Ursachenforschung zu.

Nun ist früher bei Unfruchtbarkeit »schuldig« stets nur die Frau gewesen. Der Mann, die »Krone der Schöpfung«, hatte sich angestrengt und geliefert: Bezweifelte da jemand seine Zeugungsfähigkeit? Natürlich nicht. Bis kritische Ärzte und, nach erheblichem Umdenken in deren Zunft, auch Ärztinnen damit begannen, sich die Männer mit Kinderwunsch näher anzuschauen: ihre Körper, ihre Psyche, besonders jedoch ihren Zeugungssaft mit diesen kleinen Kampfschwimmern darin. Und siehe da, es war nicht alles erste Sahne, was dem Penis am Höhepunkt der Lust entsprang. Diese neue Medizinerschar attestierte dem männlichen Körper samt der ihn beherrschenden Psyche auch keineswegs immer die Qualität, die Voraussetzung für eine erfolgreiche Begattung ist. Ums kurz zu machen und der Wahrheit zum Sieg zu verhelfen – was selten schmerzlos geht: Es stellte sich bei diesen Untersuchungen heraus, »schuld« an der Unfruchtbarkeit einer Ehe oder eheähnlichen Beziehung waren die Männer so oft wie die Frauen.

Anja und mir war indes längst klar, dass *ich* das Problem darstellte. Ich allein. Dies wussten wir – ohne es emotional genügend verarbeitet zu haben – seit dem Tag, als uns jener gemütsarme Reproduktionsmediziner nach peinlicher Befragung und mit einigem Abstand zweimal auszuführenden, praktischen Handlungen meinerseits, eröffnete, eher ginge ein

Kamel durch ein Nadelöhr als eins meiner Spermien durch Anjas Muttermund. Mein Ejakulat sei schlichtweg zu gering und die wenigen, mehrheitlich mickrigen Samenfäden seien zu schlapp; anstatt zielstrebig geradeaus, schwämmen die meisten im Kreis. Eine Befruchtung mit solchem Samen wäre zwar nicht ausgeschlossen, doch eher sowas wie ein Lottogewinn. Natürlich habe ich mich während und auch nach all diesen entmutigenden Informationen gefragt, ob sich durch das alte Unglück auch ein Teil meiner Organe dazu entschlossen hatte, nicht mehr mitzuspielen. Künstliche Insemination, hörte ich zwischendurch den Arzt sagen, also Einbringung meines Spermas in Anjas Uterus mit einer Spritze, wäre der nächste Schritt. Den Flaschenhals Muttermund hätten die Samenfäden dann hinter sich, der Weg zum Ei sei folglich verkürzt. Mit Befruchtung sei dennoch nicht sehr zu rechnen, die Chancen stiegen höchstens auf Tombola-Hauptgewinn-Niveau. Was er darüber hinaus anbieten könne, sei die Reagenzglas-Methode sowie, als ultima ratio, die Einbringung eines Spermiums in eine Eizelle unterm Mikroskop.

Ob wir schon mal über Adoption nachgedacht hätten.

Um es wieder abzukürzen: Der künstlichen Insemination haben wir zugestimmt, zumal mir der Arzt wider Erwarten gestattete, dem Vorgang beizuwohnen und den Spritzenstempel »kurz mal« zu drücken. Seinen übrigen Vorschlägen konnten wir allerdings nichts abgewinnen.

Und Adoption?

Moment, muss erstmal der mütterlich-molligen Kellnerin von »Bewley's Oriental Café« den Grüntee und die Scones bezahlen – für Kaffee war's zu spät, für Deftigeres als Gebäck zu früh.

Mein Ziel muss jetzt erst mal sein, so bald wie möglich meinen Rhythmus zu finden, und dazu gehört ungetrübter Schlaf nach Mitternacht. In der Sternwarte, wenn ich unser großes Teleskop mit seiner neuen CCD-Kamera für mich habe und mir den Zentralrechner mit höchstens drei weiteren Nachteulen teilen muss, bleibt das Glas mit dem Schnellkaffee (»Jacobs Krönung«) nach zwei Uhr zu. Sonst würde ich wohl bis Mittag wachbleiben! Ob die Stunde, die ich heute hinzugewonnen habe, bei der Umstellung von Nachtschicht auf Wachheit während der gegenwärtig langen Tageszeiten hilft oder im Weg steht, wird sich zeigen. Je mehr ich mir mein geliebtes Dublin mit neuen Augen anschaue und je später ich meine Unterkunft am Library Square aufsuche, desto weniger bleibt Raum für trübe Gedanken. Gekränkt hat Anja mich im Grunde nicht, sie hat mir nur sehr, sehr wehgetan.

Als frühes Nachtmahl gestatte ich mir ausnahmsweise etwas leicht Fettiges: Fish & Chips bei »Leo Burdock« in der Werburgh Street. ›Like old times‹, geht es mir in dem kioskartigen Laden durch den Kopf. Den Pub nebenan, »The Lord Edward«, haben Anja und ich auch immer gern aufgesucht, um bald nach Ankunft in der Stadt das erste Glas Guinness zu trinken. »Bewley's« – wer es kennt – ist mir übrigens in seiner alten Form lieber gewesen, vielleicht weil mir das leicht Schlampige entgegenkam und mich auf der Stelle in Urlaubsstimmung versetzte. Leo Burdock's ist so geblieben, wie es war: Gold und Grün passen halt wunderbar zusammen und die weiße Namensschrift hebt sich gut ab. Geblieben sind auch die Preise, so kommt's mir zumindest vor: »Fresh Cod & Chips« für 8,98 Euro, »Smoked Fish & Chips« zum gleichen Preis, »Fresh Ray & Chips« für 10,48 Euro et cetera. Ich nehme meine Portion entgegen, gehe ein Stückchen und setze mich in Dubh Linn Garden auf eine Bank.

Ach ja, die Sache mit der Adoption!

»Fremde Brut an Kindes statt anzunehmen«, kam für Anja deshalb nicht in Frage, weil sie sich – nach allem, was wir inzwischen wissen, zu Recht – für ebenso fruchtbar wie ihre generativ erfolgreicheren Geschlechtsgenossinnen hält. Und ich? Mir fiel dazu nur ein, dass meine Mama, die seit einem Vierteljahrhundert wenig mehr tut, als »ihren Rolf«, meinen Vater, zu betrauern, einem befreundeten Ehepaar mal ein Kind vermittelt hatte. Dort, wo sie seinerzeit lebte, war Adoption deutscher Kinder noch in Schwung. Die Frau dieses Paars hatte eine Anomalie: Ihre Gebärmutterhöhle war von einer Gewebewand unterteilt. Da gelangten die Spermien mal in die eine Hälfte und das Ei befand sich in der anderen oder es war umgekehrt. Fanden Ei und Samenfaden doch zusammen, kam es zur Fehlgeburt. Daraufhin hatte das Paar ein zweijähriges Mädchen angenommen, formal zunächst als Pflegekind. Die Frau unterzog sich dennoch einem chirurgischen Eingriff mit dem Ziel der Schaffung eines einkammerigen Uterus. Die Fehlgeburten hörten aber nicht auf. Als das Mädchen fünf Jahre alt war *und adoptiert*, wurde die Frau – nun 43 Jahre alt – doch noch schwanger und gebar ein gesundes Kind. Und dieses Kind, eine kleine Prinzessin aus Sicht der glücklichen Eltern, machte der älteren Schwester später das Leben schwer, indem es ihr so oft es ging die vermeintlich niedere Abkunft unter die Nase rieb.

Na ja, ist kein Argument, wahrscheinlich auch die falsche Anekdote, ließ mich aber die Adoptionsangelegenheit wie Anja sehen. Ein Kind anzunehmen und zu umsorgen, als wär's ein eigenes, setzt ja – außer der grundsätzlichen, im besten Fall von reiner Menschenliebe getriebenen Bereitschaft – ein hohes Maß an menschlicher Reife voraus.

Nebenbei bemerkt, meine Ersatzeltern Reimers sind informiert. Ich konnte sie nicht im Dunkeln lassen, denn wir kamen sonst immer zu zweit. Ersatzvater Gert – Ute war wohl nicht in der Nähe – hat am Telefon sogar gesagt, er an meiner Stelle würde sich das weitere Zusammenleben mit Anja gut überlegen. Der Samenspender, da anonym, bliebe zwar »außen vor« (aller Qual zum Trotz, kam mir da ein Lächeln), »stecke« nun jedoch in Anjas Kopf (weiteres, weniger lockeres Lächeln). Aus seiner Sicht seien die Umstände vergleichbar zu denen nach Organtransplantation: Herz-, Leber-, Lungen-, ja selbst Nierenempfängerinnen entwickelten oft eine tiefe innere Beziehung zum Spender, eine Art kindlicher Anhänglichkeit.

»Du wirst es nicht verhindern, dass Anja sich diesen Mann in all seiner Männlichkeit vorzustellen versucht!«, kam es ernst aus dem Hörer unseres Bergedorfer Festgeräts.

Das Becher-Mannsbild! Der Kerl, der seine heiße Ladung in einen vermutlich vorgewärmten oder sonst wie präparierten und gleich einem Starbucks-Becher verschließbaren Plastikbehälter geschleudert hatte!

Der Becher-Samen, *sein* Samen! Der gewiss in Windeseile vom Ort der Gewinnung zum Ort der Verwertung gebracht worden war, angesichts des Erfolgs wahrscheinlich in einer Thermotasche oder sonst was in der Art.

Aber wie genau? Mit dem Fahrrad? Mit der Straßenbahn? Oder mit unserem, von den Godenbergs gesponserten, von mir selten, zudem stets passiv genutzten SUV? Und wenn per Fahrrad, Auto oder Nahverkehr – wer ist gefahren, wer hat transportiert? Anja wird es kaum gewesen sein, die befand sich in Warteposition und sorgte vermutlich tantrisch dafür, dass die herannahenden Spermien in ihrem warmen Lebenssaft es so schön wie möglich hätten.

Und wer hatte das Sperma eingebracht? Anja selbst oder die Transportperson? Falls Letztere: War sie Anja wie dem Spender zur Hand gegangen, und falls ja: Was genau bedeutete das für den Zeugungsvorgang? Oder klingt das jetzt ein bisschen zynisch?

Anja hatte allen Mut zusammengenommen und gesagt, es sei in Dänemark geschehen. Nicht am Abend oder in der Nacht, sondern spätnachmittags. Wie ich wisse, habe sie, als ich bereits bis zum Hals in meiner endlich fertigzustellenden Arbeit gesteckt hätte, mit ihrer besten Freundin und Kollegin Vigga während der Frühjahrsferien dort Urlaub gemacht. Viggas Großeltern seien Dänen und sie seien bestens vernetzt.

Nein, es sei nicht in Kopenhagen gewesen. Da garantiere niemand für die genetische Unbedenklichkeit! Es sei auf dem Land gewesen, und sie habe auch nicht wirklich mit Erfolg gerechnet, jedenfalls nicht beim ersten Mal.

Da dachte ich, vielleicht um die Sache zu verorten: ›Sie hat's gleich hinter der Grenze in Padborg gemacht. Oder auf einer der größeren Inseln. Oder – o welch poetischer Gedanke …! – im Umfeld des Hamletschlosses am Öresund.‹ Ich neige zu Sarkasmus, ich kann's nicht leugnen.

»Something is rotten in the state of Denmark«, schreibe ich auf einmal hin, gleich darauf: Lotto > Tombola > Würfelspiel.

Anja hatte auf Anhieb die Sechs erwischt.

Die Fish & Chips sind verputzt, das schwarze Notizbuch ist wieder eingesteckt. Wem meine Aufzeichnungen eines Tages in die Hände fallen, der oder die wird sich womöglich wundern.

Letztlich gibt es aber nichts zu wundern. Denn wer sich ein wenig mit Handschriften auskennt, weiß um Flecken von allerlei Art. An diesem Punkt gestehe ich deshalb ohne Scham, dass es auf dem dünnen DIN A5-Papier längst feuchtgewellte Stellen gab, bevor meine Finger ihre fettigen Abdrücke hinterließen.

2

Der Zug, vorn gelb, seitlich grün und noch dieselgetrieben, hat Connolly Station mit seinem italienisch anmutenden Turm vor über zehn Minuten verlassen, nächste Station ist Maynooth im County Kildare. Ich sitze, gegen die Fahrtrichtung, allein an einem Tisch und schaue, den Schreibstift in der Hand, mehr auf mein Notizbuch als aus dem Fenster. Was an Wohnvierteln, Fabrikhallen, Sportstadien, Friedhöfen und Strecken des Royal Canal vorüberfliegt, ist mir so egal, dass ich nicht einmal zur Brille greife. Doch ich bin gespannt, welche Gedanken mir kommen werden. Vor mir liegen rund drei Stunden Nachdenk- und Niederschreibzeit.

Warum ich so merkwürdig sitze, an einem freien Tisch? Seit dem zuvor nur angedeuteten Unglück, das mir vor langer Zeit widerfahren ist – zwei Menschen, die ich liebte, starben dabei – vermeide ich's, so gut es geht, die Welt auf mich zukommen zu sehen. Womöglich bin ich aus diesem Grund Astrophysiker geworden: Die Sterne *stehen* am Firmament, obwohl sie sich unablässig fortbewegen. Ich war damals vierzehn und habe den Unfall als einziger überlebt, dank hilfsbereiter Menschen und den Wundern der Medizin. Was uns an jenem Herbstabend auf der Autobahn entgegenkam, war eine Falschfahrerin. Nach allem, was man danach herausfand, war mein Vater so überrascht, dass er keinen erkennbaren Versuch des Ausweichens machte. Er starb beim Zusammenprall wie auch die alte Dame im gegnerischen Wagen. Zunächst mäßig schwer verletzt, gelang es mir, mich aus dem brennenden Wrack zu befreien. Wie schwer es meinen besten Freund erwischt hatte, der mit uns fuhr, konnte ich nicht sagen: Er war eingeklemmt und hat geschrien. Ich hatte noch verzweifelt versucht, ihn aus dem Auto zu zerren, wurde jedoch von einem nachfolgenden Raser erfasst. Der Typ ist eiskalt weitergefahren und konnte auch nie ermittelt werden. – Moment, ich brauche eine kurze Pause.

Wenige Jahre nach dem Tod ihres Sohns und einzigen Kindes haben sich die Reimers nach Irland, in die Gegend von Grange, County Sligo, zurückgezogen; Gerts Firma – deren profitabler Verkauf, genau gesagt – hatte es möglich gemacht. Sven Reimers, auf den Tag so alt wie ich, war meine erste Liebe.

Den Führerschein, den ich ab Mitte 1991 hätte erwerben können, habe ich nie gemacht. Wenn diesbezüglich jemand die Brauen hebt, dem komme ich mit Überlegungen »grüner« Politik und verweise mit Achselzucken und souveränem Lächeln darauf, dass es auch »erwachsene Nichtschwimmer von Bedeutung« gebe – Reinhold Messner sei so ein Fall.

Autofahren geht nur, wenn Anja am Steuer sitzt, es sei denn, ich schiebe mir vorher eine Pille in den Mund. Im Bus bleibe ich meist stehen und halte mich an einer Stange oder Schlaufe fest, wenn es keinen freien Sitzplatz von der Art meines derzeitigen gibt. Zwingen mich die Umstände, in Fahrtrichtung zu sitzen, was sich bei Autofahrten kaum vermeiden lässt, versuche ich – Pille hin, Pille her – die beängstigend rasch auf mich zukommende Welt auszublenden. Notfalls durch Schließen der Augen. Fliegen fällt mir hingegen leicht, da sitze ich durchweg am Gang.

›Wohin jetzt fliehen und diese verdammte Schrift zum Abschluss bringen?‹, habe ich, anstatt auszuschlafen, nach Anjas Beichte irgendwann gedacht. Abgesehen von der Wut und dem Entsetzen über ihren Alleingang, war mir klar, dass ich erst mal Abstand brauchte. Die Reimers sind mir nicht sofort in den Sinn gekommen, obwohl ich bei ihnen dauereingeladen bin. Als Erstes fiel mir Salamanca ein. Dort hatte ich gleich nach dem Abitur ein Jahr verbracht und meine Liebe zu den Sternen entdeckt. Und zu den Frauen.

Die kamen wegen der Art des Studienprogramms »aus aller Herren Länder«, wie es früher hieß, und eine war schöner als die andere. Und sie kamen – drei von ihnen jedenfalls – auf mich zu! Jener Unfall von 1987, dem ich einiges an Narben verdanke, hatte mich nicht gerade zum Aufreißer gemacht. Meine Körpergröße, mein Aussehen und die dunklen, leicht gewellten Haare kompensierten offenbar allerhand, doch hatte ich Angst, von meinem Körper mehr als unbedingt notwendig zu zeigen. Anders als der Erstbesteiger aller vierzehn Achttausender kann ich schwimmen, wenn auch nur mäßig gut. Mit einer der Schönen zum Baden im Río Tormes zu gehen, wagte ich allerdings jeweils erst, wenn wir uns näher kannten.

Nach einem Schnupperkurs am Kosmologischen Institut der Universidad de Salamanca ist mir der Himmel über Castilla y León um so viel wichtiger als die spanische Sprache geworden, sodass die Damen aus meinem Kreis den Spitznamen »El astrónomo silencioso« erfanden. Das klang teils wissenschaftlich, teils mysteriös, und ja, es hat mir trotz des Untertons gefallen.

Die Halbzeit stand erst bevor und ich hatte eins der zwei Ziele meines Aufenthalts erreicht: Ich wusste jetzt genau, was ich studieren würde. Die Sterne und die Zahlen hatten mich bereits als Kind fasziniert, bin ich doch ein Zahlen- und Augenmensch.

Schade, dass Sven nicht bis zur Höheren Mathematik gelangt ist, beim Rechnen machte uns nämlich niemand was vor. Ähnlich wirkten wir offenbar auch sonst: Obwohl mein Freund blond war und glattes Haar besaß, gaben wir uns spaßeshalber gern als Zwillinge aus. In der Schule fielen wir früh durch unsere Körpergröße auf: Mit zwölf überragten wir sämtliche Lehrerinnen und mit vierzehn toppten wir auch die Lehrer.

Nach dem vorgezogenen Nachtmahl am Tag meiner Ankunft in Dublin wollte ich mich schlafen legen, um nichts mehr denken zu müssen und rasch in die irische Melancholie zu finden. Ich verzichtete daher auf den – Besuchen bei Leo Burdock's und dem benachbarten Pub – sonst folgenden Spaziergang zu St. Stephen's Green oder am Liffey entlang und ging schnurstracks zu meiner Trinity-Unterkunft. Auf dem College-Gelände kam ich an einer Doppeltür vorbei, durch deren geöffnete Hälfte professoral wirkende ältere Männer und Frauen, teils aber auch jüngere strömten. Neugierig las ich den Anschlag am festen Teil der Tür und erfuhr: Der Dichter und Schriftsteller John Montague werde dort um »6 p.m.« einen Vortrag mit dem Titel »Beckett: Poet and neighbour, readings and recollections« beginnen.

Es wurde dann nichts mit früh Schlafengehen, denn nach dem Vortrag bekam ich Durst. Und das hatte damit zu tun, dass der Vortragende, außer Landsmann und Kollege, Trinkkumpan Samuel Becketts im Paris der Sechzigerjahre gewesen war. Statt also nach dem Vortrag, der etwas nach sechs begann und sich etwas in die Länge zog, das Bett aufzusuchen, habe ich das Trinity-Gelände noch einmal durch das Haupttor verlassen und bin auf ein Glas Guinness und einen doppelten Whiskey der von Beckett bevorzugten Sorte »Bushmills« in »Mulligan's Pub« in der Poolbeg Street gegangen. Nach dem Bier ergriff mich eine wohltuende Wurstigkeit, und nach etwa der Hälfte des Whiskeys habe ich wie ein Luchs gehört. In diesem Zustand belauschte ich eine Gruppe grau- bis weißhaariger Männer. So, wie die sich gaben, schienen es »regulars« zu sein, regelmäßige Besucher des Pubs. Ob sie jedoch aus Dublin kamen, aus der Provinz oder dem noch in britischer Hand befindlichen Hinterland, kann ich nicht sagen. Die Männer wirkten extrem gut gelaunt und hätten sich gewiss ab und an auf die Schenkel geklopft, wäre da nicht die Tischplatte gewesen. Trotz des Effekts, den viel Alkohol aufs Artikulieren hat, waren dem Gespräch Wörter und Satzfetzen zu entnehmen, darunter »Mountbottom«, »Fuckingham Palace«, »bloody bastard« und »anniversary in about two weeks' time«. Daraus schloss ich scharfsinnig, dass es um den Mord an Lord Louis Mountbatten Ende der Siebzigerjahre durch die IRA, die Irish Republican Army, ging. Das Attentat war mir bekannt, es hatte unweit des Reimers'schen Anwesens stattgefunden und führt hier immer wieder mal zu Diskussionen mit boshaften Witzen oder Kommentaren. Mir fiel ein Beckett-Zitat ein – das einzige, das ich behalten habe: »The tears of the world are a constant quality. For each one who begins to weep, somewhere else another stops. The same is true of the laugh.«

Den gestrigen Tag habe ich verbummelt. Es hat mir gutgetan, den Wecker mal nicht zu stellen. Das Frühstück ist mir so zwar durch die Lappen gegangen, schließlich habe ich's bei der Buchung bezahlt. Dennoch: Genau weiß ich nicht mehr, was ich gemacht beziehungsweise unternommen habe. Anjas Anrufe habe ich durchaus registriert, aber nicht erwidert; im Augenblick fehlt mir schlicht die Kraft dazu. Wie ich mit der Babysache umgehen soll, weiß ich noch ebenso wenig, wie mein Sternprojekt in kluge, auch die Gutachter überzeugende Worte zu bringen. Was mir aber beim Umherstreifen aufgefallen ist: Es gibt in Dublin derzeit viele gutgelaunte Spanierinnen und Spanier, die meisten auf Urlaubsreise, nehme ich an, obwohl ihr Land unter den Folgen der Wirtschaftskrise ächzt.

Angeregt von dem Abend im Pub, beeinflusst aber auch durch leicht zu weckende, häufig spontan hochkommende

Erinnerungen, habe ich mir in meinem Lieblingsbuchladen, »Books Upstairs« in College Green, das Buch »From a Clear Blue Sky« von Timothy Knatchbull gekauft. ›Ich kann nicht unentwegt grübeln, weiße Seiten bekritzeln und den Kosmos bestaunen‹, dachte ich. Von diesem 2009 erschienenen Buch habe ich die Softcover-Ausgabe erstanden, auf der zwei Schwimmwesten tragende, kleine blonde Jungen abgebildet sind, die einander so sehr ähneln, dass nur Eingeweihte sie auseinanderhalten können. Der eine, Nicholas, ist seit dem 27. August 1979 tot, der andere, der Autor des Buchs, hat das seinem Großvater geltende Attentat überlebt, benötigte aber eine Ewigkeit, das Trauma zu verarbeiten, wie es in solchen Fällen heißt. Gelungen ist ihm das, soweit man nach erster Beschäftigung mit dem 400-seitigen Band und etwas Internetrecherche konstatieren kann, recht gut. Den geliebten Zwillingsbruder Nick nie wieder necken, nerven oder umarmen zu können, wird er aber, so vermute ich, nie ganz verwinden.

Ich darf das sagen, denn ich weiß, wovon er schreibt.

»The boys shouldn't have died, I agree wholeheartedly with that – but the British needed a major message at the time!«

Ich dachte, der vorbeischreitende Mann fängt ein Gespräch über das Nordirland-Problem an (den Zug begleitete gerade der Royal Canal), doch tippte er nur zweimal auf das Buch und ging weiter den Gang entlang. Unter dem ominösen Titel des Knatchbull-Buchs ist nämlich noch »Surviving the Mountbatten Bomb« zu lesen.

»The boys« hatte der Mann gesagt, als meinte er die auf dem Titelbild. Es war aber nur einer gewesen – ob der rechte oder der linke Junge, kann ich nicht mal sagen. Der andere, der bei jener ferngesteuerten Sprengung des Fischerboots zu Tode kam, zusammen mit Nicholas, zwei Erwachsenen und einem Hund, hieß Paul Maxwell. Paul war fünfzehn, als er starb, der Zwilling des Buchautors ein Jahr jünger.

Die sogenannte Provisional IRA entschied sich damals für die Tötung Mountbattens, weil sie sich von dem Anschlag eine enorme, internationale Signalwirkung versprach. Sie wollten den letzten Vizekönig von Indien, den britischen Großadmiral im Ruhestand, den Ersatzgroßvater des Thronfolgers (und Onkel des Prinzgemahls der Queen) exekutieren, niemanden sonst. Das aber wohl nur, wenn es sich vermeiden ließ.

»They call it *The Troubles* now, but it really was a war.« Der Mann von vorhin ist zurückgekommen, wahrscheinlich vom Klo, und hat erneut auf mein Buch getippt. Sein freundliches, leicht gerötetes Gesicht ließ mich hoffen, er bliebe stehen und würde ein Schwätzchen beginnen. Na ja, ein Schwätzchen wär's nicht geworden, dafür war das Thema zu heiß. Er ist jedoch, vielleicht zum Glück, an seinen Platz zurückgekehrt, nachdem er dem Fremden vom Kontinent hinreichend klargemacht hatte, was er tief drinnen denkt.

Warum ich annehme, dass der Mann in mir »someone from the continent« sah, wie sie im UK üblicherweise sagen, bisweilen auch hier? Ich gehe noch weiter und glaube: Er hat in mir den Deutschen erkannt. Wer sonst legt bei Zugfahrten seine Siebensachen so akkurat vor sich auf den Tisch, hängt seine Jacke so akkurat an den dafür vorgesehenen Haken und kauft im Urlaub solch ein Buch? Schade, wenn's denn war, wie ich vermute: Statt über den Nordirlandkonflikt hätten wir uns über die historischen Beziehungen *seiner* Landleute zu *meinen* unterhalten können!

Zum Beispiel über die halbherzige, vorrangig kriegspolitisch motivierte Unterstützung der »Irish Volunteers« beim Osteraufstand durch das Deutsche Kaiserreich. Die militanten Republikaner sahen 1916 in den Deutschen den Feind ihres britischen Feindes, des Unterdrückers seit hunderten von Jahren.

Hab ich erwähnt, dass mich Geschichte fasziniert, ich in Salamanca sogar erwogen hatte, das Fach zu studieren? Nun, studiert habe ich später nur die Geschichte der Astronomie. Alles, was ich über die Zeitläufte weiß, ist angelesen, zudem von keinem gelehrten Gremium überprüft. Allerdings *weiß* ich – in diesem Fall so sicher wie eine Historikerin mit Diplom: Die Briten richteten die Anführer des Osteraufstands durch Erschießen hin. Ein in Irland nach wie vor heikles, immer mal wieder diskutiertes Thema.

Mein Zug von Irish Rail, durch den mehr der Duft von Tee, Kaffee und Sandwiches als der Dunst von Bier und der Mief von Junkfood zieht, fährt von einem Bahnhof ab, der den Namen eines der sechzehn Hingerichteten (Connolly) trägt, und er wird an einem Bahnhof enden, der den Namen eines weiteren Opfers britischer Vergeltung trägt (Mac Diarmada). Insofern hat sich der Typ mit den zornigen Zeigefingern – er ging mal so, mal so herum an meinem Tisch vorbei – dem irischen Traum und Trauma gemäß ausgedrückt.

Der Zug hat Edgeworthstown hinter sich gelassen; Longford und Dromod sind nach meinem Fahrplan die nächsten Stationen, bevor Carrick-on-Shannon kommt. Google Maps erinnert mich erneut: Wir erreichen die Region des Oberlaufs des »längsten und wasserreichsten Flusses Irlands sowie der Britischen Inseln«. Der ist kurz nach seinem Ursprung in den Cuilcagh Bergen an vielen Stellen bereits derart breit, als wollte er von seiner geringen Länge, 370 km, ablenken. Wer sich das Ganze auf der Karte anschaut, kommt allerdings nicht umhin, dieses System aus Flussabschnitten und Seen faszinierend zu finden. Von meinem Platz aus registriere ich wenig von der Landschaft. Sie entfernt sich ohnehin rascher, als ich sie betrachten kann.

Ich komme ins Grübeln, was ich eigentlich vermeiden will: So wie die Maxwells ihren einzigen Sohn verloren, habe ich meinen »einzig echten« Vater verloren. Obwohl Rolf Schilck ökonomisch nicht annähernd so erfolgreich wie Gert Reimers war – ich habe ihn geliebt, ja zu ihm aufgeschaut.

Vielleicht *auch*, weil er meine Mutter stoisch ertrug. Die wurde eine »chronische« Witwe. Seit sechsundzwanzig Jahren trägt sie schwarz. Dabei war's mit ihrer Liebe nie weit her. Weder der zu ihrem Mann, noch der zu ihrem Sohn und einzigem Kind. Ich sehe sie nicht oft, obwohl sie neuerdings in Bergedorf wohnt. Dass sie meinen geliebten Vater betrauert, als wäre sein Tod erst Monate her, finde ich unsäglich. Wie es *uns* geht, Anja und mir, scheint ihr hingegen weitgehend gleichgültig zu sein.

Seit dem Stopp in Carrick-on-Shannon hat mein iPhone mehrmals Leben gezeigt. Ich habe nicht mitgezählt wie oft. Auf der letzten Etappe meiner Reise (bis zur Ankunft ist es eine knappe Stunde hin) möchte ich nicht mehr denken und schreiben, nur dasitzen und dösen, wenn möglich schlafen. Die Beruhigungspille habe ich mir vorzeitig einverleibt: Gert und Ute werden mich mit dem Range Rover abholen und da werde ich versuchen, die Augen offenzuhalten und die Landschaft zu genießen.

Mein iPhone summt erneut und dreht, nein, *räkelt* sich auf der Tischplatte herum. Das Bild eines kreglen Säuglings auf dem Wickeltisch entsteht in meinem Kopf. Anja! meldet das Gerät außerdem, als wüsste ich nicht, wer mich gerade zu erreichen versucht.

Das Baby verblasst in meinem Kopf. Stattdessen entsteht das Bild einer jugendlich wirkenden Frau, die jedoch die achtunddreißig überschritten hat. Sie hat langes blondes Haar, ins Grünliche gehende Augen und einen schlanken, angenehm weiblichen Wuchs. Körperlich überragt sie die meisten Frauen ihres Alters.

»Mensch, Alex!«, schallt's mir aus dem Mini-Lautsprecher entgegen. »Ich habe mir solche Sorgen um dich gemacht!«

Anjas Bruder, muss man wissen, hat sich umgebracht, als er zwanzig war.

»Tut mir leid, Anja«, sagte ich frostig. »Mir hat schlicht die Kraft gefehlt, mit dir zu kommunizieren – nach allem was geschehen ist und was noch kommen wird.«

»Würdest du mich *wirklich* lieben, wie du immer sagst, wäre es eine Kleinigkeit, das Kind anzunehmen. Lesbische Paare mit Kinderwunsch kommen auch damit zurecht, dass nur die eine die Mutter sein kann und die andere niemals der Vater.«

»Die fällen eine solche Entscheidung gemeinsam!«

»Meine Sorge war, anders kein eigenes Kind zu bekommen. ›Alex stimmt der Bechermethode nie und nimmer zu‹, dachte ich. ›Wenn es dann aber geschehen ist, wird er mich verstehen.‹ Ich habe das Problem ja nicht per Seitensprung gelöst!«

»Verstehst du überhaupt, wie *ich* mich gegenwärtig fühle?«

»Du fühlst dich hintergangen, soviel verstehe ich.«

›Sie gibt sich Mühe‹, dachte ich. Vielleicht glaubt sie auch, mit mir Sterngucker, sprich: armem Schlucker, kann sie's machen. Die Godenbergs gehören zu den reichsten Familien von Bergedorf!

»Und wenn's Zwillinge werden?« Es fiel mir schwer, besorgt zu tun, die Pille hatte mich wurstig gemacht.

»Der Frauenarzt hat gestern im Ultraschall nur *ein* Wesen gesehen, und das scheint ein Mädchen zu sein!«

Nach dem Gespräch schlief ich irgendwann ein und wachte erst kurz vor Ende meiner Reise auf. Pillengestärkt hatte ich mich in Fahrtrichtung gesetzt und erblickte nun, nach raschem Griff zur Brille, links in der Ferne – über niedrige Hallen und Häuser hinweg – die scharfe Kante des Benbulben.

Der Schaffner sagte die nahende Endstation erst auf Gälisch, nach einer Pause auch auf Englisch an. Englisch ausgesprochen klingt Sligo wie Slaigo, Gälisch ungefähr so, wie wir Deutschen sagen würden, hätten wir weniger Englisch im Kopf. Dann kam über den Lautsprecher bald die Ausstiegsinformation: »Automatic exit barriers are in operation. Please ensure you have your tickets at hand when you leave the train. Mind the gap!«

3

Es waren nicht die Beiden, die ich erwartet hatte, die mich am Bahnhof von Sligo in Empfang nahmen – es war eine hübsche junge Spanierin, die mich dort stellvertretend abgeholt und im eigenen Auto an meinen Bestimmungsort gebracht hat. Wie jung genau sie war? Jünger als Anja auf jeden Fall.

Ich sitze an meinem Arbeitsplatz in der Küche der Gästewohnung, schaue hin und wieder zum Benbulben, dem prächtigen Tafelberg, und setze die Ausrufezeichen bewusst: Die Reimers hätten mich vorab informieren müssen!! Während der Zugfahrt war ich hin und wieder im Funkloch, aber nicht aus der Welt. Es sei leider was dazwischengekommen, war die dürftige Erklärung. Ja, eine Absicht, verdammt noch mal!

So schön und herzerwärmend es in Fuchsia House ist und so rasch ich mich wieder eingewöhnt habe: Ich werde den Verdacht nicht los, dass die Reimers etwas im Schilde führen. Gert speziell! Der liegt mit »Anjas Entscheidung, sich im Online-Handel ein Kind zu besorgen«, wie er's ausdrückt, mehr über Kreuz als Ersatzmutter Ute. Die findet die Art, wie meine Freundin gehandelt hat, auch nicht korrekt, hat aber ein gewisses Verständnis für »Anjas Wahl«, wie sie es nennt.

Für eine Spanierin ist Raquel auffallend still. Sie trägt schlichte, einfarbige T-Shirts ohne Ausschnitt, obwohl junge Spanierinnen gern Logos oder Statements spazieren führen und zeigen, was sie haben. In den paar Tagen seit meiner Ankunft bin ich noch nicht hinter ihr Geheimnis gekommen, doch sehen wir uns auch selten. Auf dem Reimers'schen Anwesen wohnt sie erst seit Wochen, lebt in Irland allerdings seit mehr als acht Jahren.

Ute hat mir bereits gesteckt, Raquel sei dreiunddreißig Jahre alt, Physiotherapeutin und in Sligo angestellt. Sie kümmere sich nach dem Job um die Pferde, gebe ihr Spanischunterricht und wohne dafür mietfrei in der Caretaker-Wohnung. Fearghus, der während der Restaurierungsjahre von Fuchsia House so wichtig gewesen sei, lebe seit kurzem im Heim.

Bis auf Raquels Alter wusste ich das alles. Bin zwar an Leib und Seele versehrt, doch nicht auf den Kopf gefallen. In *der* Hinsicht habe ich Glück gehabt! Ansonsten soll ich wohl selbst herausfinden, was es mit der Spanierin hier auf sich hat. Selbst Gert, der erfolgreiche Ex-Unternehmer und gewiefte Stratege, hält sich bedeckt. Immerhin hat er die so verwirrende Abholung am Bahnhof dahingehend erklärt, dass er und Ute Richtung Donegal hätten fahren müssen, Raquel dagegen nach Dienstschluss zur Farm.

Wie die Ankunft in Sligo Town, wie die Autofahrt aufs Land gewesen ist? Nun, die Pille hat enorm geholfen, jenes Jahr in Salamanca auch. Aber ich mag solche Überraschungen einfach nicht, Autofahrten müssen für mich vorhersehbar sein.

Jedenfalls: Wie bahnbehördlich verlangt, hatte ich meine Fahrkarte zur Hand, als ich den Zug verließ. Trotz Rucksack und Koffer habe ich den Spalt zwischen Zug und Bahnsteinkante problemlos überwunden und auch beim Passieren der Schranke am Ausgang nichts Unangenehmes erlebt. Gleichzeitig habe ich den Ankunftsbereich abgescannt; dass ich ein Augenmensch bin, habe ich ja bereits angedeutet. Doch so sehr ich scannte, jemanden, der Gert oder Ute ähnlichsah, erspähte ich nirgends! Panik allein deshalb war unangebracht – den Weg aus der Stadt nach Grange, von dort zu den Reimers, kannte ich, ein Taxi wäre nicht weit gewesen, und auf das Entängstigungsmittel war noch eine Weile Verlass. Dann entdeckte ich eine junge Frau, deren Verhalten ganz dem meinigen glich. Nur dass diese, ernst und unirisch aussehende Person den Bahnsteig beziehungsweise die Ankommenden scannte. Sie solle Ausschau halten, so hatte man sie instruiert, nach einem schlaksigen, unirisch aussehenden Mann »spätjugendlichen« Alters mit dunklem, gewelltem Haar, einem Rucksack und einem Koffer eher altmodischer Art.

»Alex?« Die junge Frau war freundlich auf mich zugekommen und hatte das A angenehm kurz ausgesprochen. »Alex Schilck?« »Who are you?«, wollte ich erst fragen, sagte aber: »Yes, I'm Alex from Germany.«

»And I'm Raquel«, sagte die junge Frau und reichte mir die Hand. »The Reimers asked me to cover for them. Unfortunately, they were unable to pick you up at the agreed time«. Danach machte sie Anstalten, mir den Koffer abzunehmen. Als hätte ich ein Handicap! Von meiner Pille lustig gestimmt, dachte ich bei mir: ›Das fängt ja gut an.‹

Raquel sprach ein irisches Englisch, doch dauerte es nicht lange, und ich hatte herausgefunden, welcher Akzent darunter lag. Ihr Name und ihr mediterran wirkendes, an Penélope Cruz erinnerndes Gesicht halfen mir dabei. Ich fragte sie auf dem Weg zu ihrem Wagen, einem zweitürigen SEAT Ibiza, ob sie der spanischen Arbeitslosigkeit entflohen sei.

»Nein«, sagte sie, Physiotherapeutinnen hätten kein großes Problem. Sie sei aus persönlichen Gründen und Abenteuerlust in diesem schönen Land. Ob ich nicht wisse, wie sehr man in Spanien die Grüne Insel liebe? Und dann: Ob ich noch nie in ihrem Land gewesen sei und gesehen hätte, wie im Spätsommer, erst recht im Herbst, die Landschaft in Andalusien, sogar im Norden – in Castilla y León, Castilla-La Mancha, Aragón und Navarra – ins Bräunlich-Ockerfarbige, ins *Nicht-Grüne* wechsle? Was mit dem häufig blauen Himmel einen Kontrast bilde, der Leuten aus den überwiegend grünen Gefilden Europas häufig behage. Die treibe entsprechend nach Süden, was sie, Raquel, vor einigen Jahren nordwärts getrieben habe. Spaniens Farben schmeckten ihr zu sehr nach Tod.

»Pasé un año in Salamanca cuando era joven«, sagte ich.

»Estupendo!« kam es erfreut zurück. »Dann lass uns Spanisch miteinander sprechen.«

Mein Spanisch war dann doch ziemlich gewöhnungsbedürftig, denke ich, nach über zwanzig Jahren ohne viel Sprechgelegenheit.

»Dein Spanisch ist gar nicht so schlecht«, meinte Raquel, als wir auf der N15 durch Drumcliff fuhren.

Ich fand, sie war eine liebenswürdige Person.

Sie bewegte das Auto, wie ich es noch nie bei einer Frau gesehen habe, souverän wie ein Formel-Pilot. Ihr Körper, das hatte ich gleich bemerkt, war der einer Athletin: Kein Gramm Fett zu viel, Oberarme wie eine Turnerin und zirka zehn Zentimeter mehr Körpergröße als die weltbekannte Schauspielerin. Die jungen Spanier und Spanierinnen hinken zwar ökonomisch hinterher, kaum aber, wenn's um Körpergröße geht.

Auch ohne Pille würde ich die Fahrt überstehen, dachte ich irgendwann. Wer so Auto fährt, hat das Leben im Griff.

Anders als ich.

Raquel machte Autofahren sichtlich Spaß. Also entspannte ich mich und genoss die Fahrt. Ich bemühte mich, möglichst verständliches Spanisch zu sprechen. Meine Fahrerin fragte indes so häufig nach, dass ich irgendwann nicht mehr wusste: Kam das von meinem Bedürfnis, ihrer Sprache nichts anzutun, oder kam das von einem schlechten Gehör.

Mit der Abfassung meiner Schrift habe ich noch nicht ernsthaft begonnen – das Anfangen zu verschieben gehört zu meinen Stärken: »Verschiebe nie etwas auf morgen, was du auch auf übermorgen verschieben kannst«, dieses Motto habe ich von Mark Twain. Wie oft hat mein Chef mich schon ermahnt, »das Ding« endlich fertigzuschreiben! An der Hypothese gäb's nichts zu mäkeln, Daten seien ausreichend da und gerechnet hätte ich auch nicht schlecht. Jetzt müsste ich mich doch nur an den Laptop setzen, den »Kram« gedanklich zusammenzurren, offen und ehrlich (obgleich geschickt) auf die Schwächen meines Ansatzes und dessen Ausführung eingehen, Perspektiven für künftige Forschung aufzeigen – und »fertig sei die Laube«.

Gleichzeitig fand ich immer neue Gründe, weitere Beobachtungen anzustellen, weitere Messungen durchzuführen und die Rechner des Instituts mit weiteren Daten zu füttern, um meiner Sache sicher zu sein. Zudem stand im Raum, einem unbekannten Stern einen Namen geben zu dürfen. Dabei zielte ich auf ganz andere Dinge; wissenschaftlich war die Entdeckung des kleinen Sterns mehr so eine Art von Kollateralgewinn. Fast hätte ich gerade einen Ausdruck der Netzfischer gebraucht und »Beifang« notiert. Als Beifang wird aber meistens bezeichnet, was niemand recht will. Meinen Stern liebte ich jedoch von dem Augenblick an, als ich ihn erblickte. Vielleicht geht's Anja ähnlich, seit sie das kleine Wesen im Ultraschall gesehen hat. Das Foto wird ihr der Arzt sicherlich als Ausdruck überlassen haben und es steht jetzt, wette ich, auf dem Sims unseres Kamins. Mir hat sie das schwarzweiße Bild noch nicht geschickt, ihre Eltern dürften es allerdings kennen. Gut möglich, die Godenbergs sehen mich als den Vater an.

Fuchsia House mit dem Land drumherum und dem steinigen Strand, der dazugehört, hat mich – wie jedes Mal – sofort in einen Zustand von Geborgenheit versetzt. Meine Mutter hat mir dieses Gefühl ja nie wirklich vermittelt. Mein Vater schon. Doch der verlor ausgerechnet da sein Leben, als mich die Gefühlsturbulenzen der Pubertät aus dem Gleichgewicht zu bringen drohten. Er konnte mich nicht mehr vor den Gefahren dieses vulnerablen Alters bewahren und meine ego- wie exzentrische Frau Mama wollte es anscheinend nicht. Vierzehn Monate hat es nach dem Unfall gedauert, bis ich wieder soweit hergestellt war, dass ich so etwas wie Spaß am Leben bekam. Ganz »auf der Reihe« war ich da aber noch keineswegs. Endgültig verkraftet – abgehakt, wie man so sagt – habe ich den Schock und die Verluste bis heute nicht.

So angenehm es bei den Reimers grundsätzlich ist, es liegt – habe ich dies erwähnt? – irgendwie Spannung in der Luft. Gert spricht mich zum Beispiel »nebenbei« auf Raquel an: Wie ich sie fände? Ob ich denn keine Lust verspüren würde, mit ihr was zu unternehmen? Ewig so am Laptop zu hocken sei doch ungesund! Ute genießt andererseits ihren Sprachunterricht, ohne an mich zu denken, ohne mich da einzubeziehen. Obwohl sie doch weiß, dass ich mal länger in Salamanca war und die Erfahrung dort mich ins Leben geführt hat! Andererseits, warum sollte sie mich zu etwas bringen wollen, was unter Umständen noch mehr Chaos in mein Leben brächte.

Gert ist halt der Sohn eines enttäuschten Kriegers, Ute die Tochter einer Trümmerfrau – was ihr jeweiliges Wunschkonzert betrifft, so unterscheiden sich ihre Geschmäcker.

Absolut sicher, dass Ute anders als ihr Ehemann denkt, bin ich mir hingegen nicht. Ja es kommt mir vor, als vermeide sie das Thema »Anjas Schwangerschaft« in meiner Gegenwart.

Viel Neues könnte ich davon sowieso kaum berichten. Anja ruft fast täglich an und versucht, Werbung für ihr »Projekt« zu machen, doch hat sich eine Art Patt eingestellt. Charakteristisch für diese Situation ist der folgende Dialog, den ich nach Art des Er-sagte-sie-sagte-Schemas hinschreiben werde, weil mir das einem Schlagabtausch ohne Sieger am angemessensten erscheint:

Anja: Ja, ich habe mein Glück über deins gestellt.
Alex: Es wäre gut gewesen, wir hätten darüber gesprochen!
Anja: Du warst so beschäftigt und mir lief die Zeit davon.
Alex: Du bist davongelaufen!
Anja: Ich dachte, mein Glück würde dich glücklich machen.
Alex: Ich bin nicht der Vater!
Anja: Das muss ja niemand wissen – Vigga hält dicht.
Alex: Ich bin nicht der Vater, verdammt noch mal!
Anja: Ich weiß, du bist gekränkt!
Alex: Mich kränkt nichts mehr, ich bin *verletzt*!
Anja: Zeugungsunfähigkeit verletzt, das verstehe ich.
Alex: Nichts verstehst du!
Anja: Ich liebe dich trotzdem, glaub mir.
Alex: Nichts verstehst du, verdammt noch mal!
Anja: Ich sehe, du leidest und zwar sehr.
Alex: Ich leide nicht, ich bin verletzt!
Anja: Wie kann ich dir helfen, ich liebe dich doch?
Alex: Mir ist nicht zu helfen, ich helfe mir selbst!
Anja: Die Zeit wird dir helfen, und uns damit auch.
Alex: Die Zeit ist ein Flittchen, das alle küsst!
Anja: Du wirst deine Schrift zum Abschluss bringen.
Alex: Ich bin nicht der Vater!

Zwischen Ute und Gert scheint's nun zu brodeln. Nein, viel zu starkes Wort! Sie wirken *gereizt*, und das kenne ich nicht von den Aufenthalten in Fuchsia House, bei denen Anja mich begleitet hat.

Vielleicht hängt es damit zusammen, dass meine alleinige Gegenwart sie daran erinnert hat, einmal zu Dritt gewesen zu sein. Und die »Anja-Sache« hat sie wieder darauf gestoßen, was für eine Bedeutung das Kinderkriegen und *Kinder-*

haben hat. Für den Fortbestand der Spezies wie für den der eigenen Sippe mit allem was damit zusammenhängt. Einen Wimpernschlag lang habe ich auch gedacht: Gert hat ein Auge auf Raquel geworfen! Mit vierundsiebzig ist nicht alles vorbei und seit Svens Tod fehlt es an einem Erben. An *Erbin* denkt Gert vermutlich nicht, dafür denkt er zu sehr in den alten Bahnen.

Unsinn! Mein Ersatzvater hat noch alle Tassen im Schrank, im Gegensatz zu mir. Er mag Raquel, das kann man sehen. Die junge Spanierin ist eine schöne Frau mit Herz und Hirn. Und einem derart attraktiven Bündel von Eigenschaften verfallen auch gerne mal alte Männer. Merkwürdig: Als *älter* gelten Männer, wenn sie nicht mehr jung, jedoch jünger als *alte* Männer sind.

Was machen die Deutschen mit dem Komparativ?

Fast hätte ich's vergessen – habt Milde mit mir, zu viel war los in meinem Kopf: Fuchsia House, gesprochen »Fjuhscha Haus«, habe ich zwar mehrfach erwähnt als meinen Zufluchtsort, ja vorläufige Heimat, doch nicht näher beschrieben. Bei dem Namen denken Iren, mehr aber noch Irinnen, an ein liebevoll gepflegtes B&B oder – wenn sie in »house names« unbewandert sind – an ein sogenanntes Big House.

Dabei ist die Sache simpel: Als die Reimers das Anwesen Ende der Achtzigerjahre von einem hochbetagten, kinderlosen Farmerehepaar erwarben, war es so heruntergekommen, dass von Ruine zu sprechen nicht abschätzig gewesen wäre. Das hatten zwei vitale, auf der Grünen Insel sehr verbreitete botanische Frondeure kapiert: die Fuchsie und der wilde Brombeerstrauch. Erstere ist eine rot-violette Migrantin, von Schleppern aus Mittel- respektive Südamerika eingeschleust, letzterer ein alteingesessenes Stachelgestrüpp mit säuerlich schmeckenden Früchten. Die neuen Eigentümer der kleinen vernachlässigten Farm haben die Fuchsie begrüßt, den

Stachelstrauch hingegen in seine Schranken verwiesen. Als Hecke kann er durchaus nützlich sein, ästhetisch gesehen ist er ein Desaster.

Und die Big-House-Angelegenheit? Hier wird's verzwickt und heikel, wenn man irisch denkt. Ja, ich bin froh, den Mann vom Zug nicht mehr in der Nähe zu haben, jetzt, wo ich dies schreibe.

Es gibt kaum Big Houses, deren Namen auf der Linie wie Fuchsia House liegen. Mit Blick auf die hiesige Grafschaft fällt mir dazu ein einziges Beispiel ein: »Hazelwood House« liegt östlich von Sligo auf einer Halbinsel im Lough Gill, wurde im achtzehnten Jahrhundert im Stil Palladios erbaut und hat eine traurige Geschichte. Alle anderen Big Houses, die mir spontan einfallen, klingen eher nach Abendkleid und Diadem, nach Dinnerjacket und Kummerbund: »Lissadell House« etwa, County Sligo, »Powerscourt House«, County Wicklow, oder »Westport House« im County Mayo. Wenn Iren, besonders die älteren, an diese oft gewaltigen alten Residenzen der früheren anglo-irischen Herrscherklasse denken, schwillt ihnen der Kamm.

Irische Ehefrauen – Häusern mit reichlich Platz drinnen wie draußen wohlwollend gesinnt – denken dabei eher an ihre Kinder und Enkelkinder und fänden es cool, derart großzügig zu leben.

Bis zur Großen Hungersnot im neunzehnten Jahrhundert hatte Fuchsia House einen gälischen Namen. Welchen, wusste der alte Fearghus nicht mehr, als er vor Jahren einmal davon erzählte.

Danach hatte der damalige Farmer seinen Besitz mit grimmigem Humor in »Hard Times Farm« umbenannt. Im Nordwesten Irlands hatten mehr Menschen die Folgen von Kartoffelfäule und Cholera überlebt als in West-Cork oder Connemara, doch wollte der Mann wohl ein Zeichen setzen: eine sprachliche Spitze, gerichtet an die herrschende –, die *fremde* Macht.

Ob ich in der irischen Frage parteiisch bin oder neutral, habe ich vielleicht allzu sehr zwischen den Zeilen versteckt. *Nein*, Gott bewahre, ich bin nicht neutral, schreibe ich daher gleich aufs Blatt. Ich mag ein Prokrastinator, ein Trödler sein, ein Nebelwerfer bin ich nicht. Seit ich weiß, wie Westminster und Buckingham Palace in den Zeiten vor der Republik die Menschen auf der Grünen Insel behandelt haben, bin ich aufseiten der Iren. Aufseiten der Irinnen indes noch mehr, habe ich doch in den Jahren vor Anja ein paar von ihnen kennengelernt. Die salamantinischen Schönen schälten mich aus meinem Kokon, die keltischen Schönheiten von Dublin und Sligo lehrten mich das Laufen.

Das einstige Farmhaus, ein klassisches irisches Gebäude mit zwei Stockwerken und Kaminen an den Stirnseiten, ist weiß getüncht und liegt, von Süden gesehen (den Benbulben also im Rücken), am Ostrand eines einstöckigen Gebäudekomplexes, der wie ein rechtwinklig geknicktes, sehr in die Länge gezogenes Cottage wirkt. Fearghus, der den Reimers während des Umbaus viel Organisatorisches abgenommen hatte, musste lange suchen, bis er das nötige und *passende* Material beisammenhatte.

Hilfreich bei der Beschaffung stilgerechter Bauelemente sind sogenannte Salvage Yards. Diesen Begriff nachzuschlagen, kann ich nicht empfehlen: *Schrottplatz* wäre eine Beleidigung! Schließlich handelt es sich um Baumärkte für Leute mit einem Second Home, und von denen gibt es hier einige. Ein weiteres Zuhause an anderem Ort wünschen sich ja meistens Menschen, die im ersten Zuhause nicht recht glücklich sind. So wie Menschen, die an sich zweifeln, sich auch gern eine zweite, im Glücksfall stimmigere Identität suchen. Wer also nach historischen, von verlassenen oder abgerissenen Anwesen stammenden Steinen und Hölzern jagt, findet auf einem Salvage Yard in der Regel, was er sucht. Die Hatz nach den Dingen des Innenbereichs ist eher Sache der Frauen. Auch bei den Reimers war das so: Gert kümmerte sich, von Fearghus unterstützt, ums Grobe, während Ute die Innenausstattung oblag. Ihren Bergedorfer Wohnsitz, der der Villa Godenberg kaum nachstand, hatten sie vor der Übersiedlung einer einschlägigen Agentur zwecks Vermietung und Verwaltung überlassen.

Doch zurück zu Fuchsia House, seiner Entstehung, seiner gegenwärtigen Gestalt (außer zu *Prokrastination* neige ich zu *Digression*: Ein Stichwort, schon schweife ich ab): Der Teil, in dem ich lebe, schließt an einen Annex des Haupthauses an, der eine Wohnhalle sowie die Schlafgemächer meiner Gastgeber umfasst. So groß diese Halle ist, gegessen wird stets in der geräumigen Küche, die im ursprünglichen Farmhaus beinahe das gesamte untere Stockwerk einnimmt.

Auf meinen Wohn-, Schlaf- und Arbeitsbereich, den Ute und Gert halb scherz-, halb schmerzhaft »Kinderstube« nennen, folgt bis zu der Ecke des L und weiter auf dessen langem Schenkel eine Fortsetzung der Bauart des Gästetrakts. Dies ist die Caretaker-Wohnung, in der Fearghus – Junggeselle aus Not, nicht Wunsch – den Lebensabend verbrachte, bevor es ohne Hilfe nicht mehr ging. Mehrmals habe ich ihn dort besucht, weiß also auch, wie die Wohnung geschnitten ist. So liegt das Wohnzimmer an der Ecke des L (weshalb es ein zum Benbulben gerichtetes Fenster sowie eins nach Westen zu hat), während das Schlafzimmer bereits zum langen, rückwärtigen L-Schenkel von Fuchsia House gehört. Und auf diesen Gebäudeteil kann ich aus meinem Badezimmerfenster schauen.

An die Caretaker-Wohnung schließen sich an: Gert Reimers' mit allerlei Maschinen ausgestattete Werkstatt, eine Scheune sowie einige Pferdeboxen. Den Winkel zwischen den L-Schenkeln nehmen eine Rasenfläche, ein Kiesweg und ein großer Reitplatz ein. Der Kiesweg geht – mal schmal, mal deutlich breiter – um den gesamten Gebäudekomplex herum. Am breitesten ist er auf der Benbulben-Seite, wo auch die größere Rasenfläche liegt.

Natürlich gäbe es noch mehr über den Landsitz der Reimers zu sagen, etwa wohin die Fuchsien ihre Blütenglocken hängen dürfen und wohin nicht, oder wie hoch die Feldsteinmauern, die Brombeerhecken und die Laubbäume sind, die das Anwesen umfrieden. Doch das verkneife ich mir bis auf dies: Von der schmalen, wenig befahrenen Straße her, ist von Fuchsia House so gut wie nichts zu sehen.

4

Trotz der Neigung, selbst wichtige Dinge auf die lange Bank zu schieben: Den entscheidenden Bericht über meinen kleinen neuen Stern habe ich elektronisch rausgehauen, um ihn meiner Konkurrenz möglichst früh auf den Bildschirm zu bringen. Die wird geguckt haben, denke ich mit verblassendem Stolz. Viele Astronomen streben ja eine solche Entdeckung an, doch wenigen ist sie vergönnt. Nun aber muss ich in Angriff nehmen, was mir Sicherheit verspricht - die Anstellung an der Sternwarte ist an Bedingungen geknüpft. Verglichen mit Anjas Gehalt und den Zuschüssen seitens ihrer Eltern, das sollte ich erwähnen, verdiene ich als Assistent meines Chefs einen Fliegendreck.

Okay, erwischt! Hab ein wenig übertrieben. Zur Hyperbel neige ich leider auch: Anja hat lediglich eine halbe Stelle und die Godenbergs werfen ihr Geld nicht zum Fenster raus. Sie haben die Wohnung gekauft, auch den kleinen SUV, sind also nur bereit, bei größeren Ausgaben zu unterstützen und in Notfällen auszuhelfen. Wie Eltern das so machen, denke ich. Meine Mutter würde das allerdings auch dann nicht tun, wenn sie Geld übrighätte. Und mein Gehalt als »Hilfskraft« meines Chefs? Schon nicht schlecht, als Dauerzustand dennoch schwer zu akzeptieren. Besser wär's, ich bekäme die Dozentur. Mein Chef sieht in mir seinen Nachfolger, glaube ich. Er möchte deshalb wohl auch, dass ich bleibe. Ob ich aber das Zeug zum Sternwartechef habe, steht – wo sonst? – in den Sternen.

Gert Reimers hat mich heute mit der Bitte vom Schreibtisch weggelockt, ihm auf der Pferdekoppel bei der Reparatur eines Zauns zu helfen. Die Pferde hätten die Zaunschwäche erkannt und fänden das Gras auf der fremden Seite nunmehr grüner.

Einige Holzpfähle sind morsch, andere stecken locker im Boden, die Drähte hängen streckenweise durch. Damit ich wie ein Mann aussehe, dem körperliche Arbeit schmeckt, erhalte ich einen Overall. Der hat mit Orange eine Farbe, die ich nicht ausstehen kann. In der Länge passt er ganz gut, sonst ist er einiges zu weit; ich fühle mich als Opfer von Gerts Kummerspeck und eines Ablenkungsmanövers. Es kommt Haltearbeit auf mich zu und bei der war ich noch jedes Mal in der Gefahr, in der alle Handlanger schweben.

»Eigentlich mag ich die Anja«, sagt Gert und lässt seinen Vorschlaghammer auf einen Eichenspaltpfahl niedersausen. Den halte ich, weil er einen gebrochenen Pfahl ersetzt. Würde der Hammer sein Ziel verfehlen, geht mir durch den Kopf, käme ich ohne die Schrift zurück. Ich verstehe meinen Ersatzvater auch irgendwie schlecht: Habe ich das gleiche Problem wie Raquel?

»Ich mag sie eigentlich auch«, sekundiere ich. »Aber nicht der Vater von *unserem* Kind zu sein, fällt mir schwer.«

»Männer wollen Väter sein, wenn's sich einrichten lässt!« Der Hammer saust ein weiteres Mal nieder.

»Männer wollen sich wie Männer fühlen, auch wenn sie nicht den Vorstellungen entsprechen, die ihre Partnerinnen anfangs von ihnen hatten!«

»Fühlst du dich denn nicht mehr als Mann, seit du das mit dem Baby weißt?«

Mannomann, was für eine Frage! Ich holte erst mal tief Luft.

»Ich würde mich weiter gern als Mann fühlen, wär's nicht so schwer geworden, einer zu sein«, sage ich. »Dieses zwiespältige, um nicht zu sagen *paradoxe* Gefühl hatte ich allerdings schon, *bevor* mich Anja mit einem Starbucks-Becher hörnte«.

»Aber du liebst sie, oder nicht?«

»Ob Liebe im Augenblick der richtige Ausdruck ist, weiß ich nicht ... Doch ..., ja, Anja ist mir nach wie vor nah!«

Gert hat die verzinkten Eisenkrampen aus dem Mund genommen und klopft damit die Drähte fest. »Diese alten Eichenpfähle habe ich am Tag deiner Ankunft gekauft. Brian Kelly hatte eine Ladung davon im Salvage Yard, musste sie aber schon gegen andere deutsche Ansiedler aus dem County verteidigen, weil er sie mir, im Prinzip jedenfalls, versprochen hatte.« Gert lachte.

Der nächste Pfahl ist dran. Sein Vorgänger stand noch, als wollte er sich nicht geschlagen geben, war aber zu morsch, um anstandslos weiter Dienst zu tun. Den Pferden würde das nicht entgehen, meint Gert und greift entschlossen zum Ersatz.

»Brian ist übrigens hinter Raquel her, weißt du das?«

Weder weiß ich genau, wer *Brian* ist, noch weiß ich irgendetwas über dessen Präferenzen. Auf einmal fürchte ich mich vor dem nächsten Hammerschlag, als könnte der nicht nur meine Hände treffen, sondern ebenso gut meinen Kopf.

»Brian ist aus Belleek, betreibt Salvage Yards, vermietet landwirtschaftliche Maschinen und handelt mit Eigentum. Wegen der Krise läuft das Immobiliengeschäft momentan nicht so gut. Geld hat er trotzdem wie Heu. Tja, und Heu für die Pferde liefert er neuerdings auch. Vom eigenen Land.«

›Raquel betreut die Reimers'schen Pferde!‹ Blitzartig fährt mir das durch den gefährdeten Kopf. ›Ich könnte ihr doch bei den Pferden helfen!‹, ist der Gedanke, der langsamer folgt.

Gert zieht die Drähte straff und sorgt dafür, dass sie es für lange Zeit bleiben. Mir wird die Haltearbeit langweilig, ich schaue zum Benbulben hin. Einen schöneren Tafelberg gibt es in Europa nicht. Ich habe das überprüft und festgestellt, dass mir bei den deutschen Exemplaren lediglich die Namen, nicht aber die Formen gefielen: »Hohe Liebe«, »Lilienstein« und »Zirkelberg« waren die Namen, die ich am meisten mochte. Die weltbekannte Erhebung in Kapstadt, Südafrika, heißt Tafelberg – »Table Mountain« als Name, wem fällt denn sowas ein!? Ist wie Big House für ein Herrenhaus, das poetisch gestimmte Geister »Lissadell House« tauften.

Dazu fällt mir ein: Vor genau drei Jahren rezitierte Leonard Cohen, den schönsten Tafelberg Europas im Rücken, bei Lissadell im Nieselregen Yeats und sang »So long, Marianne« und andere Ohrwürmer aus der Jugend der Reimers und meiner Eltern – und Tausenden junger Leute ging das unter die Haut.

»Kannst du dich mal auf deine Aufgabe konzentrieren?«, sagt Gert, und der Satz kommt wie aus dem Off. »Wenn du so weiter machst, passiert noch was, womit keiner gerechnet hat.«

»Keiner und keine«, schicke ich leise hinterher und hoffe, dass es den Herrn von Fuchsia House nicht wirklich erreicht.

Wumms! Der Hammerkopf treibt den nächsten Eichenpfahl in die Erde, als gälte es, ein Fort gegen Feinde zu errichten.

Wenn Gert mich nicht zu irgendwelchen Handreichungen auf dem Gelände um Fuchsia House zwingt, versuche ich nun täglich für einige Zeit, den Ergebnissen meiner Himmelsbeobachtungen, Himmelsmessungen und Himmelsberechnungen eine Textgestalt zu geben, die meinem Chef behagt. Was dem obersten nordelbischen Sternwart gefällt, denke ich zuversichtlich, wird auch denen gefallen, die mein Werk zwecks Begutachtung in die Finger kriegen. Herrgott, meine Zukunft hängt davon ab!

In der Regel frühstücke ich unabhängig von den Reimers, eine Schale Müsli genügt mir. Der Mensch ist ein Gewohnheitstier, und als solches neige ich zu Bekanntem. Die Sorte Müsli, die mir den Morgen verschönt, gibt's nur in Sligo Town, und dort auch nur in einem polnischen Supermarkt. Ute kauft sie immer mit und ich freue mich, dass die Polen seit neun Jahren EU-Mitglied sind, wenn sie sich auch manchmal zieren.

Raquel geht mir nicht aus dem Kopf.

Ihr vollständiger Name lautet Raquel García Romero. In Spanien kommt der Muttername an letzter Stelle und Romero heißt Rosmarin. Seit Salamanca weiß ich solche Dinge. Wichtiger als Vokabeln und Grammatik wäre aber Konversation; während der vergangenen zwanzig Jahre hatte ich kaum Gelegenheit, mein Spanisch anzuwenden.

An Vokabular mangelt es nicht und meine Aussprache ist gut. Das weiß ich. Es sei denn, Raquels Nachfragen bei der Herfahrt hatten doch mehr mit mir als mit ihr zu tun.

Auf Jacobs Krönung muss ich wohl verzichten. Die Reimers haben mir als Ersatz eine Espresso-Maschine hingestellt, die mit bunten Kaffeekapseln arbeiten, deren Form mich an winzige Dampfkessel erinnert. Der Kaffee, den ich damit bekomme, ist ganz passabel. Was mir hier fehlt? Eigentlich nichts! Anja und das Starbucks-Baby sind weit genug weg, und die Reimers lassen mich in Ruhe arbeiten. Der Benbulben ermahnt mich, wenn ich nach Süden schaue, nicht nachzulassen mit meiner Sterneschrift, und die alten, vermutlich von irgendeinem Salvage Yard stammenden Zimmerbalken stimmen mich wehmütig. So halt, wie es die Menschen in Irland tief drinnen sind. Aber ein Volk, dem über lange Zeit übel mitgespielt worden ist, darf melancholisch sein, denke ich. Es darf auch hin und wieder boshaft sein.

Die Frage ist nur: Darf ich, Alex Schilck aus Bergedorf, Germany, wenig mehr als eine Woche hier, das Gleiche für mich beanspruchen? Darf ich, allein weil ich oft in Irland war und auch weiß, was Verluste und alte Narben sind, auf hiesige Art melancholisch sein? Und falls ja, darf ich gelegentlich ebenso ein wenig boshaft sein?

Egal wie meine Geschichte angekommen ist – ob mehr gehört oder gelesen: Ich finde, wir kennen uns inzwischen doch so gut, dass wir das Siezen dem Grad unserer Vertrautheit anpassen, also aufgeben sollten. Wir Kinder der Generation Golf duzen uns eben rasch, oftmals von der Erstbegegnung an, weil wir glauben, es hilft.

Wieder so ein Namensding! Ausgerechnet ich Führerscheinmuffel gehöre einer Generation an, die nach einem Kleinwagen benannt worden ist. Doch so zugewandt und aufeinander bedacht, wie es das Duzen zu signalisieren scheint, sind wir keineswegs. Das hat auch der Namensgeber, ein Herr Illies, gemerkt.

Ein weiteres Mal abgeschweift ..., ich kehre reumütig zum Eigentlichen zurück. Euer und aller Irinnen Einverständnis vorausgesetzt, nehme ich mir ein wenig Zynismus heraus: Was um Himmels willen zwingt mich dazu, ein wie Gert zielstrebiger und wie mein Vater anständiger Mensch zu sein? Einer, der das Notwendige tut und das nicht Notwendige – die Not womöglich Vergrößernde – lässt? Habe ich nach so viel Nachtarbeit am Teleskop und am Großcomputer nicht das Recht, einmal auszuspannen und das Leben zu genießen – so wie es mir entgegenkommt? Habe ich mich nicht viel zu lange vor der heranrasenden, auf mich zustürmenden Welt gefürchtet? Was habe ich mir angetan in all diesen Sternwartejahren? Ist da nicht viel, viel an mir vorbeigeflutscht? Ich müsste ja nicht gleich alles stehen und liegen lassen, um mich – im Rahmen meiner Möglichkeiten – ins Leben zu stürzen, es würde ja vielleicht schon genügen, die Schriftsache gemächlicher anzugehen. Thomas Mann hat auch nur vier Stunden täglich rangeklotzt! Würden in meinem Fall da nicht drei Stunden am Laptop reichen? Ich bin schließlich ein Astronom, kein »Mann«.

Und was diese Dinge betrifft, die man unbedingt erledigen sollte, bevor man stirbt: Bestenfalls mit dem Bäumchen könnte es noch klappen.

Anders als morgens, essen wir abends meistens zusammen, das heißt Ute, Gert und ich. Und wir trinken auch zusammen, das heißt Gert und ich. Während Ute, die alles Häusliche mit Gleichmut regelt, dann meist still dasitzt und darauf achtet, dass es uns gutgeht und wir nicht zu viel trinken, entwickelt Gert bisweilen eine Gesprächigkeit, die er ohne Alkohol kaum zeigt. Gestern hat das zu Auswüchsen geführt, die ich lieber verschweigen würde. Andererseits halte ich wenig davon, immer nur das zu erzählen, was schön und angenehm ist.

Gert verträgt Mengen an Bier, Whiskey und Wein, nach denen ich dummes Zeug lallen würde und aufpassen müsste, beim Aufstehen vom Tisch nicht zu Boden zu gehen. Er verschlingt auch Mengen an Fleisch und Wurst, dass es mir Sorgen bereitet. Von ungefähr kommt's also nicht, wenn ich in der Reimers'schen Küche hin und wieder an Falstaff denke – an die Shakespeare-Figur, genauso wie an jene Kneipe in Paris, in der Beckett und Montague mit der Hilfe von Bushmills einander auf die Sprünge halfen. Während aber Dichter sich wechselseitig »befruchten«, wie es in solchen Fällen mit abnehmender Häufigkeit heißt, sticht Gert einseitig in mein und Utes Herz. In Anjas Herz stäche er gewiss ebenso gnadenlos, wäre meine Freundin hier.

»Der Rolf und ich, wir haben das BWL-Studium zur gleichen Zeit und mit der gleichen, guten Note abgeschlossen, und was ist aus ihm geworden? Der ehrbare Hamburger Kaufmann Schilck hat es zu einer Doppelhaushälfte in der August-

Bebel-Straße, einem 3er-BMW und einer zickigen Ehefrau gebracht! Okay, dass ich ihm Ute weggeschnappt habe, dafür kann er nichts. Hat halt nie gekämpft, nicht aufgepasst!«

›Hat vertraut‹, denke ich. ›Hat an Freundschaft und Fairness geglaubt. Außerdem ist er früh gestorben!‹ Gerts Stimme klingt lauter als sonst. So laut, dass Ute noch leiser spricht, wenn sie überhaupt was sagt. Mit einem Mal fährt es mir flashbackartig durchs Gehirn: ›Hat mein Vater etwa damals auf den PKW der alten Dame *draufgehalten*? Er hätte auf diese Weise zwei oder drei Dinge auf einen Schlag …‹

Ach, was schreibe ich da! Solche Gedanken passen nicht zu meinem Vater. Sie passen zur Wehmut und zum Zynismus, die ich mir ausgeborgt habe. Von den Einwohnern dieses kuriosen Landes am Rande Europas mehr als von dessen Einwohner*innen*! Ich mag nämlich die Irinnen, das habt ihr bestimmt gemerkt. Mehr als die sommersprossigen, rothaarigen und hellhäutigen, wie sie in den Reiseführern abgebildet sind, mag ich allerdings die mit den dunklen, fast schwarzen Locken. Die ähneln zwar etwas den Spanierinnen, doch ihre Haut ist hell. Wobei es im County Sligo Schwarzhaarige mit vergleichsweise dunkler Haut geben soll! Von denen geht hier die Mär, ihre Vorväter seien überlebende Besatzungsmitglieder von drei auf Streedagh Beach gestrandeten Schiffen der Spanischen Armada gewesen. Doch auch nicht allen Spanierinnen schimmert die Haut von Natur so siena-samten wie ihren nordeuropäischen Schwestern nach zweimal Sonnenbank.

Raquel García Romero wäre hierfür ein Beleg.

Das Schlimmste aber, was Gert sich gestern Abend geleistet hat, war der Satz, meine Eltern hätten nur geheiratet, weil sie *mussten*. »Ich an Rolfs Stelle hätte der Margot die Abtreibung bezahlt und mich vom Acker gemacht«, kam noch grob und gefühllos hinterher.

Das empfand ich wie einen Faustschlag in die Magengrube, und auch der dithmarscher Stoikerin war es sichtlich zu viel.

»Jetzt ist aber Schluss, Gert! Wie soll sich Alex fühlen, wenn du sowas von dir gibst? Außerdem weißt du gar nicht, wie es wirklich war.«

Ute hatte das A in meinem Namen so gedehnt, wie ich's nur ertragen kann, wenn mir die Sprecherin nicht nahesteht. Ute steht mir aber nah, denn sie ist meine Ersatzmutter und die Mutter meiner ersten Liebe. Einem Kind, selbst wenn es erwachsen ist, bleibt der Sex seiner Eltern fremd. Es weiß aber um den Zustand der Liebe: Mein Vater und meine Mutter liebten einander nicht mehr, als der Unfall geschah, das weiß ich genau. Ob es bei meiner Zeugung Liebe zwischen ihnen gab, wird wohl für immer im Dunkeln bleiben.

5

Zwei Tage lang habe ich mich bemüht, meinen Ersatzeltern aus dem Weg zu gehen. Ute hat mal an die Scheibe geklopft und auf eine Weise geguckt, als wollte sie gut Wetter machen. Oder es mütterlich verhindern, dass ich im Unglück versinke. Ich habe kurz von meiner Lektüre, dem Knatchbull-Buch, aufgeschaut und kühl zurückgeguckt. Da ist sie wieder gegangen, hat mir aber Lebensmittel vor die Tür gestellt, von denen ich mich bis übers Wochenende ernähren könnte. Bei dem geringen Hunger, den ich momentan verspüre, vermutlich länger. Zwei Flaschen Rotwein aus La Mancha, der Heimat Don Quijotes, hat sie auch abgezweigt. Wäre sie etwas munterer und ertrüge weniger lang, was Gert unter Alkohol verzapft, ich tauschte sie jederzeit gegen eine Person in Bergedorf ein, die Anja halb ernsthaft, halb ironisch »Mutter Margot« nennt.

Ob ich Raquel gesehen habe? Ob es zu mehr Konversation mit der stillen Physiotherapeutin gekommen ist? ¡Hombre!, das halte ich für eine doch sehr ins Persönliche gehende Frage. Fast so intim wie die Frage, was nun aus mir und Anja und diesem Baby wird. Na ja, das Baby ist noch keins, soweit ich weiß. Es hat das Entwicklungsstadium eines Embryos erst vor wenigen Wochen zugunsten des Stadiums eines Fötus verlassen. »Fötus«, wie das klingt! Irgendwie übelriechend, nicht wahr?

Also Raquel. Ich will euch ja nicht enttäuschen. Morgens sehe ich sie regelmäßig mit ihrem roten Auto über den Kies knirschen und spätnachmittags höre ich sie so rechtzeitig kommen, dass ich ihr zuwinken kann. Einmal kam sie später als sonst, wer weiß aus welchem Grund. Es könnte der Einkauf im Supermarkt gewesen sein oder auch ein Date mit dem Schrottplatzkerl. Zu den Stallungen geht sie gewöhnlich hintenherum, an Gerts Werkstatt und der Scheune vorbei. Aus meinem Bad kann ich ganz gut sehen, ob sie bei den Pferden zugange ist. Was ich von dort aber auch sehen kann, ist das Fenster des Zimmers, in dem sie schläft. Die Vorhänge sind tagsüber stets offen, bei Dunkelheit dagegen zugezogen. Als Fearghus noch in der Eckwohnung hauste, habe ich ihn mal im Nachthemd gesehen.

Ihr habt richtig gelesen: Der hat echt noch ein Hemd aus alten Zeiten übergezogen und sich so schlafen gelegt! War gut zu erkennen, mit unbewehrtem Auge sogar. Ob ich mir nicht wie ein Spanner vorgekommen sei? Mein Gott, ich bin Astronom! Ich darf, ja *muss* mir Dinge anschauen, die ihr Geheimnis erst preisgeben, wenn's dunkel ist.

Gert hat sich wegen seines Ausfalls übrigens entschuldigt. Nein, er kam nicht mit einer Flasche Bushmills und passenden Gläsern in der Hand – er hat mir eine Mail geschickt:

»Lieber Alex, es tut mir leid, ich bin geknickt. Wie kann ich es wieder gutmachen, Dich so gekränkt zu haben?«

›Du hast mich nicht gekränkt‹, habe ich da gedacht, ›du hast mir nur sehr, sehr wehgetan. Und was dein Angebot betrifft: Du könntest dafür sorgen, dass dieser Brian seltener hier herumschleicht. Fuchsia House ist gut gepflegt und Heu könnte euren Pferden auch ein echter Farmer liefern!‹

»Lieber Gert«, schrieb ich stattdessen zurück. »Manche Schäden lassen sich schwer reparieren, wie Du aus Deiner beruflichen Tätigkeit weißt. Das gilt ähnlich für Verletzungen. In diesem Zusammenhang mag Dich interessieren: Rolf hielt große Stücke auf Dich. Für den warst Du in vieler Hinsicht ein Vorbild, ökonomisch indes ein unerreichtes. Was die Ute-Beziehung betrifft: Er hat sie mehr geliebt als Du!«

Wie das im Farmhaus angekommen ist? Keine Ahnung. Gert hat sich nichts anmerken lassen, als wir uns wieder von Angesicht zu Angesicht begegneten und miteinander sprachen. Und Ute hat meine Mail bestimmt nicht zu lesen gekriegt.

Embryo, noch namenlos: *Ich* war der Grund, dass meine Eltern beschlossen, die Zukunft gemeinsam anzugehen! Obwohl es nach Gert weder der Wunsch von Rolf Schilck noch der von Margot Behrends war, ein Kind zu zeugen. Lieber hätten sie's vermieden. Ein Wunschkind war ich also nicht, sondern nur ein Zufallsprodukt? Aber wann ist ein Kind ein Wunschkind? Reicht es, wenn nur *eine* wünscht? Und was bringt ein Paar dazu, sich langfristig zusammenzutun, *weil* ein Kind unterwegs ist? War's in den frühen Siebzigerjahren tatsächlich noch so, dass junge Männer, egal wie ehrlich sie liebten, zu ihrer Verantwortung standen? Oder war es mehr als Anständigkeit, was sie bewog, ihre Partnerinnen nicht im Stich zulassen? Was ist mit der Bindung, die entsteht, wenn Mutter Natur es junge Menschen wissen lässt, dass mit ihr nicht zu spaßen ist? Ergibt sich Liebe, die sonst nicht entstanden wäre? Könnten sich sogar Ehen ergeben, um deren Bestand sich niemand sorgen muss? Ich weiß es nicht und ich kenne auch niemanden, den ich um Rat fragen könnte. Ute Reimers vielleicht, doch scheint sie mir arg mit Gert und dessen Eigenarten beschäftigt zu sein.

Mit wie vielen Halbschwestern und -brüdern muss eigentlich das kleine Wesen in Anjas Bauch rechnen? Wie muss man sich da die Mischpoke vorstellen? Sagt man später dem Starbucks-Kind, es habe keinen Vater, doch jede Menge Geschwister? Oder lässt man es glauben (endgültige Weiblichkeit vorausgesetzt), eine waschechte Schilck zu sein beziehungsweise (falls ich auf »unzuständig« plädiere) eine einwandfreie Godenberg?

Wird jemand später zwangsläufig glücklich, den die Eltern in Liebe zeugten, oder können auch Menschen glücklich werden, die unter anderen Bedingungen entstanden sind? Ich denke, es kommt darauf an, was *nach* der Geburt mit dem Baby passiert – wie es umsorgt, wie es erzogen wird. Es heißt, Menschen wachsen mit ihren Aufgaben. Und welche Aufgabe sollte größer sein als die, ein Kind zu erziehen, bis es sich selbst den Feinschliff geben kann, den es braucht, um glatt durchs Leben zu kommen?

Er sei ein Wunschkind gewesen, hat Sven mir gegenüber mal stolz erklärt. ›Die Mutter wird ihm das eingetrichtert haben‹, dachte ich kalt. Aber das Wichtigste: Er war ein Kind zweier Menschen, die einander liebten, auch und besonders in den so entscheidenden ersten Lebensjahren.

Ich habe Sven Reimers beneidet und geliebt. Beneidet, weil er mir vom Schicksal begünstigt zu sein schien, geliebt, weil er so anders war: immer gut gelaunt, draufgängerisch. Im BMW meines Vaters hat er daher gern vorn gesessen. Wie an jenem grauenvollen Herbstabend 1987.

Heute ist Dienstag, 34. Jahrestag des Mountbatten-Attentats, die neue Woche also in Schwung. Am Sonnabend habe ich Raquel geholfen, den Pferden das Leben schöner zu gestalten. Ich war versucht, Brians Rolle in ihrem Leben herauszufinden, fand aber nicht den Mut dazu. Weshalb wir die Arbeitszeit mit Schweigen verbrachten, más o menos jedenfalls. Immerhin besteht kein Zweifel mehr: Die junge Spanierin hört auf *beiden* Ohren schlecht, trägt aber kein Hörgerät. Dabei gibt es heute doch so unauffällige Hörhilfen, die auch rasch herausnehmbar sind, bevor sich zum Beispiel eine liebende Zunge an der Ohrmuschel zu schaffen macht.

Vorgestern, am Sonntag, habe ich beschlossen, nicht immer Sohn zu spielen. Ich habe mir Gerts Mountainbike ausgeliehen und bin die Strecke nach Mullaghmore gefegt, als wäre ich Chris Froome, der Sieger der Tour de France. In diesem Dorf bin ich schon einige Male gewesen, doch nie mit dem Wissen, das nun meiner Lektüre des Knatchbull-Buchs entstammt. Ute und Gert habe ich lediglich mitgeteilt, ich wolle mir das »All Ireland Donkey Derby« anschauen. Dieses wiederkehrende, von jungen Teilnehmern aus ganz Irland bestrittene Eselrennen sehe ich inzwischen als eine Art Gegenentwurf zu jenem Ereignis vom Spätsommer 1979.

Während nämlich Jahrestage des Mountbatten-Attentats eine traurige Angelegenheit auch für viele Iren und Irinnen sind, handelt es sich bei dem Eselderby um das Lustigste, was Sligo zu bieten hat. Auf einem Rasenstreifen, der parallel zu dem schmalen alten, von Molen geschützten, Hafen verläuft, findet Ende August ein Ereignis statt, für das ich jede Ziegenschau sausen ließe. Gestartet wird zu sechst, bis der Gesamtsieger ermittelt ist. Diesmal war es ein Milchgesicht aus Limerick, dessen Reittier mir so dunkel daherkam wie die irische Nacht. Was Raquel am Sonntag gemacht hat, weiß ich nicht, fällt mir gerade ein und ich schreib's auch hin. Irgendwie hätte ich es gern gewusst.

Also, dieser junge Mann mit karminrotem Helm gewann seine Rennen souverän, während es Konkurrenten gab, die ihren Eseln erst einmal die Rennrichtung zeigen mussten. Konkurrentinnen gab es leider keine. Zu gern hätte ich Mädchen auf Eseln gesehen. Die, also die Esel, werden ja stets als störrisch dargestellt. Das kann ich aber, nachdem ich mich nach meinen Erlebnissen ein wenig in das Eselwesen vertieft habe, so nicht stehen lassen. Esel sind keineswegs störrisch, sie sind auf der Hut: Anders als Pferde fliehen sie nicht bei Gefahr, sie wehren sich! Ich rücke von meiner Sympathie für Pferde (und ihre Pflegerinnen) vorübergehend ab und wende mich wohlwollend den Eseln zu. Außerdem: Nicht zu fliehen, wenn's brenzlig wird, das kann ich auch von ihnen lernen.

Und weil der Himmel so blau, die Luft so lau wie an jenem Augustmontag 79 war, habe ich mir während und nach dem Derby Mullaghmore angesehen, immer das Buch Timothy Knatchbulls im Hinterkopf. An der Seite der Rennbahn, wo die Besucher des Derbys – vielfach Familien mit Kindern – standen oder lagerten, sah ich kleine Jungs mit umgehängten bunten Maschinenpistolen aus Plastik. Nach den Nummernschildern der entlang der Straße geparkten Autos zu urteilen, waren die Väter zum größten Teil aus dem nahen Nordirland hergekommen. Manche wirkten auf mich wie Vertreter einer Generation »Standby-IRA« – im Konfliktfall einschaltbar. Ich mag mich täuschen, meine Lieben, doch glaube ich nun felsenfest: Der republikanische Drops ist noch nicht gelutscht.

Um den Bogen zu spannen: Der Bootsjunge auf der »Shadow V« empfand seinen Job auf dem kleinen, von Lord Mountbatten zum Teil selbst entworfenen Fischerboot, als das Beste, was einem nordirischen Knaben in den Sommerferien passieren konnte. Als jene Sprengladung unter den Planken im hinteren Bootsbereich detonierte, stand Paul geradezu *auf* der Bombe. Er wurde nur fünfzehn Jahre alt, sein Vater vor Schmerz vorübergehend verrückt. John Maxwell, der mit seiner Frau Mary ein Ferienhäuschen in Mullaghmore besaß, hatte sich gerade die »Irish Times« gekauft, um den Sportteil zu lesen, als er sah, wie sein Sohn das Boot startklar zum Auslaufen machte. Er winkte ihm noch zu und war sicherlich stolz auf sein Kind. Eine halbe Stunde später war Paul tot. Und mit ihm starben ein fast gleichaltriger Junge namens Nicholas sowie ein alter Mann. Lady Brabourne, die Großmutter von Nicholas (und Timothy), erlag ihren Verletzungen am nächsten Tag im Sligo General Hospital.

Nicholas ist der Bombe näher gewesen als sein Bruder, doch weniger nah als Paul und Mountbatten. Er wurde ins Meerwasser geschleudert und ertrank. Man hielt ihn zuerst für Timothy, als man ihn als Letzten an Land brachte. So ist das eben mit Zwillingen der eineiigen Art, die gleichen einander häufig sehr, sogar bis in den Tod.

Sven ähnelte mir äußerlich, von Unverwechselbarkeit konnte aber keine Rede sein. Denn wären wir absolut gleich gewesen, ich hätte ihn nicht geliebt.

Den IRA-Typen, der eiskalt abwartend über den Klippen am Ufer saß und die Bombe per Knopfdruck hochgehen ließ, als das Boot mit seiner siebenköpfigen Besatzung bei den Hummerfallen angelangt war, haben sie auch nie erwischt.

Pardon, über diese schwermütigen Gedanken hinweg habe ich versäumt, euch Mullaghmore, den Ort des Geschehens, näherzubringen: Das in den Sommermonaten muntere, sonst stille Dorf liegt auf einer rundlichen Halbinsel von gut einem Kilometer Durchmesser in der Donegal Bay. Eine schmale Straße umrundet das Ganze am Hochufer entlang und stellt einen erstklassigen Fluchtweg dar, sofern man sich – wie damals – nach Erledigung der »Aufgabe« unverzüglich auf den Rückweg macht. Das eigentliche Ufer ist sehr zerklüftet. An der Ostküste, von wo die Fernzündung der Sprengladung erfolgt sein muss, besteht es überwiegend aus Klippen.

Bereits bevor das Eselderby, Siegerehrung inklusive, zu Ende war, hatten sich die Autoreihen an der Coastal Road zu lichten begonnen. Am Tresen des Schankraums im Pier Head Hotel drängten sich dagegen jetzt die Menschen, vorwiegend nicht mehr junge Männer. Auch die Tische vor der »Quay Bar & Lounge« waren besetzt. Ich besorgte mir ein Glas Guinness und fand einen Stehplatz mit Abstellmöglichkeit. Nachdem ich das erste Bier intus hatte und die Hälfte des zweiten getrunken, glaubte ich unter all diesen schwatzenden Iren den Mann aus dem Zug wiederzuerkennen, nach ein paar weiteren Schlucken auch jenen Altmännertrupp aus »Mulligans Pub«. Das hing unter anderem damit zusammen, dass ich Sprüche zum Mountbatten-Thema hörte, die ich kannte. Das brüllende Gelächter dazu kannte ich auch.

An dieser Stelle sollte ich erwähnen: Das Pier Head Hotel stand im Zentrum der Rettungsanstrengungen nach dem Attentat. Es liegt, wie der Name sagt, am Hafen – nahe der Rampe, über die Boote zu Wasser gelassen und wieder herausgezogen werden können. Auf dieser sanften Schräge, wie auch im Hotel selbst, spielte sich seinerzeit das Grauen ab.

Zurück jedoch zu den fröhlichen Trinkern: Einer von denen näherte sich mir. Der hat den Ausländer erkannt, ging es mir durch den Kopf. Für den war ich aber anscheinend kein Fremder mehr, denn der Mann, auf den ersten Blick einiges älter als ich, sagte: »You must be Alex from Germany.«

¡Hombre!, der hätte mich auch vom Bahnhof abholen können, so angenehm zugewandt wirkte er.

»Yes, I'm Alex«, sagte ich, überrascht. »And who are you?« Einen vagen Verdacht hatte ich da schon.

»I'm Brian Kelly. The Reimers have told me about you.«

›Ich hoffe, nicht alles‹, dachte ich. ›Hoffentlich war's Ute und nicht Gert‹, dachte ich sicherheitshalber hinzu.

Es stellte sich heraus, dass Brian daheim ein Teleskop besaß, weil er Freude an Himmelsbeobachtungen hatte. *Darüber* hatte man gedanklich den Weg zu mir genommen.

»Ich bin nur ein Hobby-Astronom und nicht mal ein guter. Ich brauche das, um nicht unentwegt in den Pub zu gehen.«

Ob er abends sonst nichts zu tun habe, fragte ich sacht.

»Ich lebe von meiner Frau getrennt, unsere Kinder sehe ich kaum. Was soll man da sonst mit seinem Leben machen?«

›Ich hätte da eine Idee‹, dachte ich, schaute Brian aber so unbewegt und unschuldig wie möglich an und fragte, wie lange das schon so sei?

»Eileen hat mich vor die Tür gesetzt, weil ich was mit der Nachbarin hatte. Ist keine zwei Jahre her und die Dame von nebenan will auch nichts mehr von mir wissen.« Brian wirkte mit einem Mal zerknirscht.

›Don't shit where you eat‹, fiel mir dazu ein. Gleich darauf sah ich die hochgezogene Braue meiner Mama auf meinem inneren Monitor. Was denn mit Scheidung sei, wollte ich jetzt wissen, nunmehr entschieden auf Ermittlung eingestellt.

»Eine Scheidung zu erlangen ist mühselig in unserem Land. Bis du ernsthaft damit anfangen kannst, musst du erst einmal vier Jahre getrennt von deiner zukünftigen Ex verbringen!«

›Mist‹, dachte ich, ›bleibt höchstens Wildern!‹ Brian kam mir nun, draußen vor dem Pier Head Hotel in Mullaghmore, schwach und hilflos vor. Auf einmal mochte ich ihn, obgleich nur ein bisschen. Ja, fast hätte ich ihm die Hand auf den Arm gelegt. Da hätte er meine weiche Seite kennengelernt. Die andere, harte Seite jedoch veranlasste mich, zunächst mal wie die Esel auf der Hut zu sein. Der mir bis dahin lediglich vom Hörensagen bekannte Brian Kelly aus Belleek, dem westlichsten Ort im Herrschaftsbereich ihrer Majestät, der großbritischen Queen, hatte schließlich vorher bei IRA-Pensionisten gehockt und diesen Schandmäulern zugehört. Und die wollten übermorgen, wie jedes Jahr gegen Ende August, eine Art »anniversary« feiern, hatten die Männer gesagt. Und sich daraufhin, entschlossen, auf den Weg zu den Klippen gemacht.

6

Im Lauf des Monats September verkürzen sich in Sligo die Tage um über eine Stunde, das Wetter verhält sich irisch-gemischt. Wen's stört, dass es öfter nieselt und dann Regenbögen gibt, die breite Buchten überwölben, soll bleiben, wo er oder sie ist. Oder sich dorthin begeben, wo nie Regen fällt und es aussieht wie im Tal des Todes beziehungsweise in der Wüste Gobi. Kann *auch* schön sein, will ich nicht bestreiten. Nur, *ich* schwärme mehr fürs Grüne, und dafür nehme ich manches in Kauf.

Brians Hang beispielsweise, mit mir über Astronomie zu plaudern. Was ihn gegenwärtig am stärksten fasziniert, sind Schwarze Löcher. Den Himmel kennt er ganz gut, also was dort in klaren Nächten zu sehen ist, schaut man durch ein Hobby-Teleskop. Woran es hapert, sind tiefere Kenntnisse in Physik und Mathematik, und die Relativitätstheorie mit ihrer etwas eigenwilligen Sicht auf Zeit und Raum ist ihm ein Buch mit sieben Siegeln. Beides jedoch verständlich bei einem Hobby-Astronomen. Kühl kalkulierend denke ich auch: Solange er an Rätseln knackt, die für mich keine mehr sind, wird er nicht, so wie ich, ans Knacken spanischer Nüsse denken.

»Was hackst du da in deinen Laptop?«, fragte er mich vor einigen Tagen. Er war frühabends hergekommen, »um den Pferden frisches Heu zu bringen«. Die waren eigentlich mit dem alten, erst in der Woche zuvor gelieferten Heu noch gar nicht fertig und Raquel hatte es an diesem Tag noch nicht vom Job zurück nach Fuchsia House geschafft. Da musste er mit mir vorliebnehmen, und das tat er, indem er an mein

Fenster klopfte. Froh über seinen Besuch war ich nicht, denn nach Tagen der Untätigkeit saß ich erstmals wieder an meinem »Beförderungsmanuskript«. Ich saß indes *auch* an meinem Arbeitsplatz, weil ich auf Raquels Auto horchte und mich auf ihr Winken freute.

Ärgerlich wollte ich antworten, ich schriebe an einem Buch mit dem Arbeitstitel »Black Holes: Salvage Yards of Matter, Space and Time«, verkniff es mir jedoch, denn eigentlich ist Brian ein netter Kerl. Ihr habt's gemerkt, nicht wahr? Das »eigentlich« steht dafür, dass er ohne dieses Interesse an der stillen Spanierin ein wesentlich netterer Brian wäre.

Stattdessen sagte ich: »Ob du's glaubst oder nicht, ich schreibe um mein Leben. Kehre ich ohne die Abhandlung nach Deutschland zurück, sitze ich auf der Straße.« Damit hatte ich freilich mein Thema unberührt gelassen. ›Versteht er eh nicht‹, dachte ich, ›verstehe ich ja nur zum Teil.‹

Brian, der trotz einiger Körpergröße gedrungen wirkt und wie ich noch volles, dabei aber rötlich-blondes Haar besitzt, setzte sich mir gegenüber an den Tisch, ohne dass ich dazu aufgefordert hätte. Er hatte dieses listige irische Lächeln im Gesicht, das ich meistens mag, manchmal nicht. So wie im Augenblick! Gerade hatte ich wieder Mut gefasst und mich auf meinen Hosenboden gesetzt – und wer hinderte mich an meiner Selbstrettungstätigkeit? Ohne damit einen groben Wink geben zu wollen, stöhnte ich unbedacht auf. So laut offenbar, dass Brian mit der Frage kam, ob alles in Ordnung sei. Ich ließ den letzten Ton Unmut heraus, stieß ein »Don't worry!« hervor und fand mich mit der Lage ab. Eingedenk der Tageszeit und eines passablen Weindepots fand ich es außerdem angebracht, den freundlichen Gastgeber zu spielen.

»Trinkst du einen Rotwein mit mir?«, fragte ich. Es handle sich um einen guten Tinto aus der Mancha, wollte ich noch ergänzen, doch hätte ihn das nur wieder auf Raquel gebracht.

Also saßen wir bald da, tranken Wein aus der Heimat jenes Ritters von der traurigen Gestalt und plauderten. Zunächst über Sterne und wie man sie physikalisch vermisst: Helligkeiten bestimmt, Spektren analysiert, solche Sachen.

Nachdem wir eine Zeitlang über Sterne gesprochen hatten, lag die Milchstraße nahe. Brian wusste, dass es mehr als eine davon gab. Er war dann aber doch sehr überrascht, als ich ihn wissen ließ (ein Quäntchen Herrschaftswissen halte ich immer parat), dass es nach augenblicklichem Stand zirka einhundert Milliarden davon gäbe. Einhundert Milliarden Galaxien!

»Holy mackerel!«

Brian kriegte sich kaum ein, ja hätte sich beinahe am Wein verschluckt, als ich noch nachschob, von Jahr zu Jahr würde wahrscheinlicher, dass es *zehnmal so viele* seien. Wobei man sich dabei noch vorstellen müsse, dass jede Galaxie aus mehreren hundert Milliarden Sternen, Planetensystemen, Ansammlungen dunkler Materie und anderem astronomischen Kram bestehe.

»Holy shit!« Brian lehnte sich, geschockt, zurück. Ich schwieg und genoss.

»And where is God in all this mass and mess?« Auf diese irischste aller Fragen hatte ich gewartet.

»Gott ist die treibende Kraft im Universum«, sagte ich, um seinen Schock zu mildern. »Ob er aber die Sache so im Griff hat, wie die Priester uns glauben machen wollen, bezweifle ich.«

Brian genehmigte sich einen zum Rest an Schock passenden Schluck und sagte, fast demütig im Ton: »And we earthlings spend our days counting peas!«

Ein Klopfen an der Scheibe unterbrach unser Erbsenzählen, wir hatten weder ihr Auto gehört noch ihr Winken bemerkt. Wir sahen Raquels Gesicht am Fenster und ihre dunklen Augen, unterstützt von einer Kopfbewegung, stellten eine

Frage. So eilfertig ich nun aufsprang, um sie hereinzulassen, so rasch sah ich nun die Gelegenheit herauszufinden, wie es zwischen ihr und Brian stand.

Raquel, in Jeans und langärmligem T-Shirt, hatte ihr Haar zu einem Büschel nach hinten gebunden, das als Pferdeschwanz zu bezeichnen niemand ernsthaft erwogen hätte. »Darf ich mich zu euch gesellen, chicos?«, fragte sie mit einem Lächeln, in dem Angst vor Ablehnung wie Lust auf Neues lag.

»Adelante, mujer!« Vor Aufregung fiel mir nichts Besseres ein. Unter anderen Umständen wäre mir in so einer Situation etwas Charmantes über die Lippen gekommen.

Raquel gab mir einen dieser angetäuschten Wangenküsse, bei denen es weder rechts noch links zu Hautkontakt kommt. Danach begrüßte sie den, über mein Spanisch sichtlich erstaunten Brian auf gleiche Weise, jedenfalls kam's mir so vor.

Brian bot ihr den Stuhl neben sich an, doch sie blieb erst einmal stehen und sah sich meine kleine Wohnung an. ›Will doch mal sehen, wie es bei dem Junggesellen von nebenan aussieht, denkt sie jetzt‹, dachte ich und war erfreut.

»Und was macht du hier so, Alex, wenn du nicht gerade bei den Pferden mithilfst oder irgendwo auf dem Fahrrad unterwegs bist?«

Da lag's mir schon wieder auf der Zunge zu sagen: ›Ich schreibe um mein Leben.‹ Um mich aber unter Brians Ohren nicht zu wiederholen, sagte ich so lässig es ging: »Wer Direktor einer Sternwarte werden will, muss sich Mühe geben. Publish or perish, that is the question!«

Raquel lachte. Nicht über beide Ohren (die lagen ja frei und waren gut zu sehen), doch immerhin. Bislang hatte ich sie kein einziges Mal lachen gehört. Ihr fröhliches Lachen gefiel mir sehr.

Indes blieb die Frage offen, warum sie gekommen war. Kam sie wegen Brian? Wegen mir? Wegen uns? Sich solche

Fragen zu stellen kann quälend sein, wenn die Zielperson zum Schweigen neigt und auch sonst kaum Anstalten macht, etwas Persönliches preiszugeben.

Außenstehenden wie euch wird es scheinen, als wäre Raquel allein aus *einem* Grund zu uns gekommen: Weil sie sich einsam fühlte. Weil sie sich am Ende eines anstrengenden Tages nach Ruhe, vielleicht sogar Geborgenheit im Kreis anderer Menschen sehnte. So wie sie von Zeit zu Zeit abends oder am Wochenende zu dem Reimers ging – spontan, ohne Anmeldung, wie es auf dem Land noch hier und da möglich ist.

Richtig, ihr Lieben: Meine Frage blieb ungelöst! Nach dem nächsten Glas Rotwein war's mir auch egal. Raquel hatte sich neben Brian gesetzt, sah also in meine, nicht in irische Augen.

»Irland braucht Geld von der EU«, meinte der Unternehmer in Brian unvermittelt, um von den Galaxien zurück zur Erde zu gelangen. »Geld, das es von Brüssel bis nach Sligo schafft und nicht in Dublin, Cork oder Galway hängen bleibt.«

»Auch Spanien braucht Geld!«, sagte Raquel daraufhin, als wollte sie sich der irischen Forderung entgegenstemmen.

›Die Deutschen haben das Geld‹, ging es mir durch den Kopf. Dabei dachte ich an die Reimers und die Godenbergs. »Ihr seid doch längst im Aufwind!«, warf ich jedoch ein.

Als die zweite Flasche zur Neige ging und die untergehende Sonne den Westrand des Benbulben erglühen ließ, war Hoffnung in Gewissheit umgeschlagen. ›Raquel steht mir näher als dem Scheidungskandidaten‹, dachte ich jedenfalls zufrieden. Wer gegen Ende unserer Tinto-Runde den Vorschlag machte, einmal zu dritt den schönsten Tafelberg Europas zu besteigen, ist mir entfallen.

Raquel hin oder her, das Baby-Problem stehe weiter im Raum, höre ich euch raunen. Liebe Leute, meint ihr wirklich, ich hätte vergessen, was sich derzeit in Bergedorf tut? Die Frauenärztin hat sich mittlerweile festgelegt: Es wird ein Mädchen! Anja bombardiert mich nämlich inzwischen mit Mails und simst, was das Zeug hält. Okay, die Mitteilungen kommen nicht mehrmals am Tag, aber doch alle vierundzwanzig Stunden oder so. An Telefonieren denkt meine Freundin momentan dafür eher wenig. Wenn Reden Silber sein soll, wenn Schweigen Gold, was ist dann Simsen und Mailen? Bronze? Oder doch irgendwas zwischen Silber und Gold?

Einem dieser Selbsthilfekompendien, einer Anleitung zur Eindämmung hartnäckiger Neurosen, habe ich entnommen, im Konfliktfall sei es meistens besser, mit kurzen, den eigenen Standpunkt sachlich-freundlich erläuternden Mitteilungen zu reagieren beziehungsweise agieren. Dieses Vorgehen entschärfe einen Streit zuverlässiger als reden! Gespräche der üblichen, frei flottierenden Art führten meist nur zu Geschrei und aus Geschrei entwickle sich oft genug Schlägerei, mindestens aber – wenig besser als nackte physische Gewalt – das Werfen mit Essensresten und Porzellan.

›Alex, unser Baby strampelt schon, ich spüre, wenn es gegen die Bauchwand tritt!‹

›Nein, Alex, von außen können es Oma und Opa Godenberg noch nicht wirklich fühlen!‹

›Alex, ich fände einen irischen Namen schön! Was hältst du von Kayla oder Muriel?‹

So oder so ähnlich lauteten Anjas Mitteilungen, *messages*, wie es hierzulande heißt. Zynisch gestimmt, hätte ich ums Haar geantwortet: ›Spanische Namen fände ich schöner. Was hältst du von Lola oder Penélope?‹

Ihr runzelt die Stirn, ich seh's vor meinem inneren Auge: Lola hießen heute nur noch alte Huren und Penelope komme – als Frau des Odysseus – nur noch in obsoleten Filmen vor. Im Prinzip habt ihr ja Recht, jedenfalls was Letzteres betrifft. Mit Blick auf die Lola-Angelegenheit habe ich euch aber noch etwas mitzuteilen.

Doch alles zu seiner Zeit!

Was ich wirklich zurückschrieb? Per Mail, nicht per SMS: Im Augenblick, so ließ ich meine Freundin wissen, hätte ich andere Sorgen. Mein Chef setze mich garantiert vor die Tür, käme ich ohne Schrift zurück. Außerdem sähe ich, weil nicht der Vater, wenig Grund, mir angesichts derartig belastender Umstände weiteren Stress mit Mädchennamen zu machen. Ob sie schon mal einen dänischen erwogen habe? Spontan fiele mir *Vigga* ein.

Anstatt den sanften Südhang zu wählen und unsere Bergtour zu einer schönen, mäßig anstrengenden Wanderung zu gestalten, beschloss Brian, der stämmige Nordire im Ehe-Exil, Raquel und mich über den zerklüfteten, gefährlich steilen Nordhang zum Benbulben-Plateau zu führen – zu scheuchen, besser gesagt. Er legte ein Aufstiegstempo vor, dem die körperlich fitte Spanierin, nicht aber ich Stubenhocker gewachsen war.

Wenn wir wollten, würde sie uns bis zum Startpunkt fahren, hatte Ute uns angeboten, und würde uns auch wieder abholen. Ute ist eine Seele von Mensch, zudem mit Raquel auf ähnlichem Niveau, was Schweigsamkeit betrifft. Hören kann sie hingegen noch gut, trotz ihrer siebzig Jahre plus. Es könnte aber auch sein – der Gedanke kommt mir jetzt – dass sie, ähnlich wie nun ihr, interessiert an der Entwicklung der Brian-Raquel-Alex-Sache ist. Denn mit ihrem Transport-Angebot war sie als aufmerksame Beobachterin in der Lage, anhand unseres Verhaltens vor und nach der Benbulben-Tour, herauszufinden, was sich – menschlich gesehen – verändert hätte.

Hauptsächlich wegen Raquels Job fand die Bergtour eines Samstags statt. ›*Bergtour*, ich lach mich tot!‹ hätte Reinhold Messner gewiss gesagt. Als schwächstes Glied der Dreierkette hätte ich dagegengehalten: ›Lern du erst mal schwimmen, bevor du über das Besteigen eines Fünfhunderter lachst!‹

Anyway, mithilfe von Ute und dem Reimers'schen Range Rover gelangten wir auf schmaler Straße zu jener Stelle, von wo es nur noch zu Fuß weiterging.

»Wer die Nordroute des Benbulben nimmt, sollte es nur mit Führer tun«, sagte Brian und schaute uns ernst in die bangen Augen. »Oder mit Führerin«, fügte ich leise hinzu und hoffte dennoch, dass er's mitbekäme. Unser Führer stapfte los, ohne uns Ratschläge zu geben. ›Vorsicht hier, Achtung da‹, hätte er sagen – und in Rufweite bleiben können. Aber nein, er eilte schweigend davon! ›Null Ahnung von Führertum‹, dachte ich und stellte mich auf Überraschungen ein.

Für Raquel wäre es ein Leichtes gewesen, mit Brian Schritt zu halten. Sie blieb aber in meiner Nähe, ja begleitete mich die nächste Zeit. Die Sonne verschwand immer wieder hinter Wolken, doch nach Regen sah es nicht aus. Anfangs, für eine Strecke von vielleicht einem Kilometer, stieg das Terrain eher gemächlich an. Wir wanderten entlang eines Bachs. Mit meiner kleinen Kamera machte ich das eine oder andere Foto, auf dem stets auch die junge Spanierin zu sehen war, sodass die Wildheit der Landschaft mit dem aufgerissenen Boden und dem groben langen Moorgras durch den Kontrast zum Ausdruck kam.

»Lebst du allein oder mit jemand zusammen?«, wollte sie wissen, als wir uns dem anstrengenderen, gefährlicheren Teil unserer Bergtour näherten. Ich war erfreut, dass sie Spanisch sprach, zugleich aber war ich verwirrt. Wer mit über vierzig allein, also auch nicht bei der Mutter lebt, so lautet ja das Klischee, ist entweder geschieden oder schwer vermittelbar.

Oder hat zum Outen noch nicht den Mut gehabt.

»Ich lebe mit einer Frau zusammen«, antwortete ich so cool es mir möglich war. »Seit einigen Monaten dreht sie aber ihr eigenes Ding«. Das nötige Spanisch fiel mir rechtzeitig ein, eine Gegenfrage leider nicht. ›Sie wird mich schon wissen lassen, wie sie darüber denkt.‹

Raquel allerdings schwieg, nicht einmal mimisch ließ sie mich ahnen, was in ihrem Innersten geschah. Ungewöhnlich für eine Spanierin aus der Nähe von Madrid! Alcalá de Henares sei ihre Heimatstadt, hatte mir Ute erzählt: Geburtsort von Cervantes. Dem ein Kind zu zeugen mit der Angetrauten nicht gelang, wohl aber mit der Geliebten. Eine Tochter, nebenbei.

Bald wurde der Weg derart steil und steinig, dass wir die Hände einsetzen mussten, um vorwärtszukommen. Während jedoch unsere Füße ordnungsgemäß in Wanderschuhen steckten, hatte uns niemand etwas von Handschuhen gesagt. Brian war weit voraus, in dem von Geröllstrecken und sumpfigen Stellen durchsetzten Kalksteinhang konnten wir ihn kaum mehr erkennen. Es fiel mir immer schwerer, den nächsten Höhenmeter zu bewältigen.

Raquel erkannte das und begann mir zu helfen. Wenn mir die Kraft auszugehen schien, reichte sie mir die Hand und gab mir mehr Sicherheit. Oder sie zog mich über eine Hürde, ein für meine Verhältnisse heikles Felsenstück beispielsweise. Beim ersten Mal schämte ich mich etwas, ihre Hilfe in Anspruch zu nehmen, doch mit der Zeit genoss ich die Wärme und den Druck ihrer Hand.

Unser Führer hatte das Benbulben-Plateau erreicht, er war aus unserem Gesichtskreis verschwunden, als Raquel auf Geröll ins Rutschen kam und auf mich fiel. Reflexartig umgriff, ja umarmte ich sie, verlor dabei aber selbst das Gleichgewicht. Aneinandergeklammert stürzten wir, uns überschlagend, einige Höhenmeter den Hang hinunter und landeten in einer Art Moor. Wie lange wir mit pochenden

Herzen und nach Luft ringend eng umschlungen in dieser sumpfigen Kuhle lagen, kann ich nicht sagen – irgendwas zwischen Minuten und einer Ewigkeit. Erst als ich ein Lächeln der Erleichterung um ihre dunklen Augen und die schön geschwungenen Lippen sah, löste ich meine Arme von Raquels Körper. Meine Bergkameradin stand auf, schüttelte sich und half mir hoch; *angeschlagen, aber ungebrochen*, diese Diagnose stellten wir uns selbst. Unsere Körper hatten zwar einiges abbekommen (meiner mehr als der Raquels), doch die Köpfe waren heil geblieben. Im Stürzen hatten wir einander nicht nur umklammert, sondern uns auch zusammengerollt. Lädiert waren neben meinen Händen hauptsächlich Arme und Schultern, dazu Teile des Rückens und des Gesäßes. Mehr als Prellungen und Schrammen hatte ich zum Glück nicht erlitten. Raquel war noch glimpflicher davongekommen, wie ich tags darauf im Detail von Ute, dann auch von ihr selbst erfuhr.

Den Benbulben mussten wir jedoch zu Ende besteigen! Zurück nach unten war's nicht weniger gefährlich als nach oben. Und Brian, dieser unzuverlässige Führer - von Tisch, Bett und nun auch von seinem »Tross« getrennt – wartete gewiss schon ungeduldig. Er hätte, verdammt nochmal, außer zu festerem Schuhwerk, zu Lederhandschuhen und Kletterhelm raten können!

Als Raquel und ich die Hochfläche des Benbulben erreichten, stand Brian mit diesem verschmitzten, teils überlegenen, teils linkischen irischen Lächeln da, das ich meistens mag, manchmal aber um den Tod nicht ausstehen kann.

Meine Mit-Kletterin sagte auf Spanisch, wie sehr sie sich freue, endlich oben zu sein. Dabei drückte sie meine weniger ramponierte Hand. Mir ginge es ebenso, sagte ich und erwiderte den Druck.

Brian musterte uns. »So you're okay!« war seine erste Reaktion. Sein Lächeln glitt dann, wie ich fand, ins leicht Verächtliche ab. Mit abschätzigem Blick auf meine verdreckte Kleidung, meine verschrammten Hände und mein vom Schrecken des Sturzes wohl noch gezeichnetes Gesicht fügte er hinzu: »Be glad, Alex, your wife doesn't see you now – she'd suffer a miscarriage.« Ich solle froh sein, dass meine Frau mich jetzt nicht sehe, sie bekäme sonst eine Fehlgeburt! Man, how I love the irish humour!

Da *spürte* ich, müsst ihr mir glauben, wie ich erst blass, dann rot bis über beide Ohren wurde. Die Blässe war dem neuen Schrecken geschuldet, die Röte zunächst der Scham, dann einer grenzenlosen Wut. Sofort begriff Brian, dass er einen Fehler gemacht hatte, denn er wechselte vom Frotzelmodus in den des Mitgefühls, klopfte mir Staub von der Jacke und der Hose und sah sich meine blutverschmierten Hände an.

»When did you have your last Tetanus shot?«

Ich hätte den Kerl killen können: standrechtliche Exekution wegen Infamie! Zumal Brian zu Raquel hin sah, um zu erkennen, welchen Effekt seine »Indiskretion« gehabt haben könnte.

Schweigend wanderten wir auf dem gewellten, tundraartigen Plateau des Benbulben herum. Bis wir an eine Stelle mit steil abfallenden Wänden kamen, von wo der Blick über das Land aufs Meer unbeschreiblich schön ist. Diese Stelle erinnerte mich an einen Schiffsbug, unmittelbar darauf an die »Titanic« und an die beiden jungen Leute in dem Film. Doch anders als DiCaprio dachte ich an Mord: Ein kleiner, nur vom Opfer wahrgenommener Schubs – und Rivale B. wäre erledigt gewesen.

Zum Glück habe ich Mord und Totschlag immer nur in Gedanken begangen, keine Sekunde je an Ausführung gedacht. Natürlich auch jetzt nicht! Stattdessen legte ich ostentativ meinen Arm um Raquel (sie ließ mich gewähren) und versuchte mit Sternguckerblick die Landschaft zu katalogisieren. Nach links, von Westen nach Süden schweifend, konnte ich Lissadell House und den Friedhof von Drumcliff erahnen, in der Ferne Sligo Town; ich schaute über Yeats Country, wie sie hier sagen. Im Norden sah ich Grange, weiter entfernt am Meer, Mullaghmore – Sterbeort eines Lords, einer Lady und zweier Jungen im Alter von damals Sven und mir. Dazwischen lagen Wiesen, Weiden, Haine in allen Schattierungen von Grün, mit einzelnen Gehöften und kleinen Siedlungen darin.

Der sanfte Südhang des Benbulben schien selbst Brian als Abstiegsroute recht zu sein. Ute wartete am vereinbarten Ort.

»Zu deiner Information: Ich bin nicht verheiratet, und das Kind stammt nicht von mir!«, sagte ich auf der Rückbank des Range Rovers. ›Und meine Pille habe ich auch nicht vermisst‹, dachte ich, mutiger geworden, hinzu.

Raquel drückte erneut meine Hand.

7

Die Reimers ein eigenartiges Paar zu nennen, würde höchstens Leuten einfallen, die nicht ihre Geschichte kennen. Die nicht wissen oder wenigstens ahnen, was es heißt, das einzige Kind zu verlieren, wenn's zu spät für ein Ersatzkind ist. Wobei es den Eltern und ihrer Beziehung keineswegs immer helfen soll, habe ich mal gelesen, wenn sie ein früh verstorbenes Kind durch ein frisch gezeugtes ersetzen. Selbst dann nicht, wenn sie dem zweiten Kind den gleichen Namen wie dem ersten geben. Im Fall von Ute und Gert kam jedoch niemand mehr, der Svens Namen hätte übernehmen oder allenfalls Svenja hätte heißen können. Weshalb die zwei ihre deutschen Zelte abbrachen, um sich in die Stille von Sligo zurückzuziehen. Nie hätten sie, davon bin ich überzeugt, einen weiteren Jungen Sven genannt.

Jene unglückselige Bemerkung zu meiner Entstehung und der Liebe oder Nicht-Liebe von Rolf und Margot Schilck habe ich Gert vergeben, am Abendessen meiner Ersatzeltern nehme ich wieder teil. Wenn, ja wenn ich nicht, meist unentschlossen, in meiner Küche am Tisch hocke. Dort letztlich aber nur auf Raquel warte in der Hoffnung, es würde mehr – mehr als ein Blick in dunkelbraune Augen, eine halbe Umarmung, ein kurzer Händedruck.

Was die Reimers aus Sicht mancher Iren und ihrer Frauen besonders macht, ist die Art, wie sie sich beschäftigen. So hat es Gert, aufgewachsen mit Bundesliga und Formel 1, hier in Irland mit Gaelic Football und Bildhauerei, während sich Ute – außer auf Reiten, ausgedehnte Spaziergänge am

Strand und Verfeinern von Fuchsia House – auf das Thema »Starke Frauen« gestürzt hat.

Eines Abends überraschte mich Ute mit neuer Information zu Lola Montez, der zeitweiligen Gräfin Landsfeld und Mätresse König Ludwigs von Bayern. Die hieß eigentlich Elizabeth Gilbert. Als Tochter eines schottischen Offiziers und einer Mutter aus der hiesigen Gentry war sie so spanisch, wie der Maulwurf in Irland heimisch ist. Das Tanzen hatte sie auch nicht in Sevilla, sondern in London gelernt. Was ich aber *nicht* wusste: Ihr Geburtsort war Grange, dieser kleine Ort an der N15 mit der Apotheke, dem Supermarkt und den zwei, drei Pubs, den ich von hier zu Fuß erreichen kann – wo ich mich also unabhängig von meinen Ersatzeltern verproviantieren könnte, sollte es Gert Reimers ein weiteres Mal gefallen, den Giftschrank zu öffnen.

Vorübergehend nahm ich daraufhin an: Raquel hat die Caretaker-Wohnung für so geringe Gegenleistung bekommen, weil sie eine *echte* Spanierin ist. Ob sie auch Flamenco tanzen kann, wüsste ich natürlich ebenso gern wie ihr.

»Willst du mehr von Lola wissen?«, frage Ute und bereitete sich einen Abendtee der Sorte »Wonderful Dreams«.

Ich nickte, ließ ein unpassendes »Nur zu!« heraus und tat – es war ja kein puristischer Ire da – ein paar Eiswürfel in mein Whiskeyglas.

Wir saßen zu zweit in der Reimers'schen Küche und sahen einem ruhigen, friedvollen Abend entgegen, denn Gert war mit Brian unterwegs, um sich dessen neues Motorboot am Lough Erne anzusehen.

Ute kennt das Leben der Lola Montez wie wenige andere. Sie ist fasziniert von Frauen, die sich nicht unterbuttern lassen - die den Mund aufmachen, wenn's nötig ist und übergriffigen Männern, egal wie »hochgestellt«, die Zähne zeigen. Die je nach Notwendigkeit den geschlossenen Fächer, die flache Hand, die geballte Faust, die Reitgerte und die Schuhspitzen ins Spiel bringen, um ihre Freiheit zu verteidigen. Wenn's anders nicht geht, sogar den Dolch, die Pistole und das Gewehr.

»Du brauchst erstmal etwas Saftiges, Alex«, sagte Ute und trank ihr erstes Schlückchen Tee. »In der Blüte ihrer Jahre hat die Montez das Bett mit einem Monarchen, einem Fürsten, einem Zeitungsredakteur und einigen Corpsstudenten geteilt. Während es beim Monarchen der *erste* Ludwig war, war's bei dem Fürsten der zweiundsiebzigste Heinrich!«

Ich erinnere mich: Oberhäupter der höchsten Adelskategorie werden römisch gezählt: Katharina II., Karl V. und so weiter. Arabisch geschrieben sind die Ziffern der Fürsten Reuß indes leichter zu lesen; bei solch exzessiven Zahlen ist es ja nicht wie bei einer alten Sonnenuhr.

»Lolas Mutter kam auf einer Burg bei Limerick zur Welt«, fuhr Ute fort. »Limerick galt lange auch als Geburtsort ihrer Tochter. Dass die Montez selbst in Grange geboren ist, hat sich erst vor zwanzig Jahren oder so herausgestellt.«

Bilde ich mir ein, dass Raquel mich ignoriert? Vielleicht sollte ich zur eigenen Beruhigung ein Reuß-Limerick schreiben. Was mit *Heinrich*! und *Mir graut's vor großen römischen Zahlen*.

»Eine Pompadour war sie so wenig wie eine Mata Hari, eher sowas wie eine Mischung aus Madonna und Marilyn Monroe. Eine Kunstfigur will ich damit sagen. Und das in einer Zeit ohne die Medien, die es heute gibt! Obwohl, die Fotografie, auch den Journalismus hat sie bereits clever genutzt. Und was den Vergleich mit Madame Pompadour betrifft, politischen Einfluss hatte sie durchaus. Ja, es ließe sich ohne große Übertreibung sagen: Im Jahre 1847 war sie eine Zeitlang Premierministerin des Königreichs Bayern. Dem ältlichen, in der Ehe mit Therese unzufriedenen König hatte die fünfunddreißig Jahre jüngere Frau mit ihren »spanischen« Tänzen und ihrem Nonkonformismus nämlich so den Kopf verdreht, dass sie Projektvorschläge machen und Regierungsentscheidungen beeinflussen durfte.«

›Oje …‹, kam's aus meinem geschichtstrunkenen Gehirn: ›Wieviel von München geht wohl in Wahrheit, statt auf den ersten Ludwig, auf die einzige, gleichzeitig letzte Lola zurück?‹

»Hörst du mir zu oder denkst du an die Spanierin von nebenan?«, fragte Ute mit einem Mal und ihre Stimme klang, dass ich zusammenfuhr. Margot die Echte hätte das auch nicht weniger mütterlich sagen können.

»Ich höre aufmerksam zu und denke mit!«

»Wenn du nicht aufpasst, Alex, wirst du nie erfahren, was starke Frauen sind. Solltest du aber unbedingt! Okay, Lola erhielt von Ludwig ein Palais, reichlich Geld, den Titel einer Gräfin *und* die Einbürgerung ins Königreich.«

›Muss ein Kraftakt gewesen sein, das alles durchzukriegen‹, dachte ich, ›in einem erzkonservativen Land zu Umbruchszeiten!‹

»Leider, aus weiblicher Sicht gesagt, hielt das nicht lange vor: Den Bayern, diesen Machos, aber auch den Bayerinnen, missfiel die Beziehung zwischen der Irin und ihrem Monarchen. Ein Teil Studenten schlug sich auf Lolas Seite, der andere, weit größere, verhielt sich so unbotmäßig, sogar tumultuös, dass Ludwig sich gezwungen sah, die Universität zu schließen und alle Studenten der Stadt zu verweisen. Am folgenden Tag sah er sich gezwungen, das Ganze rückgängig zu machen und stattdessen die Gräfin Landsberg, seine heiß geliebte Lola, fortzuschicken. Aus München wie aus dem Königreich! Alex, stell dir solch wankelmütiges Verhalten vor!«

Ich stellte mir das Verhalten des Königs vor, wenngleich nicht in allen Details, und kam zu dem Schluss: Lola hätte rechtzeitig soviel Geld und Geschmeide wie möglich an sich nehmen – und *rennen* sollen.

»Sie kam aber nochmal wieder – wenigstens ging so das Gerücht – und das gab Ludwig politisch den Rest: Er entsagte, im Grunde befreit, der Königswürde zugunsten seines Sohnes Maximilian.«

›Entsagen ist nicht so mein Ding‹, dachte ich trotzig, ließ aus Furcht vor meiner Ersatzmutter aber nichts davon heraus.

»Die Zeit bis zu ihrem Tod mit nicht einmal vierzig Jahren verbrachte die Montez in den USA und Australien, teilweise in Goldgräberstädten, tanzte und spielte auf allerlei Bühnen, hielt Vorträge, schrieb Ratgeber für Frauen, die sich mehr Selbstvertrauen und wirkungsvolleres Auftreten wünschten und – schlug sich mit einer Bigamie-Anklage herum. Mit einer Broadway-Revue, in der sie sich selbst spielte, hatte sie enorm Erfolg, gab das Geld jedoch für Luxus aus. Gestorben ist sie 1861 an einer Lungenentzündung, nachdem sie im Jahr davor einen Schlaganfall erlitten hatte, der sie halbseitig lähmte und ihr die Sprache nahm. Sie liegt in New York begraben – in Brooklyn, um genau zu sein.«

›Eine *echte* Feministin war sie nicht‹, dachte ich streng, doch vielleicht kann man sie als »Proto-Feministin« bezeichnen.

Ute bereitete sich einen weiteren Tee und ich ging wieder zu dem Kabinett, in dem Gert seine Whiskeys verwahrt.

Mit zwei weiteren Powerfrauen, die mit der Grafschaft Sligo enger als die Montez verbunden sind, beschloss meine sonst ja eher schweigsame Gastgeberin unseren Abend. Hiervon werde ich später berichten – *drei* Lebensgeschichten starker Frauen hintereinander, wer hielte das aus?!

Beschwingten Schrittes ging ich gegen Mitternacht über den irgendwie fröhlich knirschenden Kies zum Seitentrakt, fand an der Tür angepinnt ein Stück Papier und bekam andere Gedanken.

»Hallo Alex, morgen habe ich einen freien Tag«, stand da auf Spanisch, mit Filzstift geschrieben. »Bin hier noch keinmal am Strand spazieren gegangen: Hättest du Lust mitzukommen? Wir könnten mit meinem Auto fahren oder hin radeln, je nachdem, was dir lieber wäre.«

Ich habe nachgesehen, ob bei ihr noch Licht brannte. Tat es aber nicht, soweit das vom Weg aus zu erkennen war. Im Badezimmer schob ich die Häkelgardine etwas zur Seite und schaute zu Raquels Schlafzimmerfenster hin. Für kurze Zeit glaubte ich, Licht wahrzunehmen, das den Vorhang durchdrang. Dann erinnerte ich mich, wie der Kies geknirscht hatte, und kehrte zum Realismus meiner derzeitigen Grundstimmung, des Irish Blues', zurück. Würde ich früh aufstehen und mich nebenan melden, käme Raquel kaum in Versuchung, ohne mich loszuziehen. Bevor mich der Schlaf überkam, stellten sich in meinem Kopf bewegte Bilder ein, in denen die Sonne schien, Wolken taten, als könnte sie kein Wässerchen trüben, und zwei noch recht junge Menschen zweierlei Geschlechts nackt und lachend in die Wellen des Nordatlantiks sprangen. Sechzehn Grad Wassertemperatur sind eine Zeitlang gut zu ertragen. Bei vierzehn Grad und weniger hört der Spaß allerdings auf. Mehr ist hier gegen Ende des Sommers kaum zu erwarten.

Gert, der nach dem Lola-Constance-Edwina-Abend erst in den »small hours« der Nacht, wie man hier sagt, den Weg nach Hause fand, hat mir inzwischen noch ein paar Mal gesteckt, wie sehr Raquel Brian gefällt. Dabei hätte dieser *King of the Irish Salvage Yard* genug mit dem eigenen, siebenköpfigen Hausstand zu tun! Fünf Kinder hat der Typ, ist aber höchstens zwei oder drei Jahre älter als ich!

Wie kommt es, dass die Iren, speziell die in der Republik, mit so vielen Kindern gesegnet sind? Was machen die anders? Hätte ich (nur mal als Gedankenspiel!) zum römischen Glauben übertreten sollen, um meiner Unfruchtbarkeit Herr zu werden? Oder liegt mein Versagen an meiner Befindlichkeit? Ist mein Irish Blues vielleicht nur die Fortführung jenes Zustands, an dem ich seit Jahren leide? Kann man von seinen Spermien Mumm und Wumm erwarten, wenn einem selbst der Antrieb fehlt? Wenn man unablässig verzögert und verschiebt, obwohl es an der Wand geschrieben steht, welche Strafe einem blüht?

Seit ich mit Raquel am Strand und anderswo gewesen bin, habe ich nicht gerade an Lebensfreude hinzugewonnen. Obwohl, das stimmt nicht ganz: Zwar hat es mich erschüttert, was ich im Lauf der Zeit alles erfahren habe, doch habe ich immerhin erst *nach* der Autofahrt an meine sonst übliche Pille gegen Panik gedacht. Ich war total gefangen von dieser stillen, ihr Fahrzeug umsichtig steuernden Frau und hatte nichts von der heranrasenden Welt bemerkt.

8

Streedagh Beach ist zirka drei Kilometer lang und liegt auf einer Nehrung, das zugehörige Haff ist zwischen fünfhundert und achthundert Meter breit. Außer einer Frau mit zwei Hunden fernab in den Dünen waren wir allein. Wir gingen schweigend nebeneinander her, unsere Arme berührten sich von Zeit zu Zeit.

»Hättest du Lust mit mir schwimmen zu gehen?«, fragte ich irgendwann und sah Raquel herausfordernd von der Seite an.

»Ich kann nicht schwimmen«, antwortete Raquel und lächelte schief. Mir kam das wenig glaubwürdig vor. ›Sie wird ihre Tage haben‹, dachte ich.

»Dann zieh die Schuhe aus, kremple die Hosen hoch und geh wenigsten mit den Beinen rein!« Was *Hosen hochkrempeln* heißt, wusste ich nur auf Englisch. »Arremangarse los vaqueros« wäre der spanische Ausdruck gewesen. Weiß ich natürlich jetzt.

Raquel fand das Wasser angenehm, jedenfalls sagte sie: »De hecho, el agua es agradable!«

Und weil ich mich aus dem Fenster gelehnt hatte, zog ich Schuhe, Socken und T-Shirt aus und ließ die Hosen runter. Aus medizinischen Gründen trage ich bestimmte Boxer-Shorts, die ich als Funktionskleidung für malade Hoden verstehe. Sie ähneln gewissen Badehosen und sie trocknen rasch.

Raquel riss die Augen auf, als sie die Narben sah. Jener Raser hatte damals vor allem meine Beine, indirekt aber auch mein Becken erwischt. Ich steckte mit meinem Oberkörper in dem Wrack und wollte Sven vor den Flammen retten. Wie ihr wisst, vergeblich! Trotz all der Platten, Nägel und Schrauben sind meine Beine nicht wieder ganz gerade geworden. Habe ich erwähnt, dass ich auch leicht hinke?

»Jetzt weiß ich endlich, warum du so komisch gehst«, sagte Raquel. Ich erwartete ein Terminangebot in der Praxis, in der sie tätig ist. Doch sie kam neugierig näher, sah sich meine Beine an und betastete die Narben.

»Armer Alex! Das sieht nach einem schlimmen Unfall aus! Qué te ha pasado?«

Statt ihr zu antworten, stürzte ich mich in die Wellen, die mir so einladend wie selten vorkamen. Als mir aber nach Minuten kalt zu werden begann, ich Raquel auch nicht länger warten lassen wollte, verließ ich das Wasser in der Hoffnung, der Wind würde das fehlende Handtuch ersetzen. Ich warf Hemd und Hose über die Schultern, nahm die Sneakers in die Hand, und wir schlenderten den menschenlosen Strand entlang der Nehrungsspitze zu.

Nach einer Weile brach ich mein Schweigen und fing an, Raquel von meinem Unfall zu erzählen: Wie das Auto der alten Dame auf uns zugekommen sei; wie mein Vater nichts mehr habe tun können; wie ich Sven noch zu retten versucht hätte, dabei jedoch schwer verletzt worden sei. Und wie viele Operationen und andere Maßnahmen notwendig gewesen seien, um Becken und Beine funktionell befriedigend wiederherzustellen.

Zum Ende der Nehrung gelangte wir an diesem Tag nicht, zu sehr verlangsamte sich unser Schritt. Nun verstehe sie manches, sagte Raquel, und umarmte mich so, dass ich an unsere Benbulben-Tour erinnert war. Auch mit Ute und Gert fühle sie sich mehr verbunden, fügte sie mit einem Klang in der Stimme hinzu, der mir sonderbar erschien. Ich rührte mich nicht und ließ die Umarmung zu – bis es mir wegen der »Badehose« peinlich wurde. Was ich vor dem kalten Bad am Körper getragen hatte, lag um uns verstreut im Sand von Streedagh Beach.

»Besser, du ziehst dich an, Alex, sonst holst du dir noch eine Erkältung«, sagte Raquel dann und ließ mich los. Sie wandte mir den Rücken zu, als hätte ich angedeutet, meine Boxer-Shorts auswringen zu wollen. Die waren aber längst trocken und zwei, drei Minuten später stand ich angezogen neben ihr.

»Auch ich habe einen Menschen bei einem Unglück verloren«, sagte sie mit abgewandtem Gesicht. »Am 11. März 2004, bei den Attentaten von Madrid. Ich bin nur deshalb nicht gestorben, weil mich sein Körper schützte. Gonzalo war meine große Liebe, unsere Hochzeit war für den Sommer geplant.«

Da habe ich mich nicht zu verhalten gewusst. Ihr in die Augen zu sehen und Tränen zu entdecken, davor scheute ich mich. Seltsamerweise war mir auch nicht danach, sie in den Arm zu nehmen. Für eine Weile jedenfalls. Wer es nicht selbst erfahren hat, wird es kaum ermessen können, was der gewaltsame Tod eines geliebten Menschen bedeutet. Und wer es auf eine Weise erfahren hat, dass sich der Schmerz mit Schuld und Scham verband, wird nie mehr ganz freikommen von Bitterkeit, der buckligen Schwester der Melancholie.

Natürlich habe ich Raquel nach besagter Weile in den Arm genommen – wo denkt ihr hin! Sie fühlte sich auch nicht steif und abweisend an, sondern schien mir dankbar für den Trost zu sein. Vermieden habe ich dabei – trotz beträchtlicher Neigung dazu –, die Haut ihres Halses mit meinem Mund zu berühren. Ihr Gesicht anzuschauen wagte ich erst nach einer Ewigkeit. Tränen oder Spuren davon im Makeup habe ich keine gesehen, wohl aber sehr feuchte Augen.

Raquel nahm danach wortlos meine Hand und so sind wir bis zu der Stelle gegangen, wo oft die Seehunde lagern. Es waren aber keine da. Wir kehrten um.

Auf dem Rückweg zum Parkplatz erfuhr ich mehr über ihr Unglück: Wie sie im Zug von Alcalá de Henares nach Madrid, den sie morgens kurz nach sieben Uhr zur Arbeit nahm, neben Gonzalo gesessen habe; wie es unweit des Bahnhofs Atocha eine Explosion gegeben habe; wie sie sich zwischen verstümmelten Menschenleibern und Teilen des Wagons neben den Gleisen wiedergefunden und ihren *novio* nie mehr gesehen habe.

Er habe nicht gelitten, hätten ihr die Rettungsleute erklärt und ihr kategorisch den Abschied von ihm verwehrt.

›Sie wird's mir erzählen, ob und wie schwer sie verletzt worden ist, wenn die Zeit dafür gekommen ist‹, dachte ich, um mich zu beruhigen – ›Kopf, Hals, Arme, Unterschenkel scheinen es nicht gewesen zu sein‹. Und weil wir beide noch nicht an Heimkehr dachten, schlug ich eine Mini-Sightseeing-Tour vor.

Das Spanish Armada Monument und die Geschichte der drei, vom Sturm auf den Strand geworfenen Kriegsschiffe Philipps II. kannte Raquel, eine Arbeitskollegin hatte ihr vom üblen Schicksal der Schiffbrüchigen an Land erzählt. Mit Yeats war Raquel hingegen wenig vertraut. Die berühmten Zeilen auf dem Grabstein des Dichters in Drumcliff bewegten sie: »Cast a cold Eye / On Life, on Death. / Horseman, pass by!«

»Der Schluss eines seiner letzten Gedichte«, sagte ich, um etwas zu sagen. Dann dachte ich: ›Von meinem Vater und von Sven habe ich mich auch nicht verabschieden dürfen.‹

»Und wie heißt das Gedicht?«

Raquels Neugier überraschte, ja berührte mich.

»›Under Ben Bulben‹. Bezieht sich auf den Ort, wo er seine letzte Ruhe zu finden gedachte.«

»Also auf den, wo wir momentan stehen?«

Ich sah in der Ferne den »Bug« des Tafelbergs und nickte.

»Hat gedauert, bis er hier lag: Gestorben ist er in Menton, in einem Hotel mit dem Namen Idéal Séjour, lag aber zunächst fast ein Jahrzehnt lang in französischer Erde.«

Ich nahm mir vor, bei nächster Gelegenheit einen Band mit Yeats' Gedichten zu erwerben, als Geschenk für Raquel.

Im »Drumcliffe Tea House & Craft Shop« ging es ruhiger zu als sonst. Wir setzten uns in eine Ecke und bestellten Cheesecake und Breakfast Tea, obwohl es Nachmittag war. Ich erwähnte die lebenslange, unerfüllte Liebe des Dichters zu Maud Gonne, der republikanischen Freiheitskämpferin und Frauenrechtlerin, um die nächsten Fragen vorzubereiten. Raquel wusste mehr über mich als ich über sie, das musste sich ändern.

»In der kurzen Zeit, die ich hier lebe, bin ich noch wenig herumgekommen«, reagierte sie auf die erste Frage, »Brian hat mich mal nach Donegal mitgenommen«, auf die zweite. Die dritte Frage beantwortete sie mit einem Schulterzucken, das ich als Unentschlossenheit verstand. ›Hoffentlich stellt er sich beim *Ver*führen so blöd wie beim Führen an‹, dachte ich, um mich zu beruhigen.

Raquel, so erfuhr ich nach und nach, hatte bis vor Kurzem in Dublin gelebt. Einige Male hatte sie es mit einer Beziehung versucht. Gonzalo sei aber ihr einziger Mann geblieben, sagte sie so bitter wie stolz. Und was sei mit Ihresgleichen gewesen, wollte ich da frotzelnd fragen, sah indes rechtzeitig ein, wie unpassend das gewesen wäre.

Das Quirlige an der irischen Hauptstadt, das Anja und ich so liebten, war Raquel irgendwann zu viel geworden. Daher der Wechsel in den Nordwesten der Republik – in eine vielfältige, stille, der Seele vielleicht gerade wegen ihrer Melancholie wohltuende Landschaft.

Beim Abschied vor Fuchsia House – als wir an der Tür zu meiner Wohnung standen – umarmte Raquel mich abermals. Ihr Kuss war diesmal nicht angetäuscht. Ihr Mund berührte meine Wangen und ich spürte, neben einem Druck auf der Haut, auch ein klein wenig Feuchtigkeit.

»Ayer lloraba el que hoy ríe, y hoy llora el que ayer rió«, sagte sie lächelnd. Einen Augenblick lang war mir, als wollte sie mich streicheln.

»Gestern weinte, wer heute lacht, und heute weint, wer gestern lachte«. Ein Cervantes-Zitat aus »La entretenida«, einem Theaterstück, wie ich inzwischen weiß und in der Aussage nahe dem einzigen Beckett-Zitat, das mir in Erinnerung ist. Sollte hier einer vom anderen abgekupfert haben, der Spanier war's auf keinen Fall.

Etwas zwingt mich an dieser Stelle, es nicht bei meiner knappen, allein auf Raquels Schicksalsschlag bezogenen Notiz zum Anschlag auf die Madrider Vorortzüge vom elften März 2004 zu belassen. Im kollektiven Gedächtnis Spaniens ist dieser Terrorakt als »11M« ähnlich verankert, wie es 9/11 in den Vereinigten Staaten von Amerika ist. Ich habe mich kundig gemacht, im Netz, aber auch mit Hilfe des Reimers'schen Buchbestands. Das Grauen *total* zu erfassen, scheint mir aus alten wie aktuellen Gründen notwendig zu sein. Wer sich den Abgründen menschlichen Handelns stellt, finde ich, erfährt etwas über sich selbst. Und wer sich das Leiden der Opfer vergegenwärtigt, ohne Barrikaden gegen die eigenen Gefühle zu errichten, stärkt seine Fähigkeit zur Empathie.

Explosionen von der Stärke, wie sie Raquel überlebt hatte, ereigneten sich damals an zehn Stellen von vier Zügen der Cercanías Madrid, die ausnahmslos aus Alcála de Henares, dem Geburtsort Cervantes', kamen. Es war Rushhour, jeder Zug vollbesetzt. Die Zündungen erfolgten per Handysteuerung. Bei drei weiteren der Rucksackbomben »klappte« es nicht oder deren Entschärfung gelang rechtzeitig. Fast zweihundert Menschen starben, ungefähr zweitausend wurden verletzt. Dass die Anschläge sich drei Tage vor den Parlamentswahlen ereigneten, gab Anlass zur Spekulation, die ETA, die baskische Untergrundorganisation, sei der Urheber des Ganzen. Der regierenden Partido Popular passte das mehr in den Kram als der Mitte-Links-Partei PSOE, dem Hauptgegner der Konservativen. Schlussendlich wurde jedoch klar: Radikalislamische Fanatiker, nicht die ETA, hatten dieses Verbrechen begangen und so viele Menschen aus dem Leben gerissen, so viele andere ins Unglück gestürzt. Millionen von Spanierinnen und Spaniern gingen auf die Straße, um gegen die Art der Aufklärung und Information durch die Regierung zu protestieren. Die PP verlor die Wahl, die PSOE kam an die Macht. An die ETA als Drahtzieherin der Anschläge glaubten rechtskonservative Kreise weiterhin.

Warum mir nun Gert einfällt, weiß ich nicht. Es mag daran liegen, dass ich ihn länger links liegen gelassen habe. Ambivalenz lässt einen manchmal auf merkwürdige Weise handeln, selbst wenn die alten Sünden vergeben sind.

So wie Ute sich nämlich mit Reiten, langen Spaziergängen, dem Sammeln schöner alter Dinge und den Biographien starker Frauen den Schmerz vom Leibe hält, bekämpft mein Ersatzvater seine innere Not mit Fernsehsport und Bildhauerei. Manchmal denke ich, wenn ich ihn bei seiner Tätigkeit beobachte oder seine Werke betaste: Baselitz, Lüpertz und all die anderen, die Leinwand, Pinsel und Farben von Zeit zu Zeit mit Holz, Hammer und Meißel vertauschen, könnten sich an seiner Art, seinem Furor, dicke Eichenstämme zu traktieren, ein Beispiel nehmen. Das Holz für Gerts häufig körperhohe Skulpturen, die nach ihrer Fertigstellung einige Monate lang im Freien stehen dürfen, danach in der Scheune das Dasein einer »Kunst im Depot« fristen, kommt aus Litauen; Irlands Wälder sind unter Oliver Cromwell dem Bedarf der Schiffswerften, Metallschmelzen und Glashütten zum Opfer gefallen. Um ein Werk fertigzustellen, braucht Gert Monate. Die ersten Eingriffe sind grob, danach greift er zu feinerem Werkzeug, sogar Farbe. Fragt man ihn aber, ob er ans Ausstellen seiner Skulpturen denken würde, winkt er jedes Mal ab und knurrt, dazu habe er weder Lust noch Zeit.

9

Mit meinem Sterngucker-Projekt geht es nicht voran, egal wie früh und ausgeschlafen ich mich morgens an den Laptop setze. Na ja, ganz stimmt das nicht: Es ist Bewegung darin, doch sind die Fortschritte so gering, dass sie nur mit der Lupe erkennbar sind. Mein Chef würde die Nase rümpfen und mich einen »Zauderlehrling« nennen. Und er hätte Recht damit! Ich sitze da, trinke Kaffee oder Tee, in der Hoffnung auf Antrieb und Inspiration, schaue sehnsüchtig zu meinem Tafelberg und dessen steilen Flanken hin, als käme die Erleuchtung von dort, oder gehe ins Bad, um die Häkelgardine ein wenig zur Seite zu schieben und zu Raquels Schlafzimmer mit dem tagsüber unverhängten, zwecks Raumlüftung zeitweilig sogar geöffneten Fenster hinüberzuschauen. Dieses heimliche Schauen ist aber potenziell nur früh morgens beziehungsweise spät abends interessant. Während der irischen Arbeitsstunden hält sich meine Nachbarin in Sligo Town auf, um Leuten auf die Sprünge zu helfen. Maßnahmen, die verkürzte Sehnen, verklebte Muskeln in Normalzustand bringen, könnte ich auch gebrauchen, fällt mir ein. Die täten meinem Körper sicherlich wohl und dadurch auch meiner Seele. Eine »Musculotendinalkur mit Antitrödeleffekt«, wie wäre das? Schlag ich ihr vor, wenn die Zeit dafür gekommen ist. An Wochenenden, das möchte ich noch nachtragen, fasziniert mich das Fenster freilich auch.

Anja hat sich gemeldet, mit einiger Vehemenz: Sie finde es schlimm, völlig im Unklaren darüber gelassen zu werden, was ich mache oder was ich denken würde. Weder anzurufen noch zu mailen oder wenigstens zu simsen, das gehöre sich nicht in einer Partnerschaft! Wo sie doch jetzt im sechsten Monat sei!

Schlimm aus *meiner* Sicht war: Anja hatte zuerst mit Ute telefoniert und sich beschwert; *ausgeweint* möchte ich's nicht nennen, dafür ist Anja zu norddeutsch geprägt. Schlimmer aber als dieses »Nichteinhalten des Dienstwegs«, wie ich es spöttisch nenne, um mich abzuregen – schlimmer wäre, Ute hätte Anja von der jungen Spanierin erzählt: Von unserer Benbulben-Tour, vom Spaziergang am Strand, von der wachsenden Vertrautheit zweier versehrter Menschen. Müttern bleibt nichts verborgen, selbst wenn sie nur stellvertretend tätig sind.

Ute hat jedoch dichtgehalten, danach hörte es sich jedenfalls an, als auch ich schließlich – teuer per Handy – mit Anja sprach. Die Gästewohnung hat Internet, aber keinen Telefonanschluss! Der einzige Schnitzer bei der technischen Ausgestaltung von Fuchsia House, der Gert unterlaufen ist.

»Du hast auch nicht angerufen!«, parierte ich ihren ersten Schlag. »Genesen von deinem Alleingang bin ich bislang noch nicht.«

»Du musst nicht ›genesen‹, Alex, du musst *erwachsen* werden und dich bekennen! Zu mir und unserem Kind – oder zu dir und der Flucht vor der Wirklichkeit. Wir leben nicht mehr in der Zeit, wo ihr Männer die ›Herren aller Länder‹ wart und alles bestimmt habt!«

Meinen Namen, also die Kurzform davon, hatte sie – so klang es jedenfalls in meinen gestressten Ohren – mit einem lange nicht gehörten, provozierend gedehnten A gesprochen.

Anja drosch weiter auf mich ein, so kam's mir vor. Bis zu dem Punkt, wo ich mich fragte: Und was ist mit dem Trip nach Dänemark? Ich fragte allerdings nicht nur mich, ich fragte auch sie. Und erweiterte die Frage: Wo fängt der Treuebruch in einer infertilen Beziehung wie der unseren an? Erfüllt die Übertragung fremder Samenflüssigkeit auf so prosaischem Weg den Tatbestand? Oder fängt Treuebruch erst bei körperlicher Vereinigung an?

Von da an sprachen wir ruhiger und sachlicher über unsere Situation. Ein Paar, das länger als zehn Jahre durchgehalten hat, wirft die Flinte nicht leichtfertig ins Korn.

Bei der körperlichen Vereinigung mit einer dritten Person waren wir gleicher Meinung. Uneinigkeit bestand indes bei der Becherangelegenheit. Anjas eigenmächtigen Trip ins nördliche Nachbarland hielt ich für keinen Treuebruch im strengen Sinn, wohl aber für einen Bruch des Vertrauens. ›Du hättest mich vom Ausmaß deiner Sehnsucht in Kenntnis setzen müssen, erst recht von der Absicht, unser Problem »dänisch« zu lösen‹, wollte ich einwerfen, hielt aber inne, weil das arg bürokratisch geklungen und sie zu massiver Gegenwehr gebracht hätte (›Und du, lieber Ahlex, hättest erkennen müssen, verdammt noch mal, was mir ein Kind bedeutet! *Meine* Lösung hättest du nie und nimmer geschluckt‹).

Halt mal, Alex, höre ich euch rufen: Schon vergessen, was Anja gesagt hat? Als sie dazu aufforderte, dich zu bekennen, nannte sie als erste Möglichkeit »zu mir und *unserem* Kind«! Mach dir bitte mal klar: Statt des Bechers hätte sie den *ganzen* Dänen nehmen und dich verlassen können!

»Woran – oder an wen – hast du bei diesem, ähm, Vorgang gedacht?«, fragte ich, so forschend wie furchtsam, ins Handy hinein. Lieber hätte ich Anja in die grünen Augen geschaut.

»Ich habe weder an dich noch an den Samenspender gedacht – hoffentlich klappt's, war mein einziger Gedanke!«

»War Vigga dabei oder hast du den Rest allein gemacht?«

»Vigga ist meine beste Freundin! Im Übrigen ist sie, das weißt auch du genau, zur Hälfte dänisch.«

›Es wird ein freundliches Kind‹, dachte ich. Als ich sieben war und meine Erzeuger noch so miteinander auskamen, dass ich's zuhause aushalten konnte, haben wir mal drei Wochen Urlaub auf Bornholm gemacht. Da haben wir viele Dänen und noch mehr Däninnen kennengelernt. Trotz der Erfahrung, die ihre Eltern und Großeltern mit den Deutschen im Zweiten Weltkrieg gemacht hatten, waren die alle nett und zuvorkommend zu uns!

Bin abgeschweift! Bei gewissen historischen Sachverhalten kann es aber nicht schaden, die Erinnerung daran wachzuhalten.

Zumal es hier um *dänischen* Samen geht.

Ja, Anja hätte nicht nur seinen Samen, sie hätte den Dänen ganz nehmen und bei ihm bleiben können. Oder bei irgendeinem anderen passenden Kerl mit munteren Spermien und super Genen. Hat sie aber nicht getan, ja hat nicht mal an ihn gedacht! Kann ihn aber, wie Gert unkt, per Fantasie aufrufen, so oft sie will. Und ihm dann Eigenschaften verleihen, die ihr unverzichtbar sind. Eigenschaften, die mir fehlen.

»Alex, begreif doch! Du bist und bleibst der Mann meines Lebens. Ich liebe dich, so wie du bist! Wir würden bald eine echte Familie sein, könntest du dich überwinden und zu einer lebensnahen Sichtweise durchringen. Dein Gefühl der Kränkung verstehe ich! Meine Eigenmächtigkeit hat dich tief getroffen, das wollte ich nicht. In meiner Verzweiflung dachte ich nur: Besser Fakten, und wir sprechen hinterher, als dass wir uns in fruchtlosen Diskussionen zerfleischen.«

Ein Lächeln trat jetzt in mein Gesicht und wollte bleiben; selbst in angespannten Situationen verliere ich selten den Sinn für Humor. Es war allerdings weniger das mit den »fruchtlosen Diskussionen«, es war ihre Konzilianz, die mich lächeln ließ.

Nach langen Wochen hatte ich wieder *meine* Anja gehört.

›Was soll's‹, dachte ich am Schluss unseres Telefonats, zehn Prozent aller Neugeborenen sind Kuckuckskinder, und denen ist das später nicht mehr anzusehen – irgendwann ähneln sie alle ihren leiblichen Müttern und amtlichen Vätern. Doch während es die meisten gehörnten Männer nicht ahnen, wüsste ich es von vornherein. Hälfe mir das? Würde es mich quälen? Würde ich das kleine Mädchen, das wohl Anfang Dezember Anjas Bauch verlässt, vom ersten Tag an lieben? Oder wenigstens nach ein, zwei Wochen? Oder würde ich es für die Schwäche meiner Hoden büßen lassen?

Als ich mein Handy, ein iPhone 5, zurück neben den Laptop legte, dachte ich: ›Warum nehmen wir nicht FaceTime, um zu kommunizieren!‹ Die Godenbergs, großzügig wie sie hin und wieder sind, hatten uns letztes Weihnachten mit der neuen Technologie versorgt. Anja und ich, wir könnten miteinander sprechen und wir könnten einander *sehen*.

Wenn ich's recht verstehe, kennt die christliche Bibel nur Verheiratete, jedenfalls bei Ehebruch. Danach hat ein Mann in seinem Herzen Ehebruch begangen, sobald er eine Frau auch nur ansieht, um sie zu begehren. Ob das auch für Frauen gilt, die einen anderen Mann begehrend anschauen, ist, soviel ich weiß, nirgends fixiert. Als die Bibel entstand, dies ist verbürgt, zählte man die Frauen noch mehr zum Hausstand und Besitz.

Tut mir leid, diese Abschweifung, sie erfüllt aber einen Zweck: Bin ich doch dabei, mich in ein Abenteuer zu stürzen – eins, das mit dem Schauen beginnt. So gern ich Anja anschaue, besonders wenn sie lüstern ist und nackt, FaceTime käme mir zu nüchtern vor. Der lockere Umgang mit privaten Bildern und Videos liegt mir auch nicht so wie der Generation, die meiner folgt. Augenmenschen brauchen das Licht des Originals, das Betrachten des Surrogats hinterlässt sie unzufrieden. Ein Teleskop, ein Fernglas, ein Operngucker: alles Behelf. Wenn man sie aber zum Verbessern des Schauens benutzt, schaffen es die *echten* Strahlen bis zur Retina!

Ihr erinnert euch an mein Fenster mit der Häkelgardine, von dem aus ich in Raquels Schlafzimmerfenster schauen kann? Nun, obwohl ich Ute den Operngucker abgeluchst habe, den sie hier nur selten braucht, gesehen habe ich bisher nichts, was der Rede wert gewesen wäre. Dass die Sonne jetzt mit jedem Tag früher untergeht und es danach rasch dunkel wird, kommt mir andererseits entgegen.

Um meine Lage zu verdeutlichen: Ich bin weder ein Galilei noch ein Flaubert, doch hatten es der Universalgelehrte und Astronom wie auch der Verfasser berühmter Romane zeitweilig ähnlich schwer wie ich, glatt und geschmeidig voranzukommen. An großen Gedanken mangelte es ihnen nicht, sie standen sich nur selbst im Weg.

Was ich damit sagen will? Die schönste Idee ist wertlos, wenn sie nicht schriftlich dargelegt und umgesetzt wird. Wer etwas Wichtiges zu sagen hat, so wie ich über das Weltall, *muss* es sagen, sonst nimmt er's mit ins Grab. Und das kann früher kommen, als man denkt: Sven starb, bevor er *richtig* wusste, was ein Mädchen ist, mein Vater, als er theoretisch wenigstens dreißig weitere Jahre vor sich hatte (ansonsten die Nase voll von meiner Mama). Weiß ich, welche Zeit mir bleibt? Welches Unheil in meinem Körper lauert, welches Schicksal mich erwartet?

Herrje, ich sollte aufhören, weiter zu fackeln! Wenn ich nur wüsste, wie Nichtfackeln geht.

Bevor ihr nun mit roten Ohren flüsternd fragt, wie ich es hier und jetzt bei meinen vierzig Jahren – Anja so fern wie Raquel so nah – mit gewissen körperlichen Regungen hielte, so sollt ihr das ausnahmsweise auch erfahren, sind wir doch hinreichend miteinander vertraut. Wer nur wenige, noch dazu kraftlose Spermien hat, dürfte es, wie sich böswillig denken ließe, in der selbstverordneten Isolation leichter haben. Weit gefehlt! Wenige Spermien ist ja nicht automatisch gleich vermindertes Bedürfnis, schlappe Spermien sind nicht gleich schlaffer Schwanz. Okay, um es deutlicher zu formulieren: Hand an mich zu legen, dazu drängt's mich weit öfter als den Laptop aufzuklappen und ernsthaft loszulegen.

Wie schwer erreichbar meine Nachbarin im Augenblick ist, verdeutlicht am besten der Umstand, dass sie weiterhin winkt, wenn sie an meinem Fenster vorbeikommt, aber nicht bei mir anklopft. Will sie mich in Ruhe arbeiten lassen oder hat sie etwa den Weg zu Brian gefunden, dem Mann mit dem neuen Boot am Lough Erne? Dem stets »gewinnend« lächelnden Iren mit den Arbeitszeiten des Maklers und den Mitteln, jederzeit einzuladen, selbst in teure Restaurants. Ob sie aber den Mann mit den fünf Kindern und der entfremdeten Ehefrau kennt, wage ich zu bezweifeln.

Gert könnte mir behilflich sein, fällt mir ein, doch erkenne ich auch: So sehr ihm Anjas eigenmächtige Handlung missfällt, mit dem exzellent vernetzten Unternehmer wird er sich's kaum verderben wollen.

Ich fühle mich alleingelassen und stelle mir Fragen, deren Beantwortung ich wohl verschieben muss. Die quälendste davon: Haben meine schiefen Beine, meine Narben am Unterbauch Raquel dazu gebracht, sich einem Unversehrten zuzuwenden? Einem, der in Irland bliebe, wenn ich, Alex Schilck, den Zug nach Dublin und von dort den Flieger nach Hamburg nähme? Oder weiß sie um Brians missliche Lage ebenso Bescheid wie um meine Kalamität? Sind die Kinder und die unversöhnliche Eileen gar die Gewähr dafür, Gonzalo ewig treu zu sein?

Sorry, mein Handy klingelt! Speaking of the devil: Brian ist dran. Hoffentlich schlägt er diesmal was Harmloseres vor.

Das neue Kajütboot liegt am Lower Lough Erne. Brian kennt aber auch jemanden in Mullaghmore, der ihm sein seegängiges Boot gegen Material vom Salvage Yard leiht, wenn's ihn nach Salzwasser und den Wellen des Nordatlantik gelüstet.

»Your're lucky, man!«, hatte es brummig aus meinem Handy geklungen, andererseits hörte es sich wie Frohe Botschaft an:

»Raquel wants you to come with us to Inishmurray, in case you don't mind.«

No, I didn't mind – I didn't mind at all. Ich hatte nichts gegen diese Einladung, wirklich nicht. Sie bot eine weitere Chance, der Spanierin näherzukommen. Und ich war an einem Punkt meiner Schrift angelangt, wo Abwechslung geboten erschien, wollte ich mental nicht aus dem Ruder laufen.

Das Ruder übernahm Brian, alles andere auch. Darunter die historisch gedachten Kommentare zum Mountbatten-Attentat.

So lag das ausgeliehene Boot in Mullaghmore Harbour: genau wie die »Shadow V«, das Fischerboot Mountbattens, am Morgen des 27. August 1979 gelegen hatte.

Das Auslaufen folgte annähernd der Linie, entlang der die »Shadow V« seinerzeit auf den Atlantik hinaus getuckert war.

Und unweit des Ostrands der Mullaghmore-Halbinsel, auf offener See, macht Brian uns darauf aufmerksam, dass oberhalb jener Klippen auf Backbord die IRA ihr Funkfernsteuerungsgerät in Anschlag gebracht habe.

»And about here is the place, where the fishing party had been looking for their lobster pots«. Der Ort der Explosion!

Raquel schien froh zu sein, dass ich mitgekommen war. Den Trip zu der unbewohnten Insel wenige Kilometer vor der Küste Sligos hatte Brian ursprünglich wohl nur mit der Spanierin machen wollen. Die aber hatte sich vermutlich nicht nur gefreut, sondern auch etwas gefürchtet und sich daher, in Gestalt meiner Person, Schutz gewünscht.

›Von Schutz wird sie kaum gesprochen haben‹, dachte ich, es hat sie vielleicht höchstens veranlasst zu sagen: »Wär's nicht schöner, Brian, wenn Alex mitkäme? So wie wir den Benbulben gemeinsam bestiegen haben, könnten wir auch die einsame Insel *gemeinsam* besuchen, meinst du nicht?«

In meiner Vorstellung hatte Brian umgehend dasselbe gemeint und – halbherzig zwar, letztlich aber brav – zum Handy gegriffen.

Das Boot angesichts des starken Wellengangs in den engen Clashymore-Harbour zu steuern und an einer der senkrechten Felswände so anzulegen, dass wir gefahrlos würden aus- und einsteigen können, wirkte auf mich wie eine Meisterleistung seemännischer Art. Auch Raquel, die bei der Überfahrt, von Seekrankheit bedroht, geschwiegen hatte, schien beeindruckt zu sein. ›Wenn Brian zu solchen Manövern nur *eine* Hand benötigt‹, dachte ich betrübt, ›wird er auf seinem Süßwasserkahn über *zwei* freie Hände verfügen.‹

Beim Aussteigen fühlte ich mich dann glücklicherweise erinnert an die eine oder andere Phase der Benbulben-Besteigung, als Raquel mir vom Bootsrand auf die Sandsteinfläche half. Die kräftige Frauenhand ließ mich die gleiche Sicherheit spüren, die ich im roten SEAT empfand.

Allein hätte ich's wohl mit der Angst gekriegt.

Inishmurray, knapp unter einem Quadratkilometer groß, wirkt wie ein Paradies, wenn die Sonne scheint und wenige Cumuluswolken wie angeleimt am Himmel stehen. Stellt euch vor, ihr steht auf einer Höhe von zehn, zwanzig Metern überm Meeresspiegel und schaut euch um, zunächst nicht auf der Inselfläche, sondern in der Ferne: Im Norden, über dem Graublau des Atlantiks, die Küste von Donegal, im Südosten Streedagh Beach mit dem imposanten Benbulben im Hintergrund. Im Süden, westlich von Sligo Town, eine weitere eindrucksvolle Erhebung, der Knocknarea mit dem Grab der Königin Maeve. Im Nordwesten und Westen schließlich – *ganz* schlecht zu sehen – Grönland und Amerika.

»Hier laufen goldene Hasen mit blauen Augen herum und im Frühling blühen die Bluebells wie verrückt. Vielleicht lockte auch das die Wikinger an. Um 800 kamen sie im Abstand weniger Jahre jedenfalls *zweimal* vorbei und nahmen, was sie kriegen konnten«, dozierte Brian, als wir es aus dem Hafen an die Inseloberfläche geschafft hatten.

»Mich hat erst *einer* von denen heimgesucht. Aber statt was mitzunehmen, hat er was dagelassen«, reagierte ich darauf mit Sarkasmus der geborgten Art. Erwartungsgemäß verstanden das beide nicht.

Als Blume wie als Begriff waren mir »Bluebells« bislang unbekannt. Inzwischen habe ich mich schlaugemacht und muss sagen, die deutsche Bezeichnung »Atlantisches Hasenglöckchen« kommt mir lustiger *und* präziser vor; man weiß gleich, wo das Glöckchen hingehört. Da fällt mir kurioserweise übrigens ein: Die Reimers für fromm zu halten, wäre so falsch, wie die Einheimischen als Heiden zu bezeichnen. Ute und Gert kennen sich halt gut mit Kirchen- und Klosterruinen aus und die Irinnen und Iren lieben zwar ihre Kobolde und Feen, sind ansonsten aber fast so katholisch wie die Polen. Dadurch war ich weniger unbedarft, als Brian wahrscheinlich hoffte: Von dem uralten Kloster und den vor fünfundsechzig Jahren verlassenen Häusern auf Inishmurray hatte ich in Fuchsia House bereits gehört – besser gesagt: von den teils kläglichen, teils herrlichen Ruinen.

Daher wusste ich auch, dass früher, als hier noch um die hundert Menschen lebten, es außer den erwähnten Hasen auch Hühner, Schafe, Rinder und einige, weitgehend sich selbst überlassene Esel gab. Und wie gesagt, Esel sind nicht störrisch, sie sind auf der Hut. So wie ich, der ich Brian Kellys Triumph auf diesem magischen Eiland unter allen Umständen verhindern wollte. Weshalb ich das Gespräch auf etwas Spirituelles zu lenken versuchte – weg von den blauen Glöckchen und den goldenen Hasen.

Auf dem grasbedeckten Gelände des von einem gewaltigen Steinring umschlossenen einstigen Klosters hielten wir inne. Raquel schien vom Zauber des Orts wie von allem, was uns umgab, so bewegt wie ich zu sein. Was Brian fühlte, war ihm nicht anzumerken. ›Wer zum ersten Mal hier ist, empfindet am intensivsten‹, dachte ich. Sofort fand ich mich überheblich. War's nicht genauso gut möglich, dass die Magie mit jedem Besuch der kleinen Insel wuchs und Brian einfach nur bewegt auf *seine*, irische Weise war?

»Wenn die Sonne wie heute schiene und der Wind weniger ginge, ich hielte es mit euch chicos eine Weile hier aus«, verkündete Raquel und strich sich ein paar Strähnen aus dem Gesicht.

»Und ich könnte hier den Rest meiner Tage verbringen. Es müsste nur jemand das Leben mit mir teilen«, ergänzte ich, Raquel aus den Augenwinkeln beobachtend. »Alleinsein tut manchmal gut, Einsamkeit auf Dauer weh.«

Raquels Mundwinkel zuckten. Pflichtete sie mir bei? Wäre sie mit von der Partie? Ihr Lächeln kam mir rätselhaft vor.

»Das Wetter ist hier keineswegs immer so schön wie heute, guys«, sagte Brian, als wollte er Raquel und mich ernüchtern. Dabei legte er eine Hand auf eine Art trockengemauerten Iglu, in dem vor langer Zeit einmal Mönche geschlafen hatten. »Und im Winter dürfte es verdammt kalt in diesen Bienenkorbhütten sein.«

Raquel kreuzte die Arme vor der Brust und tat so, als zittere sie vor Kälte.

Ich streichelte ihren Oberarm, unter der dünnen Jacke trug sie einen Pullover. Lieber hätte ich Haut gestreichelt, wagte es aber nicht, denn dazu kamen nur ihre Hände und ihr Gesicht in Betracht.

Auf einem rechteckigen Sockel, einstmals offenbar ein Altar, lag ein Haufen rundlicher Steine. Fast alle wirkten so, als bräuchte man beide Hände, um sie zu heben. Einige sahen wie Kanonenkugeln aus, andere mehr wie Sauriereier. Manche waren glatt, andere kunstvoll gerillt oder mit Zeichen versehen.

»Cursing stones«, sagte Brian ernst. »Drehst du einen von denen bei Sonnenschein gegen den Uhrzeigersinn, schadest du einem Feind oder Rivalen. Ungerecht darf es dabei aber nicht zugehen, sonst trifft der Fluch dich selbst.«

Raquel und ich streichelten die schönsten Steine. Es kam mir vor, als wiche ihre Hand der meinen aus. Ein furchtbarer Verdacht stieg plötzlich in mir auf: Während es am Anfang der kleinen Seereise so geschienen hatte, als suchte Raquel Schutz vor Brian bei mir, schien der Ire jetzt ihr Schutz *vor mir* zu sein. Ich drehte (nur in Gedanken, bitte glaubt es mir!) einen der Fluchsteine gegen die Uhr.

10

Wer schläft, sündigt nicht. Dieser Aphorismus stammt, soviel ich weiß, aus einem römischen Hirn, also weder aus der Bibel noch aus dem deutschen Sprichwörterschatz. Und stimmt dieser ursprünglich lateinische Spruch, ist mein Problem größer denn je: Ich schlafe schlecht und bin daher tagsüber oft dermaßen abgeschlagen, dass mir kein klarer, geschweige denn schlauer Gedanke kommt. Wer aber wissenschaftlich reüssieren will und Chef einer Sternwarte werden, muss brillant formulieren und sich super verkaufen. Grundsätzlich fehlt's mir nicht an der Sprache, die mich diesem Ziel näherbringt, nur darf zwischen meine Sprachfertigkeit und meine zehn Finger nichts Störendes geraten. Gedanken etwa an die Frau von nebenan.

Verzweifelt und abgelenkt wie ich derzeit bin, habe ich übrigens herausgefunden, dass es längst ganze Bücher darüber gibt, wie man wissenschaftliche Texte aufpoliert – »pimpt«, wie es neudeutsch heißt. Wer sich dieser Druckwerke bedient oder im Internet zu schürfen weiß, erfährt, wie sehr es auf Adjektive ankommt. So gibt es neben überflüssigen Adjektiven auch solche, bei denen Gutachterinnen wie Gutachter vor Anerkennung erstarren.

Wollt ihr Beispiele für wissenschaftlich hochwertigere Wörter? Moment, ich hole sie aus dem Netz und trage sie ein: arbiträr / bigott / dolorös / formidabel / ikonisch / klandestin / medioker / nebulös / obstinat / perfide / prekär / preziös / renitent / sakrosankt / stringent / superb / trist / vakant.

Schon erstarrt? Aber was glaubt ihr, wie viele hochwertige Adjektive ich weglassen musste, weil mein Notizbuch, so groß es ist, nicht alle fasst? Nebenbei, der Ausdruck pimpen, was soviel wie aufmotzen bedeutet, kommt vom englischen »pimp«, Zuhälter. Das sollte zu denken geben! Und schaue ich mir die Liste dieser hochwertigen Adjektive näher an, so scheint mir keins davon mein Fachgebiet auch nur zu streifen. Mir bleibt wohl nichts anderes übrig als selbst nach Adjektiven zu suchen, die zum beeindruckten Erstarren der Lesenden, über meine Zukunft Entscheidenden, führen.

Was mich (womöglich auch die Hochlandspanierin?) auf Inishmurray in den Bann geschlagen hat, war der eigentümliche Schwebezustand, der vermutlich die befällt, denen nicht alle Gefühlsfäden abgestorben sind: Du spürst, du befindest dich an einem Ort, wo weder der Boden unter dir noch das Meer die Oberhand über dich gewinnen - das Wasser und die Erde halten einander die Waage. Würden doch die Elemente *in mir* einander die Waage halten, geht es mir durch den wirren Kopf.

Die Sonne geht nun vor acht zu Bett. Sie schläft besser als ich, glatte zwölf Stunden am Stück, und wacht fröhlicher auf. Sobald sie wach ist und bevor sie schlafengeht, taucht sie die Landschaft Sligos in ein so warmes, nahezu goldenes Licht, dass ich mich schäme, schlecht drauf zu sein. Ab und an regnet oder nieselt es. Regen gehört zu diesem Land wie Maulwürfe und Giftschlangen nicht. Die Bäume haben genug vom Grün und überlassen es den Blättern, ob sie braun, gelb oder rot werden wollen. Weitere Wochen werden ins Land gehen, bis sie sich in aller Freundschaft von ihnen trennen.

Der Blick aus dem Bad: enttäuschend. Raquels Schatten habe ich ganze zweimal erhascht. Moment, es klopft! »Hablando del rey de Roma«, wie es in Spanien dabei heißt. »König von Rom« klingt so viel schöner als *Teufel*, schöner als »devil« ohnehin.

Meine Nachbarin hat mich gestern Abend spontan besucht. Ich unterstelle einfach mal, dass es euch recht ist, wenn ich das nachtrage. Raquel hatte mich offenbar im Schein der niedrig hängenden Lampe am Küchentisch sitzend gesehen und erkannt, dass mein Laptop geschlossen, eine Tinto-Flasche dagegen offen war.

Sie klopfte an meine Tür und überraschte mich.

»Cómo va el proyecto estrella?« Raquels erste Frage traf mich nicht gerade ins Mark, doch den Nagel auf den Kopf.

Ich füllte ein weiteres Glas mit Rotwein, wir setzten uns.

»Preferiría no hablar de eso.« Nein, mir war nicht danach, mich über mein Sterneprojekt auszulassen.

»Dann sprechen wir eben über das ferne Kind.«

Raquel sah mir in die Augen wie eine Kriminalkommissarin beim Verhör. Ich war froh, nicht mehr ganz nüchtern zu sein.

»Der Vater des Kindes ist ein Wikinger und die haben, wie dir bekannt, Inishmurray zweimal überrannt!«

»Fühlst du dich auch überrannt? Ein spanischer Mann wäre längst auf und davon.«

»Bin doch auch ›auf und davon‹, Raquel!«

»Bist du nicht! Aus irgendwelchen Gründen hältst du weiter zu einer Frau, die dich betrügt. Wie soll ich das verstehen?«

»Die Sache ist verzwickt!«

»Die Sache ist einfach – aus spanischer Sicht.«

Diese Sicht hätte ich auch, mir käme inzwischen fast alles spanisch vor, lag's mir auf der Zunge. Stattdessen sagte ich:

»Die Sache ist *derart* verzwickt, dass wir besser nicht daran rühren.«

»Dann sprechen wir über uns – Alex from Germany and Raquel from Spain.«

Ihr Blick kam mir nun mehr wie der einer Lehrerin vor, die zwischen zerstrittenen Jugendlichen einer Brennpunktschule vermitteln will. Ich fühlte mich besser, aber nicht gut – herrje, wieder dieser kuriose deutsche Komparativ!

»Magst du diesen Wein?«, fragte ich. »Der kommt aus deinem Heimatland.«

»Heimatland, Heimatland – ich weiß schon lange nicht mehr, wohin ich gehöre!«

›Ich auch nicht‹, dachte ich, wiederholte aber meine Frage.

Sie nahm einen Schluck, wälzte den Wein ein wenig im Mund hin und her und sagte: »Bien«.

»Also gut«, sagte ich. »Du willst offenbar wissen, was ich über dich denke – was ich fühle, wenn ich in deiner Nähe bin. Oder geht's darum, von mir den Sinn des Lebens zu erfahren?«

»Ich würde gern wissen, ob du mich magst. Ich bin für dich keine Fremde mehr – wir sind auf Streedagh, Inishmurray, dem Benbulben und an Yeats' Grab gewesen.«

So direkt gefragt zu werden, bereitet mir Schwierigkeiten, ich weiß nie, was ich antworten soll. ›Will sie jetzt wissen‹, dachte ich besorgt, ›ob ich mich in sie verliebt habe? Oder braucht sie eine Bestätigung?‹ Ich war mir auch keineswegs klar darüber, was in meinem Herzen geschah. War's Lust, was mich trieb, schlichtes fleischliches Begehren? Oder war es ein tieferes Gefühl – eine Sehnsucht nach einem Menschen, der mich verstand?

»Du gefällst mir, Raquel«, sagte ich – und errötete dabei wahrscheinlich mehr, als das Halbdunkel um dem Lampenschirm verbergen konnte. »Du gefällst mir sogar sehr!«

»Das beruhigt mich. Mir kam's leider vor, als bedeute ich dir nichts. Du hast dich still verhalten und keinen Schritt auf mich zu getan. Alle Ideen zu gemeinsamen Unternehmungen stammten von mir oder von Brian. Du hast *mitgemacht*, selbst aber nichts in Gang gebracht!«

Moment mal, stimmte das? Hatte ich wirklich nur reagiert, nur passiv gewirkt? Hatte ich sie denn nicht zweimal umarmt und ihr am Strand gestattet, meine Hand zu nehmen? Hatte ich ihr auf der Insel nicht den Arm gestreichelt, wenn auch durch Jacke und Pulli hindurch? Ich spürte, wie etwas in mir nach außen drängte, das aus dunkleren Gefilden meines Wesens kam. Würde es Zorn sein oder das Verlangen, der Situation auf faunisch-animalische Weise ein Ende zu bereiten?

Es war dann weder Zorn noch Lust, sondern das Gefühl, auf einer alten, perserbedeckten Couch zu liegen. Und so wagte ich nicht, das zu tun, was ich unter ähnlichen Umständen, in einer früheren Zeit, *in jedem Fall* getan hätte: Aufzustehen, um den Tisch zu gehen und sie zu küssen. Ich konnte es nicht! ›Als nächstes wird kommen‹, dachte ich zynisch: ›Du kriegst nicht nur deinen Arsch nicht hoch, Alex, du hast auch keine Freunde!‹ Womit sie Recht gehabt hätte. Nach Svens und meines Vaters Tod habe ich mehr die Nähe von Mädchen, später Frauen, als die von Jungen, später Männern, gesucht. Bei den Mädchen beziehungsweise den Frauen *wusste* ich, sie würden irgendwann verschwinden, stellte mich also darauf ein. Doch wenn ich mit einem Jungen, später mit einem Kommilitonen oder Kollegen in Einklang war und mich verstanden fühlte, hatte ich permanent Angst, ihn als Freund zu verlieren. Er brauchte beispielsweise nur zu sagen, Bach sei das absolut Größte, Chopin nichts als Kitsch – schon fühlte ich Romantiker mich verloren. Anja war die erste Frau, bei der ich ahnte, sie würde bleiben und sich auch auf lange Sicht nicht an den Narben und den hässlichen Beinen stören.

»Was soll ich an mir ändern, Raquel?«, fragte ich über den Tisch hinweg so gelassen es ging und nahm einen Schluck aus dem Tinto-Glas.

»Bleib wie du bist, Alex, nur lass uns mehr gemeinsam tun. Ich bin erst kurz hier und brauche jemanden, der mir hilft, mich einzugewöhnen. Dir wehzutun wäre das Letzte, was ich erreichen wollte.«

»Entschuldigung akzeptiert!«

Meine Versöhnungsbereitschaft wurde umgehend belohnt: Die verspannten Muskeln lockerten sich und ich fand es darauf leicht, ihre Hand zu ergreifen und ihr mit dem Daumen über den Handrücken zu streichen.

Und weil der Abend noch jung und es außerdem Freitag war, schlug ich meiner nach Anschluss suchenden, sonst unabhängig wirkenden Nachbarin vor, von einigen irischen, hauptsächlich hiesigen Frauen der starken Sorte zu erzählen und so auch gleich ein Versprechen einzulösen, das ich euch neulich gab.

Lola Montez alias Elizabeth Gilbert erwähnte ich nur kurz; von der habt ihr erfahren, als ich Utes Erzählung notierte. Die hätte sie gern einmal auf der Bühne gesehen, meinte Raquel, doch von Yeats' schöner Muse Maud Gonne schien sie noch beeindruckter zu sein. Zu ihr trug ich nämlich nach, dass John MacBride, ihr Ehemann, nach dem Osteraufstand der britischen Rachsucht zum Opfer gefallen und hingerichtet worden sei. Raquels Gesicht verdüsterte sich für einen Augenblick.

Doch jetzt kurz zu den anderen Powerfrauen aus der Region, von denen Ute so begeistert erzählt hatte.

»Constance Gore-Booth«, hob ich an, »die nachmalige Countess Markiewicz, von der es nebenbei erwähnt eine bezaubernde Bleistiftzeichnung aus der Hand von Yeats' Vater sowie eine Büste und ein Straßendenkmal in Dublin gibt, wurde als anglo-irische Aristokratin in London geboren, wuchs aber in Lissadell House auf. Sie studierte Kunst und heiratete einen polnischen Kollegen, den Grafen Dunin-Markiewicz. Sie freundete sich mit Yeats an, mit Maud Gonne kämpfte sie für ein befreites und vereintes Heimatland. Als Teilnehmerin am Osteraufstand entging sie der Hinrichtung nur, weil sie eine Frau war. Sie erhielt lebenslänglich, fiel später unter die Generalamnestie und wurde als erste Frau ins britische Unterhaus gewählt. Den Sitz nahm sie aber nie ein, sondern wurde die erste *irische* Ministerin. Und es vergingen ganze sechzig Jahre, bis es eine weitere davon gab!«

»Dios mío!«, tönte es über den Tisch. »In Spanien vergingen nach der ›transición‹ die Hälfte der Jahre, bis eine im siebten Monat schwangere Pazifistin Verteidigungsministerin wurde …!«

Raquel zog ihr T-Shirt straff, da bemerkte ich es – davor waren es wohl die berüchtigten Tomaten auf den Augen gewesen: Zum ersten Mal, seit ich ihr begegnet war, trug sie ein Hemd mit einem Logo drauf. »Sunny Day« las ich – wie auf Anjas Hemd an jenem ominösen Morgen in Bergedorf! Mir wurde kurz schwindlig, bevor ich fortfuhr mit der Geschichte von Edwina Ashley, Mountbattens Ehefrau. Raquel wollte sie unbedingt hören und ihr wollt's sicherlich auch:

»Edwina stammte aus sehr reichem Haus, was dem eher armen Louis Mountbatten, einem gebürtigen Prinzen von Battenberg, bei der Entscheidung, sich mit ihr zusammenzutun, geholfen haben dürfte. Das Paar bekam zwei Kinder, jeweils Mädchen, wovon das eine die Mutter der Knatchbull-Zwillinge wurde, den beiden Adelsknaben auf der »Shadow V«. Den gewaltsamen Tod ihres Ehemannes und ihres Enkels Nicholas in der Donegal Bay erlebte sie nicht mehr, sie starb mit gerade mal achtundfünfzig Jahren auf Borneo – rund zwei Jahrzehnte vor dem IRA-Attentat. Davor hatte sie jedoch dafür gesorgt, dass ›Classiebawn‹, ein schlossartiges, viktorianisches Landhaus bei Mullaghmore aus dem Besitz ihrer Familie, den Mountbattens als Feriendomizil zur Verfügung stand und sie ein unabhängiges, hauptsächlich wohltätigen Zwecken gewidmetes Leben führen und in der Welt herumreisen konnte. Ihrem Louis, selbst kein Kostverächter, schien es nicht allzu viel auszumachen, dass sie auch Affären hatte. In der Blüte ihrer Jahre soll Edwina eine der schönsten Frauen Englands gewesen sein.«

»Lauter schöne starke Frauen!«, sagte Raquel, nachdem sie meiner Erzählung eine Weile nachgesonnen und ihr Glas geleert hatte. Ihre Stimme verriet zwar »schwesterliche« Anerkennung, gleichzeitig aber leisen Schmerz. Auch ich hatte, trinkend, geschwiegen – und mich dann gefragt, wie dieser Abend wohl enden würde. Da stand sie überraschend auf, dankte für den netten Abend, wünschte mir eine gute Nacht und ging.

›Ich verschwinde, bevor du auf dumme Gedanken kommst‹, hätte ich lieber als »Que tengas buenas noches« gehört.

11

Klar, nach dem Tinto-Abend habe ich schlecht geschlafen, aber auch nicht schlechter als sonst. Zwischen drei und vier musste ich mal ins Bad und habe durch den Vorhang hindurch Licht in dem Zimmer gesehen, wo Raquel schläft. Dieses Licht nahm ich nur deshalb wahr, weil ich nachts stets im Dunkeln zum Pinkeln schlurfe. Einen Grund kennt ihr, der andere ist rein pragmatischer Natur: Ich halte so meine Pupillen weit, um rasch in den Schlaf zurückzufinden. Selbst ein Blick aufs Handy mit seinem erleuchteten Display genügt mitunter, dass ich den Schlaf vergessen kann. Das Letzte aber, was ich nachts will, ist grübeln – zickzackförmig oder in Endlosschleifen darüber nachdenken, was wohl aus mir und meinem Leben wird. Ob aber Raquels Nachttischlampe seit Stunden brannte oder kurz zuvor eingeschaltet worden war, blieb mir natürlich ein Rätsel. So wie es ja viele, andere Menschen betreffende, Phänomene sind.

Am nächsten Morgen habe ich zaghaft bei ihr an die Tür geklopft. Erfolgreich war ich aber erst gegen elf, weil ich diesmal auf die Klingel drückte.

»Hättest du Lust, mit mir einen Ausflug zu machen – wohin, entscheidest Du?«, fragte ich, ganz ohne näher hinzuschauen. Ich erinnere mich, dass es Spanierinnen durchweg peinlicher als Irinnen ist, vor der Morgentoilette angeschaut zu werden.

»Komm in zwanzig Minuten wieder, dann bin ich soweit!« Im Türspalt ähnelte sie tatsächlich ein wenig Penélope Cruz nach dem letzten Drehtag eines Almodóvar-Films.

»Ich kann warten, wenn du erst frühstücken willst.«

»No tengo hambre.«
»Gut, dann hole ich dich in zwanzig Minuten ab.«

Sicherheitshalber packte ich einige der Sandwiches ein, die Ute durch Nachkäufe mir regelmäßig zukommen lässt. Seit jener infamen Äußerung meines Ersatzvaters Gert über die Ehe meiner Eltern und meine Erzeugung halte ich immer welche als Notfallration im Kühlschrank vorrätig. Ich rechnete damit, dass die Pilotin unterwegs Hunger bekommen würde; Autofahren entspannte Raquel, anders als mich. Wenn ich mittlerweile jedoch auf dem Beifahrersitz ihres roten SEATs saß, genügte es mir, meine Pille in Reichweite zu wissen, und ich fühlte mich fast wie in Bergedorf, wenn Anja unseren Volvo fuhr.

Von den Ausflugszielen, die ich vorschlug, wählte Raquel Lough Gill, genauer: die kleine Insel, die Yeats besungen und berühmt gemacht hat. Es sei kein Problem, dass »Innisfree« nicht zugänglich sei. Sie wolle nur sehen, zu welcher Art von Ort ein Dichter seine Zuflucht nähme, und sei es allein in Gedanken.

»I shall have some peace there, for peace comes dropping slow«, zitierte sie irgendwann, zwischen Ballintogher und Dromahair, glaube ich. Ihr irisches Englisch klang süßer in meinen Ohren als Yeats im YouTube-Original.

›Wer betreut heute eigentlich die Pferde?‹ Dieser Gedanke beunruhigte mich mit einem Mal, als wir uns dem Ausgangspunkt der See-Rundfahrt, Parke's Castle, näherten. ›Es wäre fatal‹, dachte ich besorgt, ›Raquel würde ausgerechnet wegen mir ihre idealen Wohnumstände verlieren.‹

Keine Sorge, die Pferde würden versorgt! Die Reimers seien das Wochenende über da und wollten viel reiten. Die hielten es im Übrigen längst nicht mehr so streng mit den Pflichten ihrer neuen Mieterin, seit sie Besuch aus Alemania hätten, schickte Raquel augenzwinkernd hinterher.

›Wenn dem so ist‹, dachte ich erfreut, ›geht auch noch mehr.‹

Parke's Castle kannte ich von früheren Ausflügen her. Da gab es irgendeine Verknüpfung der Burg mit dem Armada-Schiffbruch auf Streedagh Beach. Während ich hier schreibe, weiß ich nun: Francisco de Cuéllar, ein Überlebender jener Sturmkatastrophe und des Massakers am Strand, flüchtete unter widrigsten Umständen in ein »Towerhouse« der Adelsfamilie O'Rourke, das auf dem Gelände der späteren Burg der Parke-Familie stand. Über weitere irische Burgen und Schottland fand der junge Spanier in seine Heimat zurück. Die Niederschrift seiner abenteuerlichen Rettung beendete er 1589 in Antwerpen. Neidvoll dachte ich, *der* Typ hatte – allem zum Trotz – keinerlei Mühe mit seiner Niederschrift!

Das Boot, die »Rose of Innisfree«, war schwach besetzt. Die meisten der zwei Dutzend Rundfahrtgäste stammten aus der irischen Diaspora. Yeats' Trauminsel ließ Handys zucken, Kameras klicken und es waren unsinnige Blitzlichter dabei. Raquel schien vom Gegenstand seines Gedichts wie von der ganzen Landschaft um den See herum entzückt zu sein.

»Auch in Spanien kommt bald der Herbst«, sagte sie dennoch in einem Ton, als wäre Wehmut angebracht. Mir selbst hingegen hat der Herbst, wenn ausreichend golden und ausreichend warm, schon immer gutgetan.

Die Sonne schien, die Wälder zeigten die Farben der Jahreszeit, und die Diaspora fing irisch zu singen an. Der Kapitän gab es schließlich auf, Yeats lautsprechervermittelt zu rezitieren.

Nahe Church Island - in Sichtweite des Benbulben – kam mir der Gedanke, Raquel zu fragen, was sie denn neulich auf der Bootsfahrt nach Inishmurray bei Brians Hinweis auf den Explosionsort der »Shadow V« gedacht habe.

»Nichts«, sagte sie ernst. »Wenn es so geknallt hat, denkst du erst mal nichts.«

»Aber es knallte doch nicht, er hat nur den Ort erwähnt!«

»Ich habe *nichts* gedacht.«

»Du hast es also nicht als gedankenlos von Brian empfunden, auf den Explosionsort hinzuweisen?«

»Nein, Alex, das gehörte zur Bootsfahrt dazu.«

Hazelwood House und seine hässlichen Fabrikhallen blieben hinter Bäumen verborgen. Wie bereits angedeutet, die Geschichte dieses Landsitzes ist zwar eine wechselhafte, aber keine sehr glückliche: Als erstes irisches Big House im palladianischen Stil erbaut, wechselte er viele Male den Eigentümer. Die letzten Mitglieder der Familie Wynne, die es zweihundert Jahre lang besessen hatte, ließen Hazelwood ab 1923 leer stehen. Während des Zweiten Weltkriegs nutzte die irische Armee die Gebäude. Danach lebten dort eine Weile psychisch Kranke. 1969 erwarb eine italienische Firma das Anwesen, um Nylongarn herzustellen. Und von 1983 bis 2005 produzierte dort eine koreanische Firma Videobänder. Danach Übernahme durch ein Konsortium aus der Region; Leerstand und Verfall seither. Wiederbelebung mit Irish Whiskey, oder was?

Die beiden anderen Ziele an diesem Ausflugstag, die meine Nachbarin ausgesucht hatte, waren Makree Castle (hier heißt so manches *castle*, was ein gälischer Chief oder der anglo-irische Adel erbaut hat) und der Ort des »Battle of the Book«. Das seit den späten Achtzigerjahren wieder vorzeigbare Herrenhaus hatte ich Raquel in den Mund gelegt. Denn wie ich vage gewusst hatte, dass Parke's Castle mit dem Armada-Schiffbruch in Verbindung stand, erinnerte ich mich ebenso nur undeutlich an ein privates Observatorium, das es zu Lola Montez' Zeiten auf dem Gelände von Makree gegeben hatte. Immerhin, der Astronom aus Leidenschaft, dem das Big House damals gehörte (mittlerweile weiß ich auch dies), soll über ein Teleskop mit dem jahrelang weltweit stärksten, das Licht aus dem All folglich am besten bündelnden Linsensystem verfügt haben. Und das stand nicht etwa unter einer, in klaren Nächten weit zu öffnenden Kuppel, sondern total frei, dem irischen Wetter ausgesetzt. Ums kurz zu machen: Das Observatorium, von dem aus Colonel Cooper und sein Assistent Graham mehrere Himmelskörper entdeckten und 60 000 bekannte katalogisierten, gab es nicht mehr – wir kamen einhundertelf Jahre zu spät! Ich bekämpfte meine Enttäuschung mit heißer Schokolade und Irish Scones im Schloss-Café und freute mich, als Raquel mir tröstend über den Handrücken strich.

Auf der Fahrt nach Cooldrumman, dem Ort des Battle of the Book, der meerwärts von der Nationalstraße zwischen Drumcliff und Grange liegt, stoppte Raquel an einem Supermarkt. Während sie mit ihrem Einkaufswagen unterwegs zwischen den Regalreihen war, stockte ich meinen Sandwichvorrat auf; es hatte nicht bis Lough Gill gedauert und die Hälfte der mitgeführten Sandwiches war weg gewesen. Auch dies fiel der Spanierin nicht schwer: Ihr Auto einhändig zu steuern, zu essen und dabei noch flott zu fahren.

Dennoch hatte ich keine Sekunde lang an ein mögliches Risiko gedacht!

Das leichte, unterschwellige Gefühl der Beunruhigung, das sich durch weite Strecken meines Wachlebens zieht, kam indes zurück, als ich Raquel ernsthaft zu suchen begann. Alle, die regelmäßig mit einem anderen Menschen im Supermarkt einkaufen gehen und sich aus Gründen der Autonomie dort trennen, kennen dieses Phänomen. Das Wiederfinden ist kaum anders als in einem barocken Irrgarten mit überkopfhohem Bewuchs: In den meisten Fällen gelingt's erst an der Kasse. Als ich dort seitlich stand, ohne mich einzureihen, vibrierte es an meiner Brust. Gibt es eigentlich in meinem Smartphone eine App, die ich nicht kenne? Die meinen Puls registriert und nach Bergedorf weiterleitet, ohne dass es sich verhindern lässt? Für Sekunden war ich so verwirrt, ja desorientiert, wie es sensible Gemüter manchmal in der Fremde sind. Dann kam die Wirklichkeit zurück und ich fühlte mich in der Lage, Anjas Anruf anzunehmen.

»Es wird ein hübsches Kind, Alex, ich war zur Kontrolle!«

›Klingt die aber zufrieden‹, dachte ich. Sagte entsprechend, das freue mich für sie.

»Ein munteres Kind wird es auch!«, fuhr Anja geduldig fort.

›Sind halt nicht meine Gene‹, dachte ich. Gesagt habe ich jedoch, auch das freue mich. Dachte allerdings außerdem: ›Hoffentlich hat Raquel noch eine Weile mit ihrem Einkauf zu tun.‹

»Unternehmungslustig möchte ich es fast nennen!«

Daraufhin kam mir ein Gedanke, den ich am liebsten gleich zurückgenommen hätte: »Hat es rote Haare?«

Kurze Pause, dann: »Alex, du überschätzt den Ultraschall! Die Haarfarbe wird auch weiter bis zur Geburt und oft darüber hinaus ein Rätsel bleiben. Reicht dir nicht das Wunder, dass wir es heutzutage *vorher* wissen, was für ein Geschlecht unser Kindchen hat?«

Ich stünde nun an der Kasse, sagte ich und tat betrübt.

In Cooldrumman, einer von Wiesen und Weiden beherrschten, für Gemetzel idealen Gegend, in der die Häuser weit verstreut lagen, trafen wir eine Frau, die meinte, jene Buch-Schlacht habe auf der Wiese hinter ihrem Haus stattgefunden - genau wisse sie das aber nicht. Wir sollten am nächsten Haus läuten, die wüssten es bestimmt. Die Frau im nächsten Haus zeigte auf eine Wiese dahinter und meinte, dies sei wohl der Ort gewesen, doch – »to be honest, guys« –

genau wisse sie es nicht. Die Leute im nächsten Haus, weiter oben, wüssten es aber bestimmt. Ums wieder kurz zu machen: Wir fuhren heim.

Auf der Heimfahrt stellte ich fest, dass Raquel auch über den Streit um eine Bibel-Teilkopie, die dreitausend Männer das Leben gekostet hatte, im Bilde war; dieselbe Arbeitskollegin, die ihr vom Schicksal der schiffbrüchigen spanischen Seeleute erzählt hatte, hatte sie auch von dieser Angelegenheit, dem angeblich ersten Copyright-Streit in der Geschichte der Buchproduktion, in Kenntnis gesetzt.

Wie für vieles, was ich in meinem großformatigen schwarzen Moleskin-Notizbuch niederlege, wenn ich auf Reisen bin, bürge ich nicht für das Folgende, hoffe aber, dass die Lektüre euch dennoch gefällt: Kolumban, als er noch nicht heilig und auch noch nicht im Exil auf Iona war, schrieb einmal, ohne dessen Wissen, ein Buch aus der Bibliothek eines Kollegen ab. Das gab Zoff und Kollege Finnian brachte die Angelegenheit vor Gericht. Der König entschied, die Kopie gehöre zum Original wie das Kalb zur Kuh. Was Kolumban missfiel: Wie sollte er ohne die Evangelien das Christentum zu den Kelten bringen? Er antwortete auf diese Entscheidung mit Krieg. Aber vielleicht war's auch nur eine Auseinandersetzung unter rivalisierenden Clans und kein Konflikt um die Rechte an einer Kopie, bei der um 560 nach Christi Geburt viele und vorwiegend junge Leute in Upper wie Lower Cooldrumman auf der Walstatt blieben.

Meine Frage auf dem Kiesweg vor Fuchsia House, ob sie zum Abschluss des Tages ein Gläschen Tinto mit mir trinken wolle, beantwortete Raquel mit einem »Nein«, glich das aber mit einer Umarmung aus, die ich als ein Gemisch aus Zuneigung und Dank verstand. Und sie gab mir einen Kuss! Der war allerdings kaum von der Sorte, die einen denken lässt, da ginge mehr. Eher sowas wie ein Freundschaftskuss. Aber lässt sich immer verlässlich sagen, was Spanierinnen auf den Lippen haben?

Es wurde eine sternenklare Nacht, so dass ich am Tisch in meiner kleinen Wohnung bald daran zu denken begann, wie viele Nächte ich mit den Sternen statt mit Anja verbracht hatte. So wehmütig mich das machte, es hinderte mich nicht daran, immer mal wieder ohne den üblichen Grund ins Bad zu schleichen und zu dem Fenster hinüberzuschauen, das ihr kennt. Denn anders als sonst, war der Vorhang nicht zugezogen! Wurde auch nicht zugezogen: Irgendwann (ob vor, ob nach Mitternacht hab ich vergessen) sah ich Raquel, nur mit einem Höschen bekleidet, ein rosa Handtuch um den Kopf, in ihrem Schlafzimmer stehen. Ihr Rücken blieb mir eine Zeitlang zugewandt, mit Hilfe von Utes Opernglas hätte ich ihre Muttermale zählen können. Stattdessen dachte ich an »Le Violon d'Ingres«, die ikonische Fotografie von Man Ray, dachte mir behutsam die surrealen F-Löcher darauf weg – und hoffte auf mehr. Raquel legte indessen den Turban ab, zog sich ein Hemd über den Kopf und löschte das Licht.

Der König von Tara aus meiner Geschichte von vorhin wollte es gewiss richtig machen, hatte aber ein irriges Konzept. Ein Kalb als Kopie einer Kuh zu sehen, führt total an der Sache vorbei. Besser für alle, voran die Soldaten, wäre gewesen, Kolumbans Abschrift als Sicherungskopie zu verstehen. Besser noch: als Beginn der Vervielfältigung. Wie sollte jemand – lange vor Gutenberg – missionieren, wenn ein anderer auf der Bibel sitzt? Auch ist *eine* Kopie *keine* Kopie! Habe ich von einer Sternwarten-Informatikerin, der die Datensicherheit am Herzen liegt. Mindestens zwei weitere Kopien eines Dokuments sollte es jeweils geben, und die sollten separat aufbewahrt werden. Warum erzähle ich das? Weil ich, horrido, mit meiner Schrift inzwischen ein gutes Stück weitergekommen bin und begriffen habe, dass ich das Urteil jenes Königs nicht als Richtschnur für eigenes Handeln nehmen darf. Mit Hilfe des »Fahrdienstes García

Romero« habe ich mir deshalb in einem Computershop drei USB-Sticks besorgt und einen davon bei meiner »taxista«, einen weiteren im Haupthaus deponiert. Der dritte Stick wartet in meiner linken Hosentasche, damit ich meine Daten jederzeit aktualisieren kann. Sollte es mit der Niederschrift flott weitergehen, muss ich freilich auch die anderen Sticks auf den neuesten Digitalstand bringen. Ich will schließlich das beruhigende Wissen um den Vollschutz meines geistigen Eigentums behalten. Dennoch, es gibt eine Schwachstelle in diesem System, das ist euch sicherlich nicht entgangen: Mit Fuchsia House *als Ganzem* darf unter keinen Umständen etwas Schlimmes geschehen.

12

Die Iren und Irinnen erzählen gern und schmücken ihre Stories gern etwas aus. Nicht wenige, darunter Frauen und Männer von einfachem Stand, setzen sich sogar hin und schreiben nieder, was ihnen am Herzen liegt oder auf den Nägeln brennt. Andere dichten oder verfassen ganze Romane, und überraschend vielen gelingt das gut. Literarisch gesehen ist die Grüne Insel ein Kontinent! Würde es auch Brian gefallen, eine Abhandlung oder gar ein Buch zu verfassen, könnte er dies – außer über seine eigene Leidens- und Lebensgeschichte – über folgende Themen tun: Die Geografie der Nordwestküste Irlands von Mayo bis Donegal mit den schönsten Meerblickhäusern; die Loughs dieser Region samt allen ans Wasser grenzenden Anwesen; die Berge mit den weitesten Aussichten über das Land und auf den Atlantik; das Straßennetz von den breitesten und geradesten, mit M oder N bezeichneten Straßen bis zu den schmalsten, kurvigsten, dank EU-Geldern in aller Regel noch asphaltierten Nebenwegen; die attraktivsten Herrenhäuser und bestgelegenen Grundstücke im Hinterland, die originellsten Pubs.

Außerdem die Geschichte Irlands und die der IRA.

Bevor es kälter würde und öfter regnen, sollten wir noch etwas unternehmen, meinte Brian vor ein paar Tagen, nachdem er an mein Fenster geklopft und ich ihn, sternemäßig gerade außer Schwung, nicht ungern hereingelassen hatte. Aber warum war er wieder da, am frühen Abend? Hatte das mit Raquel oder den Reimers zu tun? War er zuvor *hintenherum* gegangen und bei der Nachbarin eingekehrt? Oder war er vom Haupthaus über den Kies gekommen? Allerdings hatte ich es nicht knirschen gehört und ihn auch erst ganz spät bemerkt. Und wo er nun mal in meinem »Sanctum« stand: Wie meinte er das »Wir«? Hieß es Brian und Alex, oder hieß es: wir beide *und Raquel*? Ich fragte ihn das, ohne ihm ins Gesicht zu schauen, während ich den Laptop zuklappte und meine letzte Flasche Tinto samt zwei Weingläsern auf die Tischplatte stellte und zum Korkenzieher griff.

»Well«, sagte Brian und grinste irisch dabei. »Eigentlich hatte ich nur an uns beide gedacht. Allein kommen wir, glaube ich, besser miteinander klar. Aber wo du das Thema angerissen hast: Ehe sich eine Spanierin mit einem Iren einlässt, der getrennt von Frau und Kindern lebt, geht sie mit einem gehörnten Deutschen ins Bett.«

Der Korken blieb auf halber Strecke stecke. So nüchtern, so kalt hatte ich das noch nicht gesehen, fühlte mich aber erwischt.

»Ich habe nicht vor, mit Raquel ›ins Bett‹ zu gehen!«, sagte ich mit soviel Protest im Ton, dass es mich überzeugte.

»Doch, hast du, mein Freund!« Brians Grinsen wechselte von einfach nur irisch zu eindeutig unverschämt. Ich wurde rot im Gesicht, jedenfalls fühlte es sich so an.

»Brian, versteh mich doch! Ich bin hier, um endlich meine Forschungsergebnisse so darzulegen, wie's notwendig ist, wenn ich weiterkommen will: Dozent werden und später vielleicht mal Nachfolger meines Mentors als Sternwartechef.«

»Weshalb du in *erster Linie* in Sligo bist, weiß ich, Alex. Du bist allerdings *auch* hier, weil du dir was für deine Seele versprochen hattest. Dass du es in Fuchsia House finden würdest, damit hattest du nicht gerechnet, stimmt's?«

»Ich bin hier, weil ich meine Gedanken auf zwei für mich lebenswichtigen Gebieten ordnen will, nicht um meinen Kopf zu verlieren!«

Ja, so war das – im Prinzip.

»Tief drinnen fehlte was, Alex, das sehe ich doch! Alle, die nach Sligo kommen, egal woher, hoffen, etwas zu finden.

Ob ihnen das erst neuerdings oder seit langem fehlt, ist ohne Belang. Nach meiner Erfahrung als Händler mit Immobilien und Besitzer von Salvage Yards handelt es sich meist um ein Stück Lebensgefühl. Wer mehr als *ein* Haus braucht, um sich behaust zu fühlen, spürt einen Mangel. Und wer dieses Zweitdomizil dann beständig erweitert und verschönert, als wäre es nicht groß und schön genug, hat das Gesuchte nicht gefunden. Wird es vermutlich auch nie finden – für diese Menschen ist dann vielleicht der Weg das Ziel. Als Verhalten ist mir das recht, schließlich lebe ich davon. Du aber hast dich mehr nach den Irinnen gesehnt, als du dir eingestehst.«

Plopp! Der Korken (einer der neuen) war endlich heraus, ich schenkte ein. Woher wusste Brian, dass ich den Irinnen einiges an Glück verdankte? Hatte er das von Ute? Von Gert?

»Wer hat dir das von den Irinnen erzählt?«

»Beruhige dich, Alex. Du ahnst nicht, welche Freude es mir macht, dass dir die Irinnen am Herzen liegen«, und grinste irisch-schelmisch dabei.

»Die Spanierinnen auch, mein Lieber! Je exotischer, desto mehr zog mich seit meiner Entjungferung ›das Ewig-Weibliche‹ hinan. Wenn du weißt, was ich damit sagen will.«

»Ja …, weiß ich, Alex. Hab ja mal in Trinity einen Grundkurs in German Lit belegt – Goethe, Schiller und so.«

Ich begann, Brian ein klein wenig zu mögen. Zumal er die »wahre Geschichte von Anja und Alex« nicht zu kennen schien.

Statt aber den einen oder anderen echten Ausflug entlang der Küste oder ins Hinterland zu unternehmen, bevor der Regen mit der Kälte nach Sligo kommt, gehen Brian und ich nun öfter in den Pub. Mein nunmehr bester hiesiger Freund kennt sich da aus, wie gesagt. Denn als er – Namen wie Hargadon Brothers, Shoot the Crows, Emerald Bar und weitere deklamierend – von seinen Lieblingspubs zu sprechen begann, kam mir deren Besuch so manch anderem vorzuziehen vor. Der Fertigstellung meiner Sterneschrift beispielsweise.

Auch Brian sucht nach etwas, das ihm äußerst wichtig ist. Sein Lieblingsthema ist nicht das Geld, und die Frauen sind es auch nicht wirklich: Es ist die Vereinigung der Irischen Republik mit dem Teil der Insel, dessen Zugehörigkeit zum UK viele hier nach wie vor als eine Schande empfinden.

›Komisch‹, geht es mir durch den Kopf, während ich Erlebtes notiere, ›dass ich neuerdings, wenn Brian mich abholt und uns in seinem Geländewagen nach Sligo oder Bundoran zu einem seiner Lieblingspubs transportiert, auf meine Pille verzichten kann!‹ So souverän wie Raquel fährt er zwar nicht, doch fühle ich mich, was meinen Körper betrifft, ähnlich unbedroht. Er trinkt auch nie mehr als ein Pint, es sei denn, der Abend wird lang. Mehr als zwei Glas Bier sind's aber nie, wenn er fährt, da passe ich auf! Übrigens fühle ich mich als Passagier auch bei Ute sicher, nicht aber bei Gert. Fährt der den Range Rover, ist kalter Schweiß vorprogrammiert. Muss ich aus irgendwelchen Gründen vorn, auf Svens einstigem Wunschplatz sitzen, stehe ich die Fahrt nie ohne Pharma-Hilfe durch.

»Ohne permanenten Widerstand gegen die Invasoren, von den Wikingern über die Normannen bis zu den Engländern, wäre nie entstanden, was es inzwischen gibt: eine irische Republik.«

Wie Brian das am Tresen sagte, klang es wehmütig und stolz zugleich. Der Stolz kam vom Erreichten, die Wehmut von dem, was weiterhin fehlte. Zur Vollständigkeit fehlen, erklärt mir Wikipedia, 1.8 Millionen Menschen und fast 14 000 Quadratkilometer Land – ein Großteil der alten Ulster-Provinz.

Brians Pathos kam mir dennoch sonderbar vor. Der Mann verfügt über einen britischen und einen irischen Pass. Er wohnt im größeren, nordirischen Teil von Belleek, die Grenze zwischen der Republik und dem Vereinigten Königreich verläuft durch sein Dorf. Andererseits hat er – das spürt man recht bald – die Haltung eines eingefleischten Nationalisten.

»Dir täte ein bisschen Unterricht in irischer Geschichte gut, Alex«, fing Brian eines Abends im Pub zu dozieren an. Und ohne meine Zustimmung abzuwarten, fuhr er fort: »Als die Wikinger kamen – in übler Absicht, wie du weißt – trafen sie auf ein Land mit einer eigenständigen, christlichen Kultur. Gelehrte Mönche aus irischen Klöstern haben großen Einfluss auf die Entwicklung Westeuropas gehabt. Und dass die Römer nie einen Fuß auf unsere Insel setzten, ist auch nicht überall bekannt. Ein halbes Jahrhundert später, als die Wikinger merkten, dass man seinen Lebensunterhalt durchaus friedlich bestreiten kann, ließen sie sich entlang der Küste nieder und marodierten nur noch zum Zeitvertreib. Städte wie Limerick, Waterford, Wexford, ja sogar Dublin sind Wikinger-Gründungen! An die Eroberung der *ganzen* Insel haben die Kerle offenbar nie ernsthaft gedacht, obwohl die irische Macht sehr zersplittert war. Lieber vermischten sie sich mit den Leuten im Land.«

›Vermischen ist nach wie vor ihr Ding‹, dachte ich darauf gereizt, ›nur dass sie mittlerweile – statt mit Stockfisch, Fladenbrot und Met – mit dem Ursaft der menschlichen Spezies handeln.‹

»Irland ganz zu erobern kam erst den Normannen in den Sinn; ausgerechnet ein Ire bereitete ihnen den Weg: Im späten zwölften Jahrhundert zog der machtgierige König von Leinster gegen einen Königskollegen den Kürzeren. Das wollte er aber nicht hinnehmen. Er floh nach England und bat Henry II. um Waffenhilfe. Der Plantagenet-König erlaubte ihm, unter seinen normannischen Gefolgsleuten Söldner anzuwerben.

Das aber war nicht so leicht. So musste der Ex-König erst dem Earl of Pembroke, Richard Strongbow, die Hand seiner Tochter anbieten, bevor der ihm half, sein Land zurückzugewinnen. Zwischen den Iren und diesen neuen Invasoren ging es in der Folge eine Zeitlang hin und her, dann starb der Urheber allen Streits, ohne männlichen Erben. Strongbow beerbte nun seinen Schwiegervater, und von da an dehnte der normannische Adel seine Macht auf der Insel weiter nach Westen aus. Bis es Henry buchstäblich zu grauen begann.«

›Endlich graut's auch mal einem Heinrich‹, dachte ich.

»Vom Papst unterstützt, fiel er mit einer gewaltigen Streitmacht in Irland ein und schaffte es mit der Zeit, die Dinge im Sinne der englischen Krone *und* der römischen Kirche zu ›regeln‹. Die Iren hatten anfangs gehofft, Henry II. würde die Normannen stoppen, doch dem lag mehr daran, seine eigene Gefolgschaft zu konsolidieren. Von da an ging es mit dem gälischen Adel bergab, auch wenn er zwischendurch immer mal wieder die Nase hochbekam. Die Leidtragenden waren – wie so häufig – die Bevölkerung: Aus ihnen wurden Leibeigene der Invasoren. Heute werden diese Invasoren verschleiernd Normannen genannt und man setzt gern noch ein Anglo-, Cambro- oder Franco- davor. Für uns Iren aber, ob wir in Ulster leben oder in der Republik, waren und bleiben auch diese Leute samt und sonders Engländer.«

Wenn er weiter so patriotisch redet, wird es spät werden, ging's mir durch den Kopf.

»Um fair zu bleiben, mein Freund: So manches von dem, was euch Touristen vom Kontinent am alten Irland so gefällt, sind Werke der Normannen: Turmhäuser, Burgen, Kathedralen ...«

»Ich bin kein Tourist!«, unterbrach ich ihn. »Ich bin hier zu Besuch bei Leuten, die längst wie Einheimische leben, um meine –«

»Stopp, Alex, weiß ich alles! Und dich zu beleidigen liegt mir fern.«

»Touristen, Brian, fahren hektisch herum. Und sobald sie wieder zuhause sind, fallen sie in den alten Trott!«

»Es gibt Schlimmeres als den alten Trott!«

»Und das wäre?«

»Ein neuer Trott – einer, den dir Fremde auferlegen. Some bloody bastards, you know!«

»Womit wir wieder beim Thema wären, Brian«, sagte ich, um Versöhnung bemüht, war aber dennoch kurz verwirrt. Ich holte zwei Pints vom Tresen, die Stimmung im Pub hatte sich aufgeheizt.

»Zugegeben, über die folgenden Jahrhunderte schrumpfte der Einfluss der englischen Krone bis auf den Herrschaftsbereich um Dublin«, fuhr Brian fort. »Der Rest der Insel scherte sich wenig um die Macht des Königs. Henry VIII. gedachte dies zu ändern. Er schuf ein Königreich Irland, wurde auch dessen Monarch und wollte die Iren protestantische Mores lehren. Die aber, wie auch die meisten der Anglo-Normannen, blieben ihrem katholischen Glauben treu. Aus Furcht, Spanien könne die Iren gegen England aufwiegeln, siedelte Henry Protestanten auf der Insel an. Das fiel auf wenig Gegenliebe: Die Iren wehrten sich gegen die Enteignungen zugunsten der ihnen aufgezwungenen ›Plantations‹.

Erfolgreicher in der Kolonisierung Irlands waren spätere Herrscherinnen und Herrscher. Die erfolgreichsten Plantations entstanden während der ersten Hälfte des siebzehnten Jahrhunderts in Ulster, wo neben anglikanischen Engländern und Wallisern auch presbyterianische Schotten, zum Teil nicht ganz freiwillig, angesiedelt wurden. Vorausgegangen war ein mörderischer Kampf, der zur sogenannten Grafenflucht und zum Zerfall der alten gälischen Ordnung führte. Philip III., Sohn jenes spanischen Königs mit dem Armada-Desaster, hatte die örtlichen Rebellen vergebens mit Truppen unterstützt.«

Da fand ich, Raquel hätte von Brians Geschichtsexkurs vielleicht noch mehr als ich profitiert.

»Und hier liegt einer der Ursprünge des Nordirland-Konflikts: Die wohlhabenderen und besser ausgebildeten protestantischen Siedler krallten sich das fruchtbarere Land und dominierten die eingesessene, katholische Bevölkerung in allen wichtigen gesellschaftlichen Bereichen. Das unterhielt den irischen Widerstandsgeist nicht nur, das steigerte ihn!«

Brian hieb mit der Faust auf die Tischplatte, dass ein Schwapp meines Biers das Glas verließ. Er wischte die Pfütze mit dem Jackenärmel auf und murmelte ein schamvolles »Sorry«.

Von da an berührte mich die Heimwegfrage nur noch gering. ›Hauptsache‹, dachte ich, ›es gibt hier keine Schlägerei.‹ Brians Stimme war nicht gerade auf Flüsterniveau und damit ein möglicher Beitrag zu dem sprichwörtlichen Tropfen für das Fass … Wusste ich, wer alles in den Ecken und Nischen saß?

»Wie du weißt, ließen die Iren sich nicht vorschreiben, was sie zu glauben hätten, kaum jemand konvertierte zum Protestantismus. Ende 1641 kochte die Wut der Bevölkerung über. Begonnen hatte diese Rebellion mit einer Verschwörung irischer Adliger, die es satthatten, die Rechtmäßigkeit ihres Landbesitzes ständig abgesprochen zu bekommen. Die Wut sprang auf die einfachen Leute über. Und während die Verschwörung scheiterte, griffen aufgebrachte Einheimische nun überall, besonders aber in Ulster, protestantische Siedler an. Es begann mit Prügeleien und endete mit Totschlag und Mord. Lange haben die Unionisten behauptet, es seien damals einhunderttausend Protestanten von den Iren umgebracht worden. Heute gelten jedoch zwölftausend als näher an der Wirklichkeit.«

Ausreichend Bier hatte er nun intus, mein geschichtskundiger Freund. ›Bald wird er hoffentlich wieder sanft und gelassen sein‹, dachte ich. Allerdings war er, wie immer, wenn es um die bewegte Geschichte Irlands geht, vom Ende seiner Ausführungen noch weit entfernt. Und mir war klar, dass ich ihn an diesem Punkt nicht hätte aufhalten können.

»Während der Regentschaft Charles I., der mit einer katholischen Bourbonen-Prinzessin verheiratet war, hatten sich auch in Irland politische Kräfte gebildet, die ihre Hoffnungen auf diesen englischen König setzten. Charles liebäugelte aber zu sehr mit dem Absolutismus, er erboste das bereits an eine Reihe demokratischer Rechte gewöhnte englische Parlament. Die Niederlage in der folgenden Auseinandersetzung zwischen seinen Anhängern und den überwiegend puritanischen Parlamentaristen kostete ihn den Kopf. Die Monarchie wurde erst einmal abgeschafft, Oliver Cromwell kam an die Macht. Und dem gelang es – Mitte des siebzehnten Jahrhunderts – in nur wenigen Jahren, endgültig den Zorn gegen die englische Dominanz im irischen Gemüt zu verankern. Mit großer Härte ging er auf unserer Insel gegen die Aufständischen vor, this bloody ass. Wieder wurde Land beschlagnahmt und an englische Siedler vergeben, vor allem an Veteranen des Bürgerkriegs. Am schlimmsten jedoch war seine Politik der verbrannten Erde: Ungefähr ein Drittel unserer Bevölkerung verhungerte! Im kollektiven irischen Gedächtnis steht der Name Cromwell seither für das Grauen schlechthin.«

Brian hob sein Glas, starrte einen Moment verloren vor sich hin und nahm einen großen Schluck. Ein wenig betroffen fühlte ich mich auch.

›Fasst er's jetzt nicht zusammen‹, ging es mir dennoch durch den Kopf, ›sitzen wir hier bis morgen früh‹.

»Okay, ich glaube, wenn ich es jetzt nicht ein bisschen straffe, Alex, hocken wir hier noch morgen früh«, sagte Brian und grinste wie gehabt. »Die nächsten einhundertfünfzig Jahre behielten die Engländer die Nase so vorn wie oben. Und sie taten alles, um die arme und ungebildete, hauptsächlich aus einfachen Bäuerinnen und Bauern bestehende katholische Bevölkerung kleinzuhalten. Die durfte zwar bald Land erwerben, besaß aber selten die Mittel dafür. Das war natürlich sehr geschickt eingefädelt! König, Regierung, Parlament, Wahlberechtigung, Richterämter, Armee, Steuern et cetera, all das blieb in der Hand einer landbesitzenden, der anglikanischen Church of Ireland oder der Church of England angehörenden Elite, der sogenannten Ascendancy. Und um das noch auf die Spitze zu treiben, schaffte es diese kleine protestantische Schicht, auch die Presbyterianer schottischer Herkunft von Politik und Gesellschaft auszuschließen. Unsere Insel ganz nach dem großen Vorbild zwischen Northumberland, Cornwall und Kent zu gestalten, das hatte sie im Sinn! Man kann sich vorstellen, dass all diese Diskriminierungen und Demütigungen ein Übriges taten, die breite Bevölkerung langfristig gegen die englische Republik aufzubringen. Womöglich war es vielen Irinnen und Iren eine Genugtuung, dass Cromwell schlussendlich an Malaria starb, die er sich in Irland zugezogen hatte.

In jener Zeit entstanden dann auch viele der sogenannten Big Houses, der oft eindrucksvollen, nach britischen oder kontinentalen Vorbildern gestalteten Landhäuser der anglo-irischen Elite.

Ende des achtzehnten Jahrhunderts, als die Ascendancy ihre Heimat nun in Irland sah, kam es unter dem Einfluss der Amerikanischen und der Französischen Revolution zur nächsten Rebellion gegen die englische Dominanz. Diesmal taten sich Presbyterianer und Katholiken zusammen. Das Ergebnis war aber auch hier: Die Engländer siegten. Das irische Parlament wurde aufgelöst, das ›United Kingdom of Great Britain and Ireland‹ entstand. Was aber auch entstand, war ein gesteigertes irisches Nationalgefühl!«

In einer Ecke des Pubs entstand Lärm, ebenfalls in Form gesteigerten Regional- oder Lokalgefühls. Ich hoffte, der

Inhalt dieser Auseinandersetzung würde nicht zu uns herüberschwappen und Brians patriotischen Redefluss hemmen.

»Langweile ich dich, Alex? Keine Sorge, ich konzentriere mich jetzt auf die wesentlichen Eckpunkte. Und dann …, und dann verstehst du alles! Das nächste folgenschwere Ereignis aus irischer Sicht war ›The Great Famine‹ um die Mitte des neunzehnten Jahrhunderts, mit 1847 als dem schlimmsten Jahr. Eine Million Menschen verhungerten oder starben an Krankheiten infolge der Mangelernährung! Ganz schlimm getroffen hatte es Landstriche im Westen und Süden, in denen Gälisch gesprochen wurde. Es begann jetzt der irische Exodus: Innerhalb von zehn Jahren, von 1845 bis 1855, wanderten über zwei Millionen Irinnen und Iren nach Übersee aus, mit den USA als bevorzugtem Ziel. Vielen Menschen blieb nur zu emigrieren übrig, weil sich an ihrer beklagenswerten sozialen Lage nicht das Geringste änderte. Von rund acht Millionen um 1840, sank die irische Bevölkerung bis 1900 auf rund die Hälfte!«

Der Lärm in der Ecke des Pubs hatte sich gelegt, ich fand Mut zu fragen: »Und die Ursache für die große Hungersnot?«

»Right! Sorry, Alex, I forgot. Zu den Ursachen zählte vor allem die Kartoffelfäule, eine Pilzinfektion. Kartoffeln waren das Hauptnahrungsmittel der Landbevölkerung. Was die Leute sonst noch erwirtschafteten, Getreide und Fleisch, hatten sie ihren Landlords abzuliefern. Die machten während der Hungersnot ein Geschäft damit, hielten sich selbst hingegen lieber in England auf und überließen es ihren Gutsverwaltern, den Pächtern beim Verhungern zuzuschauen! Die Kartoffel hatte den oft früh heiratenden Iren und Irinnen einen Bevölkerungszuwachs beschert, war als Nahrungsmittel aber ein Problem, wenn man sich ganz auf sie verließ. Heute weiß man das, aber damals hatten die Menschen davon noch keine Ahnung.«

›Alles sehr tragisch‹, dachte ich, ›aber Herrgott, jetzt muss er sich wirklich sputen, wenn er bald nach dem Glockenschlag fertig sein will‹. Brian schien ähnliche Gedanken zu haben. »Ich weiß, Alex. Muss mich ranhalten, wenn ich bis zur Sperrstunde fertig sein will.«

Ich nickte, weil mir nichts anderes übrigblieb.

»Spätestens der ›Act of Union‹ 1801 machte Irland zu einem machtlosen Teil des Vereinigten Königreichs. Die emanzipatorischen Vorstöße von dort zielten auf Landreform und Selbstverwaltung. Vertreibungen säumiger Pächter wurden gewaltsam verhindert, zeitweilig stand das Land unter einer Art von Kriegsrecht. Bis die Macht der anglo-irischen Elite per Gesetzesänderung gebrochen war. Trotz Neuverteilung von Grund und Boden wuchs der Nationalismus. Die mehrheitlich protestantischen Unionisten lehnten Selbstverwaltung aus Furcht vor katholischer Dominanz ab und riefen populistisch ›Home rule is Rome rule!‹, um die Angst vor päpstlichem Einfluss auf die Politik zu schüren. Der Kompromiss lautete, die Ulster-Counties »zeitweilig« von Home Rule auszunehmen. Was damit gemeint war, blieb offen. Doch schaffte es genau dieser Gesetzesentwurf 1914 durchs Parlament!«

Brians Kehle war überfällig, was Befeuchtung betraf: ›Auch seinem Gemüt täten einige Schlucke gut‹, dachte ich. Solange Wichtiges ungeklärt ist, bleiben Männer angespannt.

»Die Ulster-Unionisten, also die protestantischen Siedler in Nordirland, die sich ›der Krone‹ verpflichtet fühlten, wie auch die Nationalisten mit ihrer Hoffnung auf irische Einheit und Souveränität, hatten inzwischen Kampforganisationen gebildet, um ihre Ansprüche durchzusetzen, notfalls mit Gewalt. Allein der Ausbruch des Ersten Weltkriegs verhinderte einen Bürgerkrieg. Beide Seiten beteiligten sich jetzt mit einer großen Zahl Freiwilliger an den militärischen Anstrengungen Großbritanniens, um Einfluss in der irischen

Frage zu behalten. Den Nationalisten ging es um die Etablierung der Selbstverwaltung im *gesamten* Land, den Unionisten hingegen um die Dauer der Ausnahmeregelung für die Provinz Ulster.

Da sich in den Wirren des Weltkriegs dieses Problem aber nicht lösen ließ, wurde die Umsetzung der Home Rule fürs Erste ausgesetzt, schwelte jedoch im Untergrund weiter vor sich hin. Einer Gruppe von Nationalisten kam es am Ostermontag im Jahr 1916 in den Sinn, die Unabhängigkeit Irlands zu erzwingen; die Leute würden sich erheben, dachte man. Mitten im Krieg hatten ›die Leute‹ aber andere Sorgen. Entsprechend schlugen die Briten diesen Aufstand in wenigen Tagen nieder. Die Haltung der Zivilbevölkerung änderte sich jedoch völlig, als die Erschießung der fünfzehn führenden Aufständischen bekannt wurde. Roger Casement, vorher ein britischer Diplomat und jetzt ein irischer Nationalist, der das Deutsche Kaiserreich erfolgreich um Waffenhilfe für den irischen Widerstand gebeten hatte, wurde einige Monate später wegen Hochverrats, Sabotage und Spionage in London gehängt.

Ergebnis: Rund fünfhundert Tote, zweitausendsechshundert Verwundete, Dublin in Trümmern, Irland gespalten, wenn auch auf dem Weg in die Unabhängigkeit. ›A terrible beauty is born‹, so drückte sich Yeats in seinem berühmten Gedicht zum Osteraufstand aus! Nein, Alex – ich sehe deine fragenden Augen – an die IRA, wie sie dann entstand, hat der Dichter dabei noch *nicht* gedacht!«

Ob die Stimmung im Pub auf Sturm oder Verbrüderung stand, war schwer zu sagen. Brian kam mir jedenfalls als der Frischere von uns vor; bei dem Thema, das er am Wickel hatte, schien er ganz in seinem Element zu sein. »Nun muss ich aber *wirklich* bald zu Ende kommen«, sagte er mit Anerkennung im geröteten Gesicht. »Nur ein Deutscher hält derart viel Geschichte auf einmal aus!«

»Und niemand packt so viel Geschichte zwischen zwei Bier wie ein Ire, der Deutschen das Land seiner Väter verkauft!«

»Das Land seiner Väter *und Mütter*!«, kam es da wie aus der Pistole geschossen. »Rasch aber noch der Rest der Geschichte, sofern man von ›Rest‹ sprechen kann: Die revolutionäre Stimmung blieb. Die blutige Niederschlagung des Osteraufstands und der britische Versuch, die Wehrpflicht in der Endphase des Weltkriegs auch auf die Iren auszudehnen, ließen den Unabhängigkeitsgedanken nur noch mehr erstarken. Bei den Wahlen zum britischen Unterhaus Ende 1918 gewann ›Sinn Féin‹, die republikanische Partei, fast drei Viertel der irischen Sitze. Doch anstatt in London ihre Arbeit aufzunehmen, versammelten sich die neuen Members of Parliament praktisch alle in Dublin zu einem *irischen* Parlament. Eine provisorische Regierung entstand, die Irland im Januar 1919 – wen wundert's – *einseitig* zur unabhängigen Republik erklärte. Den Briten missfiel dies so sehr, dass eine weitere blutige Auseinandersetzung begann: der irische Unabhängigkeitskrieg. Der endete erst im Juli 1921 mit einem Waffenstillstand. Friedensgespräche führten daraufhin endlich zur Loslösung vom Vereinigten Königreich und einem irischen Freistaat. Aus den sechs unionistischen Grafschaften wurde Nordirland. Sie sind Bestandteil des UK. Das ist wichtig zu betonen, denn zu Großbritannien gehören sie nicht. Frieden bedeutete das leider noch keineswegs.«

Brian trank das wenige verbliebene Bier aus seinem Glas, stand unvermittelt auf und sagte, er wolle keinen Stress mit den »Gardai«, der irischen Polizei. Den Rest der Geschichte könne er mir auch auf der Heimfahrt erzählen.

»Der anglo-irische Vertrag ging jetzt den Iren gegen den Strich, die mit der englischen Krone nichts zu tun haben und die Einheit der Insel erzwingen wollten«, fuhr er mit seinem rauchigen Bariton im Auto fort. »Nun begann der irische Bürgerkrieg, ein Kampf, in dem Brüder und Freunde einander gegenüberstanden. Auf der einen Seite gab es diejenigen, die rein politisch zur Vereinigung Irlands gelangen wollten, auf der anderen die Unbeugsamen. Der Kampf zwischen Ersteren, den Vertragsbefürwortern, und der Anti-Vertrags-IRA dauerte dann von Juni 1922 noch mal fast ein Jahr. Während dieses Bürgerkriegs und des Unabhängigkeitskriegs davor wurden auch fast dreihundert Big Houses zerstört! Um sie als mögliche Unterkünfte für Soldaten unbrauchbar zu machen, aus Hass auf die anglo-irischen Gentry, ja hin und wieder sicher auch, um irgendeine persönliche Rechnung zu begleichen. 1937 wurde der Freistaat dann in *Irland* umbenannt, und seit 1949 ist der aus sechsundzwanzig der zweiunddreißig Counties bestehende Teil unserer Insel offiziell eine souveräne Republik. Schluss also mit London, Crown and all this stuff! Fazit unserer leidvollen, aber kämpferischen Geschichte: Für die Anglos war die Grüne Insel siebenhundert Jahre lang kaum mehr als eine Kolonie, bevölkert mit ungehobelten, trunk- und streitsüchtigen Faulpelzen. Und sieh dich nun um!«

Wollt ihr wissen, worauf ich stolz bin, während ich dies schreibe – mit der Hand in eine Kladde, nicht in den PC? Ich bin stolz darauf, wieviel ich von dem Irland-Diskurs Brians behalten habe. Manches wörtlich, so kommt es mir zumindest vor, obwohl etwas Erschütterndes geschehen ist. Weiter bin ich stolz darauf, die Heimfahrt völlig ohne Unterstützung von Seiten der Pfizer Corporation bewältigt zu haben. Die Augen geschlossen, habe ich mich aufs Fahrgeräusch und den Rest an irischer Geschichte konzentriert, während mein neuer Freund fehlerlos fuhr.

Brian lud mich am Eingang zu Fuchsia House ab. Ich dankte ihm für den anregenden Abend und das Lagerbier. Er murmelte etwas, das nach Wiederholung klang, außerdem nach IRA. Auf dem Weg zur blauen Wohnungstür (der

Cottage-Anbau hat etwas von einem Luxusmotel) bemerkte ich, wie im Eckzimmer meiner Nachbarin das Licht erlosch. Ich überquerte den Rasen, um den Weg über den Kies so kurz wie möglich zu halten. Drinnen ging ich schnurstracks ins Bad, ohne Licht zu machen – so dringend musste ich mal.

Dann kam wieder der Voyeur in mir hervor.

Das bekannte Fenster in Raquels Wohnung war erleuchtet, der Vorhang noch nicht zugezogen: Dieses Mal würde mir Utes Opernglas zum ersehnten Anblick verhelfen! Doch anders als beim ersten Mal, tat sich eine Weile nichts. Dann trat Raquel ins Bild. Die Vorderseite zum Fenster gewandt, zog sie ihr T-Shirt aus und löste den BH. Mir stockte der Atem: Ihre Brüste wirkten verunstaltet, erschütternd deformiert. Sie sahen aus, als hätten sie vor langer Zeit Bekanntschaft mit dem Messer eines verschmähten Verehrers gemacht! Dann begriff ich, was Raquel widerfahren war: Irgendetwas Hartes, Scharfkantiges musste beim Zug-Attentat wie ein Granatsplitter ihre Brüste durchpflügt haben. Im Tohuwabohu der Rettungsmaßnahmen hatte man seinerzeit die leichter Verletzten lediglich provisorisch geflickt, wie ich von ihr wusste. Und später hatte die junge Frau, aus verquerer Dankbarkeit für Gonzalo vielleicht, wohl nie an eine chirurgische Korrektur ihrer Brüste gedacht.

13

Es wäre falsch zu sagen, der Anblick von Raquels Brüsten habe mich wieder an die Arbeit gebracht. So wie es auch nicht der Wahrheit entspräche, Brians gälischen Widerstandsbericht als Ursache für meine Rückkehr zur Disziplin anzusehen. Auf eine Weise, die ich mir – entsprechend auch euch – nicht erklären kann, hatten jedoch *beide* Umstände etwas mit dem Wandel in meiner Arbeitshaltung zu tun. Hinzu kam und das hat sicher auch eine Rolle gespielt, das ferngesteuert auf den Laptop und mein Handy gelangte Ultraschallbild eines schwangeren Uterus. In schweren Fällen von Prokrastination bedarf es offenbar einer Schocktherapie, soll das Verschieben lebenswichtiger Angelegenheiten ein Ende haben.

Das bestürzende Erlebnis als Spanner (es ist zwei Tage her) hat mich allerdings nicht von Raquel entfernt, es hat mich ihr nähergebracht! Bis dahin hatte ich sie als Kameradin in Verlustschmerz gesehen. Nun hatten wir eine weitere Gemeinsamkeit: Wir waren Veteranen – nachhaltig Verletzte von Kriegen aus Hass auf Andersgläubige und solchen auf schnellen Straßen. Anfangs, das versteht ihr gewiss, empfand ich nichts als Entsetzen. Dann trat sowas wie Abwehr ein. Erst als ich zu ahnen begann, wie das Erblickte zu erklären sei, kam Mitgefühl in mir auf. Am liebsten wäre ich durch mein Badfenster herausgestiegen und durch das andere Fenster eingestiegen und hätte Raquel dort im gedämpften, wenngleich unnachsichtigen Licht an meine Brust gedrückt – egal, ob sie ihr Schlafanzugoberteil bis dahin übergestreift hätte oder nicht. Realistisch betrachtet blieb mir in diesem

Moment aber nichts anderes übrig, als die Häkelgardine in ihre Ausgangslage zu bringen und mich meinem neugewonnenen Wissen samt der sich daraus ergebenden Gefühle zu stellen.

Das Erste, woran ich nach der Fenstergeschichte an jenem Abend dachte (an Schlaf war vorerst nicht zu denken), war, in wieweit *solche* Brüste noch zu reparieren wären. Von *abstoßenden* Brüsten zu sprechen, fällt mir schwer, weil ich eine zwar objektiv zutreffende, aber lieblose Aussage machen würde. Und das allein fällt mir schon deswegen schwer, weil ich Raquel als liebenswert empfand. Die eigene Unglückserfahrung hat mich zudem gelehrt, dass Chirurgen wie auch Chirurginnen wahre Wunder vollbringen, wenn sie vor einer heroischen Aufgabe stehen. Vorausgesetzt allerdings, so habe ich mir sagen lassen, sie sind während des Eingriffs im Flow, jenem kreativen Zustand von Seele und Geist (sofern dies nicht ein und dasselbe ist), ohne den auch kein Kunstwerk zustande kommt.

Denn wie ich mich jetzt wieder – diesmal im Ernst – an die Arbeit gemacht habe, wegen der ich hergekommen bin, bin ich der Meinung, dass eine einschlägig qualifizierte Person in Dublin, Galway oder Cork die einst sicher hübschen Brüste der Nachbarin zu ihrem beziehungsweise seinem Opus magnum machen könnte. Das Honorar dafür könnte ich zusammenbringen, doch es würde schwer werden, Anja die Beweg- und Hintergründe dieser humanitären Aktion konfliktfrei zu erläutern. Irgendwie ginge es aber auch anders, sagt mir das magische Element in meinem sonst ach so rationalen Gehirn …

Über die irische Befreiungsgeschichte, wie sie mir Brian vermittelt hat, habe ich in meiner nun knappen Freizeit auch nachgedacht. Wie gesagt, der republikanische Drops ist nicht gelutscht. Irgendwann, so glaube ich, wird die Grüne Insel wieder ein Ganzes bilden, und sei es jenseits meiner Zeit.

Mit Blick auf die Zukunft seines bevorzugten Urlaubslands hat Mountbatten, das weiß ich nun auch, insgeheim wohl die gleichen politischen Vorstellungen wie seine Mörder gehabt.

Ob Raquel schon mal in Mullaghmore war und Classiebawn vor der Benbulben-Kulisse gesehen hat? Ich werde sie fragen.

Ach ja, das Ultraschallbild! Anja hat es mir, glaube ich, aus zwei Gründen geschickt: Aus Begeisterung für das, was sie als werdende Mutter und netzaffine Grundschullehrerin darauf wahrnehmen kann *und* weil sie weiß, dass ich ein Augenmensch bin. Ein Bild sagt mehr als tausend Worte! Ob dieser Spruch aus Japan, dem kaiserlichen China oder der Trickkiste eines Werbefuzzis von vor hundert Jahren stammt, ist mir wurscht.

Keineswegs wurscht ist mir: Das Bild stammt nicht von mir, genauer gesagt, was es repräsentiert! Die Godenbergs haben's ja ohnehin mehr mit dem Repräsentieren als mit dem Zeigen.

Oje, mein irischer Sarkasmus bricht wieder durch! Bin außerdem zu weit gegangen und habe das Profilbild aus den Augen verloren. Dem ich doch glauben soll, dass es zu einem Mädchen im siebten Monat seiner Menschwerdung passt! Bin gespannt, wann ich die erste 3D-Version, womöglich animiert, gesendet bekomme. Dann kann sich das kleine Wesen im Kreis der mir bekannten Sterne auf meinem Laptop tummeln. Ein Waisenmädchen wie im Grimm'schen Märchen »Die Sterntaler« wird's nicht werden, auch wenn ihm der leibliche Vater von Geburt an fehlt. Und von Armut müssen wir auch nicht reden, selbst für den altmodisch gesehenen Fall, »der Ernährer« würde sich seiner Rolle entziehen.

Ob ich's beim Betrachten des Ultraschallmädchens belassen habe, Zeit war ja nun wieder mein kostbarstes Gut?

Nein, ich habe die Denk- und Schreibarbeit an meiner Sterneschrift eine Weile sein gelassen und dann doch mit Anja telefoniert. Unmittelbar aus der Formulierküche, also ohne auf die Kosten zu achten! Auch ohne mir Gedanken darüber zu machen, ob dieses Gespräch meiner Befindlichkeit zu- oder abträglich wäre.

Aber zurück zu dem gleichsam flächigen Uterus mit dem winzigen Wesen darin im Mittelschnitt. Im ersten Augenblick empfand ich nichts als Rührung und Zärtlichkeit. Hundewelpen, auch Frischlinge aufgereiht an den Zitzen ihrer Wildsau-Mama (wie ich's mal in einem Wildgehege gesehen habe), führen bei mir zu ähnlichen Gefühlen. Von kleinen Wesen geht stets etwas aus, das Beschützerinstinkte in mir weckt. Danach trat ein Gefühl der Abwehr ein. Ein wenig kam ich mir wie jemand um 800 auf Inishmurray vor: Du freust dich über die Stille deiner gerade richtig, nicht *zu* entfernt vom Festlandstrubel gelegenen wunderbaren kleinen Insel, du fühlst dich frei, gleichzeitig geborgen – und dann kommen die Wikinger und fallen über dich her.

Ich rief am späten Nachmittag an, so gegen fünf. Da würde es im Villenviertel von Bergedorf so gegen sechs sein, eine telefonisch gesehen also gute Zeit, wo Lehrerinnen, auch die im Montessori-System, gewöhnlich zuhause auf dem Festnetz zu erreichen wären, egal ob schwanger oder nicht.

»Hallo Anja! Ich wollte dir –« Weiter kam ich nicht.

»Hallo Alex, schön, dass du auch mal zum Telefon greifst! Ich dachte schon, ich wäre die Einzige, der Kommunikation am Herzen liegt.«

»Du *bist* die Einzige! Ich bin ein Mann, erinnere dich.«

»Lass die Spielchen! Sag mir lieber, wie du unser kleines Mädchen gefunden hast.«

Ich räusperte mich erst einmal ausgiebig und gewann so die Zeit, mir etwas Geschicktes auszudenken. Ein langes Ausatmen am anderen Ende brachte mich indes auf Trab.

»Süß fand ich's! Hab mir sofort vorgestellt, wie du es mit Vigga spazieren fährst – im Tivoli herum, und dann tritt der Papa hinzu und das Mädchen fängt dänisch zu plappern an.«

»Lass den Quatsch! Unser Kind wird so dänisch sein wie du und ich.«

Da bekam ich ein schiefes Gesicht. Mein linker Mundwinkel stieg ein klein wenig nach oben, der rechte sank im gleichen Maß. Mir war nämlich eingefallen, dass die Vorfahren meines Vaters, wie auch die Hälfte der Vorfahren meiner Mutter, aus Altona stammten, jenem westlichen Stadtteil Hamburgs, der bis zum deutsch-dänischen Krieg über zweihundert Jahre lang Wikingerland gewesen war. ›Wie viele Wikingergene steckten da in mir?‹, fragte ich mich, kurz etwas beklommen. Aber egal, wie viele es waren, zum Zuge gekommen waren sie nicht. Und *das* war's, was an mir so nagte, worunter ich litt: *Unser Kind* hatte Anja das Schnittbildmädchen genannt! Von *unserem Kind* sprach beziehungsweise schrieb sie übrigens auch jedes Mal, wenn sie, Gleichklang heischend, mit mir in Verbindung trat.

Herrje, wieder abgeschweift! Unfruchtbar zu sein ist leider schwer, wenn man Kinder liebt. Früher war's schwer vor allem für Frauen, die liebend gern Mütter geworden wären. Seit der Fifty-Fifty-Sachverhalt mit den Verdikten von Reproduktionsmedizinerinnen oder ihren unterkühlten männlichen Kollegen gilt, ist es aber auch schwer für meinesgleichen, die wir gern echte Väter wären und nicht Adoptivväter oder diese Bösewichte aus den Märchen. Ach so, halt, das sind Stief*mütter*! Stiefväter kommen in Märchen so gut wie nie vor, hat mich Auntie Google soeben belehrt.

Jetzt also wirklich zurück zum Telefonat.

»Im Ernst, Anja«, sagte ich und versuchte, alles, was nach Ironie, Sarkasmus oder Zynismus klingen könnte, aus meiner Stimme herauszuhalten. »Das kleine Wesen in deinem

Bauch, soweit ich es mir aufgrund dieser einen Ultraschallaufnahme vorstellen kann, rührt tatsächlich an mein Herz, das kann ich nicht verleugnen. Nur, es würde mich vermutlich tiefer, auf einer mehr persönlichen Ebene …«

Ich brach den Satz ab, weil ich telepathisch den Eindruck gewann, dass die Person »am anderen Ende der Leitung«, wie es faktisch falsch oft heißt, allmählich erstarrte. Nicht zur Salzsäule freilich, doch wahrnehmbar.

Es entstand eine Pause, die mir länger vorkam, als sie es vermutlich war und die auch nicht von mir, sondern von Anja beendet wurde.

»Würdest du mich so lieben, wie du immer sagst, sollte es dir – ich wiederhole mich – leichtfallen, dieses kleine Wesen als zu uns, damit auch zu dir gehörig, anzunehmen und zu lieben. Du wirst der Vater sein, Alex! Für mich, für meine Eltern, sogar für das kleine Mädchen selbst. Vigga wird alles für sich behalten, das verspreche ich dir!«

›Ja, meine Liebe‹, dachte ich, ›alles, was diese Wikinger und Wikingerinnen erst einmal haben, das behalten sie‹. Doch um zu vermeiden, dass Anja nun ihrerseits telepathisch den Eindruck gewann, in Fuchsia House würde gerade eine Art von Salzsäule entstehen, räusperte ich mich, ja hustete auch ein bisschen.

»Alex, es gibt sogar kluge Leute, die der Ansicht sind, zu einer von narzisstischen Zwängen freien Liebesbeziehung kann zeitweilig – unter Umständen lebenslang – eine *dritte* Person gehören. Die meisten Menschen verlieben sich mehrere Male im Leben und da kommt es vor, dass sie eine Zeitlang mehr als einen Menschen lieben. Würden ihre jeweiligen Partnerinnen oder Partner das immer übelnehmen, gäbe es mehr Trennungen, als es ohnehin gibt. Die wahre Liebe respektiert auch die Sehnsucht, die sie nicht versteht.«

›Hat sie was mit Vigga?‹, fragte ich mich da in meiner Klause am Meer, die – wie mir seltsamerweise gerade wieder einfällt – von den Reimers *Kinderstube* genannt wird. ›Hat Anja soeben angedeutet, wir seien zu dritt – *zu viert*, um genau zu sein?‹ Oder war meiner Partnerin der letzten elf Jahre bekannt, dass es in Sligo nun eine Vertreterin ihres eigenen, nicht mehr so zarten Geschlechts gab, der ich, Alex from Germany, deutlich mehr zugetan war, als es die Spielregeln der Generation Golf vorsahen? Sollte ich, obwohl von Luther geprägt, zur Beichte schreiten, bevor es zu spät für ein zwölftes, ein dreizehntes Jahr, womöglich viele weitere Jahre in Bergedorf sein würde? Nein, das ist alles nur aus der Luft gegriffen von meinem angeschlagenen Gehirn.

Mein Blick fiel auf die angebrochene Flasche Tinto aus der Heimat meines Freundes Don Quijote, die verführerisch auf der Anrichte des Küchenschranks stand. Die kam mir im Augenblick soviel erreichbarer vor als das Allermeiste, was auf meiner Agenda stand.

»Hallo, Alex, bist du noch da?«, tönte es da besorgt aus meinem iPhone heraus.

»*Ja*, bin noch da! Sorry, hab mir nur ein Wasser aus dem Kühlschrank geholt.«

Ich nahm einen großen Schluck direkt aus der Flasche und wiegte mich in Sicherheit; dass ich nicht sittsam aus einem Wasserglas trank, konnte sie ruhig hören.

»Großartig, du kümmerst dich um deinen Wasserhaushalt! Das war nicht immer so. Früher hast du dich oft lustig über all die Wasserflaschen an den Rucksäcken der ›Jugend von heute‹ gemacht.«

Ich nahm einen weiteren Schluck und sorgte dafür, dass es deutlich nach Wassertrinken klang.

»Gut so, Alex! Wir brauchen dich.«

Ich nahm einen letzten Schluck aus der Flasche und fand danach den Text für mein »Abschlusskommuniqué«:

»›Wir bekommen ein Kind‹ heißt dein neuestes Stück, soviel ist klar, und ich soll darin den Vater spielen. Besten

Dank für das Angebot! Ob ich aber diese Rolle übernehme, meine Liebe, steht weiterhin – wo sonst? – in den Sternen.«

Als danach dem kleinen schwarzen Gerät an meinem Ohr kein weiterer Ton entsprang und ich begriff, wie herzlos und kalt ich reagiert hatte, musste ich an Edwina Ashley, nachmalige Countess Mountbatten, denken. Die hatte im Laufe ihres eher kurzen Erwachsenenlebens mit mancher Drittperson die Laken geteilt. Meine früher erotisch hin und wieder atemberaubend zugewandte Partnerin in meiner Abwesenheit unter einer Decke mit einer halben Dänin? Eine wie starke Frau Anja Godenberg in meiner Abwesenheit geworden war, wollte ich das wirklich wissen?

14

Es war eine verregnete Woche gewesen, was meiner Arbeit gut bekam. Brian tauchte keinmal in Fuchsia House auf. Nicht bei den Reimers, nicht nebenan. Auf mein Projekt fokussiert, zog ich es vor, Utes Kochkünste in Anspruch zu nehmen.

Wenn Raquel zur Arbeit fuhr, saß ich bereits an meinem Küchentisch und versuchte, möglichst schlau zu formulieren; schlau wie in »Schweinchen Schlau«, nicht wie in *Schlaumeier*, natürlich. Wenn ihr's für euch behaltet wie Vigga die Sache mit »unserem Kind«, verrate ich hier, dass ich nun doch damit begonnen habe, auf bestechende Wörter aus der Bildungssprache zurückzugreifen, damit meine Schrift einen schlaueren Anstrich bekommt. Keine Sorge, ihr Lieben, in gefährliche Copy-Paste-Gefilde begebe ich mich selbstverständlich nicht! Auch verfüge ich über ein gewisses Vertrauen in meine Sprachfertigkeit. Dennoch: Schlauwörterlisten, wie es sie im Internet gibt, helfen tatsächlich aus der einen oder anderen sprachlichen Senke heraus. Viele Wörter sind es ja nicht, die sich für die Weltall-Thematik eignen, aber besser, man hat was in der Hinterhand. Adjektive und Adverbien, die mir – astronomisch gesehen – jetzt doch so erscheinen, dass ich nicht gleich an Zuhälterei denken muss, sind beispielsweise: adäquat, diffus, exorbitant, fulminant, grotesk, herkulisch, infernalisch, nebulös, opulent, titanisch und vehement. Geht es etwa um Dynamik, sind unter Umständen Wörter wie »vehement« und »fulminant« angebracht. »Infernalisch« und »titanisch« verwende ich höchst sparsam, »herkulisch« nur ganz privat – in Bezug auf die Aufgabe, die es meinerseits zu bewältigen gilt.

Als ich am Freitag spätabends aus dem Haupthaus kam, hing wieder ein Zettel an meiner Eingangstür. Auf dessen Rückseite stand, mit Filzstift auf Spanisch geschrieben: »Hallo Alex, morgen wird den ganzen Tag die Sonne scheinen, behauptet der Wetterbericht. Du solltest auch mal Pause machen! Hättest du Lust, mit mir nach Mullaghmore zu radeln, da war ich noch nie?«

Da bin ich ins Haus rein, habe hinten aus meinem Moleskin-Notizbuch säuberlich ein Blatt herausgetrennt und darauf mit dem roten Wachsstift, den ich neulich hier in der Wohnung gefunden hatte, »Me gustaría mucho! Recógeme cuando quieras« geschrieben. Raquel sollte auf diese Weise erfahren, wie begeistert ich sei, und dass ich die Entscheidung über den Start unseres Ausflugs ganz ihr überließe.

Am Samstag, kurz nach neun, stand Raquel in voller Herbstmontur, Utes altes Hollandrad an der Hand, vor dem Küchenfenster auf dem Kies. Ich war seit über zwei Stunden auf und hatte, horrido, eine weitere, verdammt schlaue Seite in meinen Laptop gehackt, einzigartige mathematische Formeln inklusive. Ihr glaubt nicht, wie rasch ich mich radfahrgemäß angezogen und nach draußen gestürmt bin, um meiner Nachbarin einen guten Morgen zu wünschen und ihr (schließlich hatte ich sie einige Tage nur aus der Ferne von vielleicht vier Metern gesehen) je einen Kuss auf die rechte und die linke Wange zu drücken. Beeindruckt von so viel Begeisterung hatten sich da dichte spanische Brauen gehoben und den darunterliegenden dunkelbraunen Augen so viel mehr Spielraum nach oben gegeben, als wollte die zugehörige Person mir zu verstehen geben, aus diesem Alex from Germany würde sie nicht schlau. Es verging dann keine Minute, und ich hatte Gerts Mountainbike an der Hand.

Ob wir Fahrradhelme trugen, würdet ihr vielleicht fragen. Leider nein, die Reimers halten keine vor! Ich selbst hätte bestimmt einen getragen, hätte Gert mein Sicherheitskonzept. Ob Raquel ähnlich dachte, weiß ich nicht; wir fuhren einfach los, ohne irgendwelche Schutzaspekte zu erörtern. Gert trägt auch beim Reiten nie einen Helm. Eher breche sich einer beim Sturz vom Pferd das Kreuz, einen Arm oder ein Bein, als dass dem Schädel Schlimmes widerfahre, sagt er allen, die ihn auf die Risiken des Reitsports ansprechen. Meine Meinung dazu, falls sie euch interessiert: Statistik und Anekdoten vertragen sich schlecht!

Nun ist die nahezu ebene Strecke nach Mullaghmore zur Hälfte von so wenigen Fahrzeugen belebt, dass man sie als großzügigen Fahrradweg betrachten kann. Die andere Hälfte verläuft indes entlang der N15, gilt radfahrerisch gesehen folglich als »Feindesland«. Bald nach dem Start unserer ersten gemeinsamen Fahrradtour kamen wir an dem kleinen natürlichen Hafen vorbei, in dem ich eine Zeitlang ein Sinnbild für mein eigenes Verhalten gesehen habe. Seit Jahren ist hier nichts mehr passiert, obwohl eine neue Halle auf der Seite, zu der es keinen Zutritt gibt, sowas wie Aufbruch signalisiert. Im Vorüberfahren schauten uns neben der Pier vier aufgegebene Fischerboote recht traurig an. Zwei davon, ein vorwiegend rotes und ein vorwiegend dunkelblaues, hielten sich trotz Ebbe tapfer aufrecht, während zwei, früher mal vorwiegend weiße, Boote mit hellblauen Bändern am Rumpf stark zu einer, derselben Seite neigten. Die Farben waren allesamt fahl und blätterten stellenweise sehr. Vom Holz der Aufbauten war viel verrottet oder sonst wie kaputt.

›Was für tolle Wracks‹, dachte ich nicht zum ersten Mal.

»Qué bonito esos barcos pesqueros viejos!«, sagte auch Raquel und freute sich.

Mullaghmore ist schön gelegen, außerhalb der eher kurzen Sommersaison indes ein stiller Ort. Keine einhundertfünfzig Menschen leben hier dauerhaft. Dass es hier allerdings mal ein paar äußerst aufregende Tage gab, wisst ihr bereits.

Seither muss niemand mehr das County (Sligo) miterwähnen; alle wissen, was gemeint ist, wenn sie von Mullaghmore sprechen. In der Zeit vor jenem Ereignis vom August 1979 war das Wetter im Nordwesten Irlands miserabel gewesen, »as bad as it could get«, laut Mr. McHugh, Inhaber des Pier Head Hotels. Am Morgen des Attentats hatte indes die Sonne geschienen, so wie am Morgen jenes Tages, dessen Ende weder mein Vater erlebte noch der Sohn von Ute und Gert.

Sorry, ihr Lieben, aber seit der Lektüre des Knatchbull-Buchs haben sich die beiden Ereignisse seltsam verknüpft, sie als ganz und gar unabhängig voneinander zu sehen, gelingt mir nur noch schwer. ›Raquel wird mich verstehen‹, dachte ich insgeheim, ›wenn ich ihr am Ort des einen Geschehens davon erzähle, was mich nach wie vor quält‹: Dass es mir nicht gelungen ist, meinen Freund aus dem brennenden Wrack zu ziehen! Dabei hatte ich Sven schon unter den Armen gepackt, soweit ich das noch erinnern kann; es hatte nur ganz wenig zu seiner Rettung gefehlt! Dann kam dieser Idiot mit seinem SUV vorbei und riss mich fort.

Die Fahrräder stellten wir, ohne sie abzuschließen, beim Hafenhotel an einer Mauer ab. Für mich war das ein Test der irischen Anständigkeit im dritten Millennium. ›Meine Gastgeber würden den Verlust verschmerzen‹, dachte ich, Raquel und ich würden schlimmstenfalls den Heimweg zu Fuß antreten müssen.

Oberhalb der Klippen, von wo aus wahrscheinlich die Bombe gezündet und Mountbattens »Shadow V« in Stücke gesprengt worden ist, blickte ich auf die Stelle im Meer, die wir neulich erst auf Brians gemietetem Kajütboot gekreuzt hatten. Ein Bodyguard Mountbattens für Schutz an Land hatte die Explosion vom Ufer der Donegal Bay gesehen und später in allen Farben und Formen geschildert. Darunter waren, wie er sich ausdrückte, »flashes of green, red and blue«, gefolgt von einem Rauchpilz, wie man ihn, nun meine

Diktion, um ein Vielfaches größer von anderswo her kennt. Apropos Größe! Kurz vor der Niederschrift dieser Notizen fand ich im Netz ein Bild, das von einer Feier zu Ehren der Ermordeten stammt. Da stehen die gerahmten Fotos aller vier Opfer unter Grünschmuck und hinter roten Kerzen auf einem tuchbedeckten Tisch: Links das Bild Mounbattens, rechts das von Lady Brabourne, dazwischen die Konterfeis von Nicholas und Paul. Sei es, die Maxwells hatten kein größeres Foto zur Hand, sei es, irgendwer hat's so gewollt: Pauls Bild ist bestenfalls halb so groß wie die anderen, ziemlich großen Porträts.

In der Absicht, Raquel die Sehenswürdigkeiten Mullaghmores zu zeigen, die ich kenne, sind wir vorher jedoch noch bis zum Hafeneingang auf der geraden langen Pier gegangen, an der das bescheidene Fischerboot des einstigen Ersten Seelords gelegen hatte. Gewisse Journalisten bezeichneten die »Shadow V« damals als Yacht. Sie wollten schmähen, nicht sauber berichten.

Kurz bevor die Coastal Road landeinwärts biegt, geht der Blick weg von Brandung und Klippen hin zu Classiebawn. Hätte ich statt des Kompaktgeräts meine Spiegelreflexkamera mit Teleobjektiv auf die Insel geschleppt, hätte ich Raquel vor der Castle-Kulisse und der des Benbulben ablichten und so eins der klassischen Fotos der Sligo-Region machen können.

»Qué bonito ese castillo extraño!«, sagte Raquel und nahm meine Hand. »Reconosco tambien, en la distancia, la montaña de mesa donde casi morimos.«

Ich fand es schön, dass sie das architektonische Ungetüm in der Fluchtlinie zum Benbulben auch komisch fand und sich an den gemeinsamen Sturz erinnerte.

Wir setzten den Weg um die Halbinsel gemächlich fort.

»Mullaghmore liegt kaum dreißig Kilometer von der Grenze entfernt«, sagte ich auf Englisch, weil mir Englisch gerade näher als Spanisch lag. Dass am Tag des Mountbatten-Attentats zwei weitere IRA-Anschläge stattgefunden hatten, denen insgesamt achtzehn britische Soldaten zum Opfer gefallen waren, das zu erwähnen, verkniff ich mir. Vielleicht wusste sie es ohnehin.

»Bei uns sind die Basken und die Katalanen vielleicht das, was die Nordiren mit der Hoffnung auf Einheit für die Briten sind.« Raquel griff sich in ihr vom Wind zerzaustes Haar.

»Teils stimmt dein Vergleich, teils hinkt er ein bisschen: Die Basken, die Katalanen, die Nordiren mit der Sehnsucht im republikanischen Herzen – sie alle streben nach Anerkennung und Identität. Die spanischen Separatisten wollen aber raus, die nordirischen Iren rein – rein in eine vereinte Republik. Die wird auch kommen, davon bin ich so überzeugt wie es im Herzen wohl auch Mountbatten war. Irgendwann werden es die Briten leid sein, ein Wespennest in einen Ameisenhaufen verwandeln zu wollen.«

»Die Deutschen haben auch Erfolg gehabt!«

»Nach vierzig Jahren! Die hiesigen Patrioten warten formal seit neunzig Jahren. Emotional gesehen, warten sie sogar um einiges länger – Jahrhunderte würden manche sagen.« Die Wehmut, die mich auf einmal ergriff, verführte mich dazu, so theatralisch wie missverständlich hinzufügen: »Manchmal fühle auch ich mich, als fehlte mir ein Stück.«

»Vielleicht brauchst du einen Sohn.« Raquel drückte meine Hand.

»Es wird ein Mädchen. Und es stammt nicht von mir!«

Wir waren fast an der Kreuzung angelangt, von wo aus es, zunächst ein Stück nach links, dann eins nach rechts, durch den Ort zum Bade- und Surfstrand geht. Raquel blieb stehen, ohne mich anzuschauen, zog ihr grünes, Saint-Patrick's-Day-taugliches Haargummi, das sie bei unserer Ankunft abgelegt hatte, aus der Jackentasche und band ihr schwarzes Haar zu dem lustig-kurzen Pferdeschwanz, den ich so niedlich fand.

Der Wind war stärker geworden, die Brandung lauter.

Am Strand von Mullaghmore, der sich in Form einer sanft gerundeten Bucht über nahezu zwei Kilometer vom Hafen bis zu einer Steilküste erstreckt, waren kaum Spaziergänger und noch weniger Surfer zu sehen. ›Die Surfer dürften bald mehr werden‹, dachte ich, die Zeit der großen Wellen begann. Profi-Surfer der harten, der Kälte trotzenden Art aus aller Welt strömen Ende Herbst nach Mullaghmore, um die im Atlantik sich dann hier entwickelnden Monsterwellen orgasmisch abzureiten.

Oi, habe ich gerade orgasmisch geschrieben? Soweit wollte ich eigentlich nicht gehen. Zumal es objektiv falsch ist, was ich da in meinem Notizbuch lese: Dopamin, Serotonin, endogene Opiate und andere, dem Gemüt wohltuende Substanzen dürfen den Surf-Virtuosen durchaus durchs Hirn fahren, solange sie ihre, mit Bedacht gewählte Welle nicht unter den Füßen verlieren. Ein unkontrolliertes neuronales Feuerwerk dagegen, womöglich gepaart mit Entgrenzung und Kontrollverlust, ist jedoch das Letzte, was ihnen angesichts der Klippen passieren darf und sollte.

Am Ostrand des Strands, kurz bevor die Steilküste beginnt, kehrten wir um. Wir hatten Hunger bekommen, ich auch Lust auf ein Bier. Die Sneakers in der Hand, liefen wir barfuß am Rand der Brandung entlang.

Das Meeresrauschen übertönte unser Schweigen.

»Qué estás pensando, Alex?«, unterbrach Raquel irgendwann dieses Schweigen. Unerklärliches Männerschweigen ist nach meiner – statistisch halbwegs validierten – Erfahrung Frauen nach einer Weile so unangenehm, dass sie zu erfahren trachten, was sich hinter den Stirnen ihrer Freunde, Lover, Partner oder Ehemänner tut. Dass sich dort in aller Regel *nichts* tut, jedenfalls wenig, wollen die meisten nicht glauben.

Die Frage, was man gerade so denke, sollte daher nie mit »nichts« (oder »nada«) beantwortet werden, sondern stets mit

»an dieses oder jenes«. Damit ist zwar das Gespräch eröffnet, andererseits kein Unwillen erzeugt.

»Ich denke daran, Raquel, wie schön es wäre, mit dir ewig so am Meer entlang zu wandern«, sagte hingegen ich. Umgehend, wahrheitsgemäß – und mir widersprechend. An nichts zu denken, gelingt mir nämlich so gut wie nie, obwohl ich mal, zusammen mit Anja, an einem Meditationskurs teilgenommen habe. Mein Hirn mag zwar tagsüber zuweilen schläfrig sein, völligen Leerlauf gibt's darin jedoch kaum.

Raquel wollte möglicherweise auf das in seiner fötalen Endausprägung befindliche Kind in Bergedorf zurückkommen. Ich hingegen strebte zu einem irischen Lunch mit Lagerbier. In der gemütlichen Quay Bar des Pier Head Hotels.

Unsere Fahrräder standen noch so da, wie wir sie verlassen hatten: ›Thumbs up for Ireland!‹ Wir nahmen Platz gegenüber dem Tresen, an einem Fenster mit Blick auf den kleinen Hafen und, in der Ferne, die Dartry-Mountains mit »unserem« Tafelberg.

Der geplante Kauf des Yeats-Gedichtbands ging mir durch den Kopf, als ich vom Tresen ein großes Mineralwasser und ein Pint goldgelbes Bier besorgte. »Hop House 13 Lager« kam mir den Umständen angemessen vor, zumal ich so letztlich bei Guinness blieb. Als Lunch fand ich den »Warm Smoked Mackerel Salad« so verlockend, dass mir Raquels »Chicken and Chorizo Linguine« ausländisch erschien. ›Vermutlich ist's die Wurst, die sie dieses Gericht wählen lässt‹, dachte ich.

Ob nun wegen des kleinen miesen Zugs in meinem Wesen, der mich bei der Verteidigung der eigenen Interessen gelegentlich tückisch werden lässt, oder wegen meines fatalen Hangs, ohne Not oder Nötigung die Wahrheit zu sagen: Ich erzählte Raquel nach rund der Hälfte meines Biers, dass ich Brian aus Belleek zum ersten Mal hier in der Quay Bar begegnet sei – zwei Tage vor dem Jahrestag des Attentats

Ende August. In Gesellschaft gutgelaunter, zu bösen Witzen über Engländer, das britische Parlament und die Mountbatten-Windsor-Familie aufgelegter grauhaariger Männer aus den Counties von jenseits der Grenze der Republik.

»Brian hat – neben drei Töchtern – auch zwei Söhne!« kam es von Raquel daraufhin ernst. »Einer davon wird bald zwanzig sein.« Das Bild kleiner, mit Wasser-Maschinenpistolen aus Plastik bewaffneter Jungs trat vor mein inneres Auge, gefolgt von dem Bild einer Eselsschar.

15

So schwer seine Skulpturen zu deuten sind, selbst wenn man den Hauptgrund ihrer Entstehung kennt, so schwer ist es auch, Gert Reimers nahezukommen. So nah jedenfalls, wie man es sich als Svens Freund und vaterloser Vierzigjähriger wünscht. Mein eigener Vater, ältester Sohn eines Altonaer Postbeamten, war auch kein Ausbund an Zuwendung und Zärtlichkeit, umarmte mich aber schon von Zeit zu Zeit. Gerts Umarmungen kann ich zählen – an den Fingern einer Hand. Okay, seiner Generation der zu Anfang des Krieges Geborenen sollte ich vielleicht das eine oder andere nachsehen. Wir Kinder der Generation Golf verstehen ja nur bedingt, was es heißt, mit einem gebrochenen Menschen als Vater aufzuwachsen. Oder mit einer vergewaltigten Mutter. Wir verstehen ja nicht mal die Scham, die *unsere* Väter empfanden, weil sie zu denen gehörten, wo's bis zum Abitur kein Auto in der Familie gab. Das in einer Zeit, wo die meisten Familien bereits eins hatten, und wo die Söhne oder Töchter reicher Leute per Limousine und Chauffeur zur Schule kamen, damit ihnen der Kontakt zur »Unterschicht« in den öffentlichen Verkehrsmitteln erspart bliebe.

Ute, diese liebe, im Umgang mit ihrem Mann meist gelassen bleibende Frau, umarmt mich mindestens einmal am Tag. Sobald sie mich sieht, kommt sie auf mich zu und drückt mich an ihre Brust. Nicht kurz, auch nicht lang – und ja, das gefällt mir, das *brauche* ich. Schließlich liegt meine Mutter Margot, was körperliche Formen der Zuwendung betrifft, eher auf dem Gert-Reimers-Niveau. Ute redet auch weniger als ihr Mann. Ab zwei Personen mit gesteigertem Redebedarf hält sie ihren Mund.

Es sei denn, ein Machtwort muss her.

Gestern saßen wir nach dem Abendessen noch einige Zeit am Kamin. Gert und ich tranken Whiskey und unterhielten uns, Ute trank einen Bio-Saft und schwieg. Nach einigem Geplänkel der eher unverfänglichen Art (die Themen wechselten) kam mein Ersatzvater auf unseren Ausflug vom Samstag zu sprechen.

»Die Fahrräder waren in Ordnung?«

»Dein Mountain-Bike ist super, auch Utes Hollandrad.«

»Und in Mullaghmore war's schön, im Pier Head nicht zu voll?«

»Der Strand war nahezu leer, die Quay Bar ebenfalls.«

»Und du hast mit Raquel eine gute Zeit gehabt?«

»Eine wunderbare Zeit sogar!«

»Du magst also die Raquel?«

»Eine liebenswerte Person!«

»Du hast sie also geküsst?«

»Warum willst du das wissen, Gert?«

»Weil ich mir Sorgen um Fuchsia House mache.«

Kurzes Erstaunen meinerseits. »Was hat denn das mit Raquel García und mir zu tun?«

»Ute und ich haben keine Kinder, Alex!«

»Dann müsst ihr das Haus rechtzeitig verkaufen und –«

»*Wollen* wir aber nicht, es soll in der Familie bleiben.«

»Du hast eben selbst gesagt, dass ihr ohne Erben seid!«

»Ich habe ›Kinder‹ gesagt – den Erben hätten wir schon.«

Weltfremd wie ich bisweilen bin, selbst wenn's um wichtige Angelegenheiten geht, kam mir da erst die Erleuchtung: Gert Reimers wollte, dass ich mich mit Raquel zusammentäte, in Sligo bliebe und später einmal Fuchsia House übernähme … Das erklärte einiges.

»Soll ich hier etwa eine Sternwarte betreiben?«

»Wenn du möchtest, den Grundstock dafür gäbe ich dir.«

»Und womit sollte sich Raquel beschäftigen?«

»Therapeutisches Reiten wäre *eine* Idee.«

Ich lehnte mich, mehr verwirrt als geschockt, zurück, nahm einen besonders kräftigen Schluck und sah, dass sich Utes Stirn zu runzeln begann. Da fiel mir nur zu sagen ein: »Und welche Klientel sollte Raquel bedienen?« Das war nicht die klügste oder naheliegendste Frage vielleicht, aber mehr war gerade nicht drin.

»Sligo ist voll von Menschen, die Hilfe brauchen.«

»Die ganze Welt ist voller hilfsbedürftiger Menschen …«

»Sagte ich doch gerade, an Klientel wird es nicht fehlen.«

»Raquel will bestimmt Kinder haben, und wahrscheinlich bald.«

»Die könnte ihr Brian machen, wenn's anders nicht geht.«

Das traf mich, wie ihr euch denken könnt, dermaßen unter der Gürtellinie, dass ich es hier gar nicht auszudrücken weiß! Und für Ute überschritt dieser grobe Lapsus eine rote Linie. Die Stoikerin vom platten grünen Land zwischen Eider, Nordsee und Nord-Ostsee-Kanal stand entschlossen auf, nahm ihrem Mann das Whiskeyglas weg und sagte so leise wie bestimmt: »Schluss jetzt, Gert! Du könntest es wirklich etwas einfühlsamer formulieren!«

Heute bin ich mit meiner Ersatzmutter zum Einkaufen in Sligo gewesen. Jetzt wo's mit meiner Sterneschrift ordentlich läuft, trinke ich kaum Wein, doch ganz ohne Tinto möchte ich keineswegs sein. Außerdem habe ich in einem Buchladen in der Bridge Street sämtliche Gedichte von W.B. Yeats erstanden, in einem ziemlich abgewetzten, antiquarischen Band. Und weil es keinen Schutzumschlag mehr gibt, fällt der Blick ungehindert auf die Initialen des Dichters, die einzigen, goldfarbenen Buchstaben auf dem bräunlichen Einband des Buchs. Das W und das B, in einer altmodischen Schrift geprägt, flankieren scheu das dominante, mittige Y, sind jedoch über eine Art Schleife miteinander verbunden. Eine vollständigere Ausgabe seiner Gedichte als diese, von 1956, gebe es nicht, sagte die freundliche, mich anlächelnde Buchhändlerin.

Ich glaubte ihr aufs Wort und zahlte in bar.

Auf der Rückfahrt, die ich wie die Hinfahrt ohne Dämpfung meiner Neuronen überstand, fragte Ute nach Anja und »der Lage in Bergedorf«. Da war ich versucht, von »Funkstille und Steißlage« zu sprechen, fand dann aber den richtigen Ton. Ersteres stimmte nämlich nicht, letzteres entsprang einem schwefligen Gedankenblitz.

»Anja ruft oder mailt mich regelmäßig an und versucht, mir die Vaterschaft des Kindes schmackhaft zu machen«, antwortete ich wahrheitsgemäß.

»Des Kindes? Des *Mädchens!* Sie hat's mir erzählt.«

»Okay, des Mädchens.«

»Liebst du die Mutter dieses Mädchens, Alex?«

»Ich liebe Anja nach wie vor, momentan ist sie allerdings sehr weit weg.«

»Willst du damit sagen, dass du sie doch vermisst?«

›Verdammt‹, dachte ich, ›auch Ersatzmütter können verhören!‹

»Anja fehlt mir, das will ich nicht leugnen. Die Arbeit an meiner Dozentur geht jetzt aber vor.«

»Der Beruf geht bei Männern immer vor, das kenne ich«.

»Frauen mögen Männer, die reichlich Zeit haben. Auf Dauer wollen sie aber dann doch lieber einen mit reichlich Geld.«

»Anja hat dein Einkommen gar nicht nötig!«

»Das ist es ja, was mir Sorgen macht: Ein gescheiterter Astronom, der obendrein unfruchtbar ist. Trauriger geht es nicht«, bedauerte ich mich selbst.

»Doch, Alex, trauriger geht's.«

Wie der Shannon macht der River Erne seine geringe Länge von einhundertzwanzig Kilometern dadurch wett, dass er sich streckenweise seeartig verbreitert. Während sich Ersterer jedoch von der Quelle bis zur Mündung republikanisch verhält, entspringt die Erne in einem County der Republik (Cavan), fließt größtenteils durch UK-Territorium (County Fermanagh), um sich bei Belleek wieder auf die Seite der Republik zu schlagen und bei Ballyshannon, County Donegal, in den Atlantik zu ergießen. Der Lower Lough Erne, wo nun Brians neueste Errungenschaft vor Anker liegt, beginnt bei Enniskillen, dem Wohnort der Maxwells zur Zeit des Mountbatten-Attentats, und endet in Sichtweite des Cottage, das mein momentan bester Freund in diesem schwer durchschaubaren Land bewohnt und meistbietend zu verkaufen gedenkt, sobald die Angelegenheit mit Eileen und den Kindern geregelt ist. Und ein neues Haus gebaut hat! Am Ufer des Loughs, mit Blick auf weites Wasser und zahllose Inseln, umgeben von so viel Natur, dass dieser wunderbare Ort mir Sterngucker wie der Garten Eden vorkäme, sähe ich die Dinge nicht ähnlich wie der argentinische Schriftsteller Borges, der das Paradies als eine Art Bibliothek verstand.

Wie weit das »weite Wasser« sei, höre ich euch fragen, und was ich denn mit »zahllos« meinte. Nun, es kommt darauf an: Reichen euch acht Kilometer als »weit« (an der breitesten Stelle) und gut vierzig als »lang«? Oder habt ihr's mehr mit Vergleichen? Der Lower Lough Erne ist so groß wie die Müritz in Mecklenburg oder, wenn ihr's westlich braucht, dreieinhalb Mal so groß wie das Steinhuder Meer. Und die Zahl der Inseln? Mehr als einhundertfünfzig sollen es laut Google, dieser Quasseltante, sein!

»Mein Vater hat dieses Grundstück am See von seinem Vater geerbt und Anfang der Siebzigerjahre – da war ich noch ein Kind – eigenhändig ein kleines Ferienhaus daraufgesetzt.«

Brian sah mich kurz an, als wollte er sicher gehen, dass ich »vacation home« verstanden hätte. »Wir wohnten damals im County Armagh, weit entfernt vom Meer oder einem Badesee. An Reisen mit Unterkunft in Hotels war nicht zu denken, obwohl wir eine *kleine* irische Familie waren und geblieben sind.«

›Alle kleinen Familien gleichen einander‹, dachte ich kalt.

»Die Hütte, Alex – du siehst ja, wie heruntergekommen sie ist – reiße ich demnächst ab und baue was Ordentliches hin.«

›Plane es groß genug‹, dachte ich, ›vielleicht kommen ja vier der fünf Kinder mit ihrer Mutter zurück.‹

»Das Beste am Grundstück ist der weitgehend natürliche Hafen.« Brian zeigte stolz auf sein Boot, das, wie ich nun aus näherer Anschauung weiß, keineswegs protzig ist. Auch nicht übermäßig groß. Dem Skipper soll ja nicht jedes Mal der Schweiß ausbrechen, wenn er seinen Kahn in den winzigen Hafen bugsiert.

Natürlich habe ich Fotos gemacht – beiläufig, wie ich es neuerdings lieber mag, mehr spontan, also mit dem iPhone, als bedächtig mit der kleinen Kamera.

»War Raquel schon mal hier?«, fragte ich Brian noch bevor mir die vier komfortablen Schlafplätze im Bootsinneren unter die Augen gekommen waren.

»War sie. Die Wellen gingen ihr aber so hoch, dass sie es mit der Angst bekam und auf die von mir vorgeschlagene Seerundfahrt verzichtet hat.« Er grinste kurz.

›An der Pier wird's umso ruhiger gewesen sein‹, dachte ich bedrückt.

Brian hatte jetzt den Maklerblick und in der Stimme jenen Klang, der unschlüssigen Kunden den Zweifel nehmen soll.

»Mach dir keine Sorgen, Mann! Raquel mag mich nur als Kumpel, dich mag sie um Lichtjahre mehr.«

Lichtjahre! Welch schönes, großes, mir als Astronom so angemessenes Wort! Die Übertreibung ist der Iren liebste Redefigur.

Brians Vorschlag, mit dem neuen Boot Devenish Island nahe dem Ende von Lower Lough Erne zu besuchen, wehrte ich ab. ›Not another island raided by the vikings‹, dachte ich, sagte aber wahrheitsgemäß: »Da bin ich mal mit den Reimers gewesen, und es war so schön, dass jeder weitere Besuch meine Erinnerung nur trüben könnte.«

Brian reagierte verständnisvoll. »Dann schippern wir halt ein Stündchen oder auch zwei zwischen den Inseln herum und trinken ein Bier.«

Bei der Ausfahrt aus dem Hafen wurde ein weiteres Mal die Meisterschaft des Bootsführers deutlich, die Raquel und ich auf dem Inishmurray-Ausflug beobachtet hatten. ›Du musst früh ans Navigieren geraten‹, dachte ich mit dem wenigen Neid, den ich aufzubringen imstande bin. Zwar bin ich sowas wie ein Küstenkind, rechnete man Bergedorf zu Hamburg und Hamburg »irisch« zum Nordseerand: Von Booten, Schiffen und solchen Sachen habe ich aber keine Ahnung. Bisweilen ist mir das so peinlich, wie's meinem Vater peinlich war, in seiner Klasse der Letzte zu sein, der vom ersten Autokauf der Eltern zu berichten wusste.

Wie gesagt, wir sind nicht zu jener Klosterinsel mit den Ruinen einer mittelalterlichen Abtei und dem coolen Rundturm gebraust. Wir sind erstmal umhergetuckert, um dann bei einer Insel zu ankern und in die Kiste mit dem Bier zu greifen. Es war eine Kiste aus Styropor; Kühlung, wie sie bis vor wenigen Wochen nötig gewesen wäre, erübrigte sich.

Bei der Art der Gespräche, die kamen, bewährte es sich, warm angezogen zu sein. Zugleich war's auch so herbstlich, dass wir, auf dem Achterdeck sitzend, unsere Steppjacken die ganze Zeit anbehielten.

»Mein Vater war während der Siebziger- und Achtzigerjahre Mitglied der IRA und hat wahrscheinlich Menschen umgebracht«, sagte Brian irgendwann mit einer Stimme, dass ich erschrak.

So traurig hatte ich den Freund und harmlosen Rivalen nie zuvor reden gehört. Wir waren, nicht ganz unerwartet, ein weiteres Mal in die irische Freiheitsthematik geraten.

»Welche IRA meinst du? Meines Wissens gab's damals zwei.«

»Wie so mancher junge Mann aus seinem Ort in South Armagh, war mein Vater in der Provisional IRA. Das habe ich aber erst nach dem Tod meiner Eltern herausgefunden. Die Genealogie der Irish Republican Army ist im Übrigen fast so verwickelt wie die von Louis Mountbatten!«

›Auch ohne die Kuckuckskinder, die selbst beim Hochadel nicht ungewöhnlich waren und sind‹, dachte ich, ließ es bei spitzzüngigen Gedanken aber bewenden.

»Manchmal denke ich sogar, mein Vater war einer der Leute, die bei den Klippen im Auto drauf warteten, dass die ›Shadow V‹ die offene See erreichte.«

»Weiß man, wie viele es waren?« Ich sah ihn erschrocken an.

»Genau weiß man's nicht. Bei solchen Bombenanschlägen war meistens einer fürs Beobachten zuständig, einer fürs Auslösen der Explosion und einer für die Flucht.«

»Und warum nimmst du an, dein Vater sei einer dieser Leute gewesen?«

»Mein Vater war, wie gesagt, in der IRA. Den Bombenleger kannte er persönlich: Thomas McMahon ist die einzige Person, die für das Mountbatten-Attentat verurteilt worden ist; ihm oblag Herstellung wie Einbringung der Bombe. Er konnte aber nicht der Mann am Auslöser gewesen sein, denn er wurde wenige Stunden *vor* der Explosion gefasst. Man hat ihn hauptsächlich anhand von Farbpartikeln und Sprengstoffspuren überführt.«

»War dein Vater nun Beobachter, Fahrer oder Henker?« *Executioner* schien mir das geeignetste Wort für Henker zu sein. »Execution« hatte schließlich auch die IRA geschrieben, als sie die Verantwortung für den Mord übernahm.

»Mein Vater war ein miserabler Autofahrer, hatte dafür aber goldene Hände, wenn es um Radios und das Basteln an Modell-Flugzeugen mit Fernsteuerung ging. Ging irgendwo im Ort ein Radiogerät kaputt, landete es in seiner Garage und war bald wieder heil. Obwohl auch ich Spaß am Basteln hatte, an seine Modelle kam ich nie heran. Die ›Bastelecke‹ war tabu – wie die Garage insgesamt. Aber ich war da ja noch ein Knirps.«

Was empfindet ein Mensch, der in Sichtweite seiner Opfer den Auslöser spürt, mit dem er menschliches Leben auslöschen wird? Diese Frage kam in mir hoch und blieb solange, bis ich begriff, dass die Antwort in mir selber lag. Uns allen – den männlichen Wesen wahrscheinlich leichter als den weiblichen - kann ein hehres Ziel eingetrichtert werden, um dessen Willen wir bereit zum Töten sind. Siehe WK I und II, ja siehe Kriege generell. Und siehe all diese jungen Leute in aller Welt, die sich weiter fürs Töten zur Verfügung stellen, sofern nur das Ziel »heilig« genug.

»Basteln ist noch kein Beweis, Brian!«

»Einfaches Basteln natürlich nicht. Beim *Modifizieren* der Funkfernsteuerung hört es für mich jedoch auf. Als acht- oder neunjähriger Junge habe ich ihn viel mehr mit diesen Geräten beschäftigt gesehen als mit den Flugzeugmodellen. Oft fuhr er allein irgendwohin und probierte irgendwas aus.«

Brian öffnete sein zweites Bier. Nach dem ersten Schluck wischte er sich den Mund und machte ein bekümmertes Gesicht. ›Das ganze Geldverdienen, das Fremdgehen, das Herumsitzen in Pubs: Es hat was mit diesem Vater zu tun‹, dachte ich. So wie bei mir manches mit Mutter Margot zu tun haben mag.

Brian tat mir leid, ich kann es nicht anders sagen. Statt ihm dies aber auf eine brüderliche Weise deutlich zu machen, berührte ich seinen linken Arm und bat ihn um die Geschichte der Entstehung der IRA. ›Ablenkung ist jetzt besser als Empathie‹, dachte ich wie eine deutsche Erzieherin.

»Well, Alex, wollte ich die Zusammenhänge bis ins Detail zeigen, bräuchten wir ein Flipchart und Filzstifte in fünf Farben und müssten auf dem Boot nächtigen. Besser, ich gebe dir eine Kurzversion: Die Irish Republican Army entstand aus den Irish Volunteers – ich hatte sie neulich bereits erwähnt – einer 1913 gegründeten republikanischen Bewegung. Diese paramilitärisch organisierte *erste* IRA, heute ›old IRA‹ genannt, kämpfte im irischen Unabhängigkeitskrieg gegen die Vertreter der britischen Macht. Nach dem anglo-irischen Vertrag spaltete sie sich in einen vertragsbefürwortenden Teil – aus dem später die regulären irischen Defense Forces hervorgingen – sowie einen Teil, der den Vertrag ablehnte und den Untergrundkampf fortsetzte. Dieser gewaltbereite IRA-Teil spaltete sich 1969 weiter in einen marxistischen Teil, der rasch in der Bedeutungslosigkeit versank, und in die bald so bedeutsam agierende ›Provisional IRA‹. Die Provisional IRA bezog aus Libyen Waffen und aus Palästina Knowhow und bestand bis zum sogenannten Karfreitagsabkommen von 1998. Zu einer wirklichen Befriedung Nordirlands kam es erst in der Folgezeit.

Nach dem offiziellen Ende des Nordirlandkonflikts blieben jedoch *wieder* Kämpfer übrig, die im Abkommen eine Sackgasse, also keinen Weg zur Einheit sahen. Ihre ›Real IRA‹ wollte die britischen Besatzer weiter mit Gewalt von der Insel jagen. Diese Real IRA spaltete sich ebenfalls auf und gebar noch im letzten Jahr – als jüngsten IRA-Sprössling sozusagen – die sogenannte New IRA. Mit Blick auf die Entstehung derartiger Folgeorganisationen der IRA scheint also kein Ende in Sicht zu sein! Während sich aber frühere IRA-Formen auch politisch betätigten, um die Vereinigung Irlands zu erreichen – Sinn Féin wurde zeitweilig als politischer Arm der Provisional IRA gesehen – treten die neuen mit keiner ernstzunehmenden Partei in Erscheinung. Wie Waffenfunde nahelegen, haben sie jedoch ein beträchtliches

Aggressionspotenzial. Weshalb sie auch als terroristisch eingestuft worden sind.«

Brian holte mit ein paar hastigen Schlucken nach, was ich ihm an Bierkonsum vorausliatte.

»Der schlimmste Anschlag war der von Omagh, County Tyrone, den die *Real* IRA noch im Jahr des Abkommens von 1998 verübte. Dabei starben neunundzwanzig ›innocent people‹, wie es hieß, und mehrere Hundert wurden verletzt. Wirklich unschuldig, bei den Opfern beider Konfessionen aber nie mitgezählt, waren die Zwillinge im Bauch von Avril Monaghan. Auch Avrils kleine Tochter Maura starb.«

Mich schauderte beim Gedanken an den Tod dieser winzigen menschlichen Wesen, fast hätte ich nun Brians Hand als Trost gebraucht.

»Der schlimmste Anschlag der *Provisional* IRA war der auf den Fallschirmjägerkonvoi bei Warrenpoint, County Down. Er fand am selben Tag wie das Mountbatten-Attentat statt. In beiden Fällen wurden die Sprengladungen per Funk ausgelöst. Seit dem Blutsonntag 1972 von Derry, bei dem dreizehn friedliche Demonstranten an Schussverletzungen starben und, wie du vielleicht weißt, britische Fallschirmjäger eine unheilvolle Rolle gespielt hatten, hassten die Ulster-Katholiken diese Sorte Soldaten«.

»Thirteen gone but not forgotten, we got eighteen and Mountbatten«, war der Spruch, den die IRA damals an Hauswände in Belfast pinselte, erinnerte ich von meiner Internetlektüre her. Ich musste an die biblische Sache von »Auge um Auge, Zahn um Zahn« denken, dann an das frühe Lernen, siehe »Hänschen und Hans«.

»In Warrenpoint starben aber nicht nur britische Soldaten, es starb auch ein britischer Zivilist«, fuhr Brian fort. »Der wurde Opfer der eigenen Leute, die in ihm einen Täter sahen. Dabei war er nur ein neugieriger junger Mann aus London, der in Omeath seinem Schaustellergewebe nachging und mit seinem irischen Cousin und Geschäftspartner auf der Republik-Seite des Newry Rivers stand und sehen wollte, warum es da gerade in Nordirland so gewaltig geknallt hatte.«

›Zur falschen Zeit am falschen Ort – die alte Geschichte‹, dachte ich. Dann fiel mir ein, dass ich mit dem Begründer des Hauses Battenberg respektive Mountbatten den Vornamen teilte. Doch gänzlich anders als ich taube Nuss hat jener Alexander eigensamig sechs Kinder gezeugt!

Vielleicht lasse ich mich doch noch auf Gerts Angebot ein.

Unter den wenigen Vorteilen, die man als Astronom genießt, ragt einer hervor: Man muss sich nicht ständig rechtfertigen, dass man nach den Sternen greift. Doch auch dabei, also beim Greifen nach den Sternen, kann man es übertreiben, wenn man Pausen zu machen vergisst. Und so saß ich eines Abends, nach äußerst erfolgreichen Tagen des Analysierens, Konkludierens und Formulierens am Tisch in meiner Wissenschaftsklause von Fuchsia House und konnte mich kaum noch bewegen. Wer auf den Bildschirm starrt, als gäb's nur diese Welt, den bestraft das Leben: Mit Verhärtung der Muskeln, Verkürzung der Sehnen und Minderbeweglichkeit der Gelenke. Zu den Körperregionen, die am ärgsten betroffen waren, gehörten Nacken, Schultern und jene untere Rückenpartie, die anatomisch Lumbalregion heißt.

Vom Kiesweg durchs erleuchtete Fenster gesehen, muss es auf Raquel ausgesprochen kläglich gewirkt haben, wie ich da, den Kopf eingezogen, den Rücken gekrümmt, schief in meinem schlichten Lehnstuhl saß und weltvergessen nach den Sternen griff. Jedenfalls klopfte sie an die Scheibe und sah mich wie jemand an, der vor einem Notfall steht und aus Menschenliebe helfen will. Warum sie zu dieser späten Stunde – mitten in der Woche – draußen war anstatt im Bett, keine Ahnung.

Bis sie in meiner Klause stand.

»Alex, so kann das nicht weitergehen«, sagte sie mit einer Stimme, die ich als streng empfand. »Seit Tagen sehe ich, wie du in miserabler Körperhaltung an deiner Arbeit sitzt und das Aufstehen samt Gymnastik vergisst!«

»Woher weißt du, dass ich mich so unvernünftig verhalte?«

»Ich kenne dich und deinesgleichen!«

»Aha, Männer sind alle gleich, was?«

»Viele Männer gehen unvernünftig mit ihrem Körper um.«

»Okay, und was macht man da?«

»Was ›man‹ da macht, weiß ich nicht. Aber ich weiß genau, was eine Frau und Physiotherapeutin da machen würde.«

»Und das wäre?« Ich tat naiv, verspürte indes eine gewisse Erregung.

»Das hier«, sagte Raquel, trat wie zu einem unerwarteten Nahschuss von hinten an mich heran und begann meine Schultern durchzuwalken.

Ah! Das gefiel mir deutlich mehr als Utes Umarmungen.

»Alles hart wie Beton!«

Beton, das wisst ihr vielleicht nicht, heißt auf Spanisch »hormigón«, was dieses harte Material kurioserweise in die Nähe der Ameise, Spanisch »hormiga«, rückt. Ich kann aber auch ganz falsch damit liegen. Zumal meine Muskelverspannung, so sehr sie mich quälte, von keinerlei Ameisenlaufen begleitet war.

»Weißt du was, Alex«, sagte Raquel nach einigen Minuten. »Das hier allein wird kaum ausreichen. Du brauchst die volle Dosis und danach regelmäßige Auffrischungsdosen.«

›Jetzt gibt sie dir eine Liste von Terminen in ihrer Praxis in Sligo Town‹, dachte ich. Doch weit gefehlt!

»Wir gehen jetzt mal rüber zu mir und da bringe ich dich in Form. Eine liebevollere Einstellung zu deinem Körper und regelmäßige Gymnastik wären danach grundsätzlich vonnöten, wenn du beschwerdefrei werden und es bleiben willst.«

Mir wurde klar, dass ich höchst eingeschränkt liebevoll zu meinem Körper war. Das musste sich ändern und zwar bald.

Beim alten Fearghus war ich zwar mehrfach gewesen, zuletzt im vergangenen Jahr, Monate bevor er Heimbetreuung brauchte, doch Raquels Wohnung hatte ich noch nie von innen gesehen - bis auf einen Teil ihres Schlafzimmers natürlich. Abgesehen von einem Weichholzschrank, den ich wiedererkannte, schien alles neu zu sein. Spanisch sei mir das alles vorgekommen, werdet ihr behaupten – sage ich voraus.

Aber so war's nicht!

Obwohl anders, kam mir die Einrichtung vertraut vor, auch eher irisch als salamantinisch – oder alcalainisch, wenn ich wüsste, wie es in Alcalá de Henares so ist.

Ich stand unschlüssig da und sah mich um. ›Gleich sagt sie, setz dich hin!‹ dachte ich. Doch nach einigen Minuten, wo sie etwas in ihrem Schlafzimmer tat, führte sie mich dorthin und sagte gebieterisch: »Zieh dich aus und leg dich aufs Bett!«

Meine Unschlüssigkeit wuchs.

»Mach schon, Alex, ich weiß doch wie du aussiehst und wie kaputt deine Beine sind! Hier hast du ein Handtuch für den Mittelteil. Ich muss unbedingt bis an die Leisten ran, auch bis ans Gesäß.«

Das Bett war mit einem klinisch anmutenden Laken bedeckt, das einseitig gummiert zu sein schien und die Tagesdecke, die mir andalusisch vorkam, so gut wie verhüllte.

Als ich dann, einen Lendenschurz aus weichem Tuch um mein »Mittelteil«, más o menos nackt da lag, trat Raquel aus dem Bad, stilistisch dem Laken angepasst. Sie hatte sich von dem dünnen Rollkragenpulli befreit und trug nun einen reinweißen Kittel. Ob sie sich auch ihrer Jeans entledigt hatte, konnte ich bei dem spärlichen Licht aus der Horizontale nicht erkennen. In der Hand hielt sie eine Flasche mit der Aufschrift »Oil of India«. Was darunter stand, versuchte ich auch noch zu entziffern: Nach einem K kam ein a, danach ein m, doch sicher war ich mir nicht.

Um nicht zu langweilen: Raquel nahm sich zunächst meinen Nacken vor, dann den Rücken, speziell besagte Lumbalregion. Nach ungefähr einer halben Stunde war das erledigt.

»Dreh dich um, Alex, jetzt kommen deine Beine dran.«

»Die sind doch okay, soweit man das bei denen sagen kann!«

»Der Bewegungsapparat ist ganzheitlich zu sehen!«

Ich ließ geschehen, was zur Behandlung notwendig war.

Nach einer weiteren halben Stunde – es war inzwischen nach Mitternacht – zog sich Raquel ihren Kittel, danach (von Jeans keine Spur!) auch ihr Höschen aus. Aus den Augenwinkeln nahm ich das gerade noch rechtzeitig wahr.

»Lass den BH ruhig an!«, sagte ich. »Ich mag es so, zumal er schwarz und nicht von der albernen Push-Up-Sorte ist.«

Sie lächelte, entspannt, setzte sich auf mein »Mittelteil« und nahm mich in sich auf.

16

Sligo ist eine kleine Stadt, eine Kleinstadt sogar, wenn man die übliche Definition »über 5 000, unter 20 000 Einwohner« in Anschlag bringt. Indes, mit etwas gutem Willen und ein wenig Anstrengung samt Geduld all derer, die dafür in Frage kommen, könnte Sligo Town, wie der Ort aus Gründen der Abgrenzung zum *County* Sligo hier heißt, leicht aufs Niveau einer Mittelstadt gebracht werden. Zuzug wäre freilich auch wirkungsvoll. Ob dies aber wünschenswert wäre, darüber ließe sich streiten, ist doch ein Aufstieg auf der Rangordnungsleiter meist mit Verantwortung und Sorgen verbunden …

Zum Glück sitze ich in einem Café und trinke Tee, kann also warten, bis der Schwindel vorüber ist. Denn etwas sehr Beunruhigendes ging mir gerade durch den Kopf: ›Willst du, Alexander Schilck, wirklich weiter nach oben und irgendwann Nachfolger deines verehrten Chefs an der Sternwarte werden …?‹

Puh, geschafft, die Leute sitzen wieder still, Tische und Stühle sind zurück an ihrem Platz! Vielleicht sollte ich doch die Scones bestellen, die ich vorhin dankend abgelehnt habe.

Das Frühstück auszulassen, war keine gute Idee!

Also, *mir* gefällt Sligo, wie es ist. Für mich, der ich als Gast in der Gegend bin, bräuchte sich niemand anstrengen oder von anderswo herkommen, um die Einwohnerzahl auf über 20 000 zu treiben. Zumal ich den Weg von Fuchsia House bis hierher geradezu locker gemeistert, ja im Bus Éireann der auf mich zurasenden Welt beinahe heiter ins Auge gesehen habe.

In der vordersten Bank!

Ja, mir gefällt Sligo, weil es mich in mancher Hinsicht an Bergedorf erinnert – genauer gesagt, an das Bergedorf meiner Kindheit und Jugend in den Siebziger- und Achtzigerjahren. Denn wie die Kleinstadt im Nordwesten der Irischen Republik während der letzten hundert Jahre kriegsbezogen fast unbehelligt geblieben ist, hat mein Heimatort (anders als die Hansestadt Hamburg insgesamt) nur unmittelbar vor Kriegsende 1945 unter Beschuss zu leiden gehabt. Eine größere Anzahl Bomben sind meines Wissens auch nur einmal gefallen: auf die Sternwarte *of all places!* Zum Glück waren es Brand- und nicht Sprengbomben, der Schaden blieb gering. Und so gehen die Unansehnlichkeiten im Stadtbild Sligos wie die im Ortskern von Bergedorf weniger auf Zerstörungen als auf Maßnahmen in »guter« Absicht zurück; das meiste der das Auge erfreuenden alten Bausubstanz blieb intakt. Also: Wie man's in Bergedorf aushalten kann, könnte man es auch hier.

Mit Blick auf die Nähe zum Wasser ist Sligo etwas besser dran als meine Heimatstadt: Der Garavogue River (früher Sligo River genannt), der Lough Gill in den Atlantik drainiert, als typischer irischer Fluss aber nicht mit Länge glänzt, fließt mitten hindurch, und die Strände sind nicht fern. Fern sind auch die Berge nicht. Sollte mal irgendein Himalayastürmer diese Notizen lesen und die Nase rümpfen: Was in Meeresnähe fünfhundert Meter gen Himmel ragt, wirkt definitiv imposant!

Bevor ich ins Café gegangen bin, um Tee zu trinken und die nötigen Aufzeichnungen zu machen, habe ich die Castle Street, die Grattan Street und die John Street durchquert und mich an den Häusern und den vielen kleinen Geschäften erfreut. Denkt bloß nicht, Shoppen bedeute mir was. Es sind die Farben der Häuserfronten und die Schriften, die mir das Herz erwärmen!

Während es aber die Bergedorfer Geschäftsleute mit ruhigen, zurückhaltenden Farben haben, sind die Häuser ihrer Pendants in Sligo bunt. Nicht kitschig bunt, auch nicht kindlich bunt – verschmitzt bunt, möchte ich, vom Tee ermuntert, sagen. Es sind dreigeschossige Gebäude, die sich da aneinanderreihen – in der Regel jedenfalls. Im Erdgeschoss die Geschäfte mit den traditionellen Holztüren, Holzpaneelen und Holzrahmen um die Schaufenster, darüber die Lager und Wohnungen. Die Schriften sind so rührend altmodisch, dass man hin und wieder lächeln muss. Und die Farben? Nun, es gibt Rots und Grüns und Blaus und Gelbs, doch alle mit gerade so viel Grau vermischt, dass gedämpfte Farbtöne entstehen: Farbtöne, die einladen und die man immer wieder anschauen mag! Selbst ein Pink fügt sich so anstandslos ein, auch ein Weiß oder Schwarz. Die von schlichten rechteckigen Fenstern durchbrochenen höheren Fassadenanteile sind verputzt und in Pastelltönen angemalt.

Sandstein sieht auch gut aus, stellt indes die Ausnahme dar. Hurra, die Irish Scones kommen – mit allem Drum und Dran! Die werden mir helfen, den Gedanken zu vertreiben, dass auch Sligo von den Wikingern gegründet worden ist.

Am Tag nach meiner ganzheitlichen Wiederherstellung bekam ich Raquel nicht zu Gesicht, sie kam spät von der Arbeit und ging offenbar gleich schlafen. Ihr den Band mit den Gedichten von Yeats als »Dank für gestern« zu überreichen, fiel vorerst flach. Als ich erneut am Arbeitstisch saß und nicht so recht weiterkam, musste ich an »El Gordo« denken, den Hauptgewinn der spanischen Weihnachtslotterie. Im letzten Jahr (das hatte ich in den Nachrichten gehört) hatte es das Glück besonders gut mit Raquels Heimatstadt gemeint – viele, viele Millionen Euro waren auf Lose aus Alcalá de Henares entfallen. War es denn da nicht ebenso möglich, dass eins meiner Spermien letzte Nacht den Weg zu einem spanischen Ei gefunden hatte? Vollkommen ausgeschlossen sei eine Befruchtung mit solchem Samen nicht, hatte der Männerarzt gesagt, doch sowas wie ein Lottogewinn. El Gordo als größtmöglicher Gewinn! Da würde Anja Godenberg gucken!

Raquel und ich aber auch.

Zwischen Triumph und Unsicherheit schwankend wollte ich in Bergedorf anrufen und sagen, dass ich länger in Sligo bliebe, um mich danach wieder dem Weltall (und bald hoffentlich auch wieder Raquel) zuzuwenden, da meldete sich die FaceTime-App meines iPhone 5. Seit iPhone 4, glaube ich, stellt FaceTime bekanntlich eine Form der Videotelefonie dar, die selbst bewegte Ultraschallbilder zähmt, sofern die (oder der) Kommunizierende auf der Bilderseite sich hinreichend geschickt verhält.

»Guck mal, Alex, unser Mädchen strampelt wie verrückt!«

›Dieser Fötus strampelt normal – *ich* strample wie verrückt!‹ wollte ich da erst sagen, sagte hingegen: »Zappel nicht so herum mit dem Ding, sonst kann ich nichts sehen!«

»Ich halte das Handy doch nur so, damit Mutter *und* Kind zu sehen sind!«

»Schon klar! Besser wäre vielleicht, du hieltest es ruhig hin, wo dieses Endlosschleifchen von Film auf dem PC-Monitor zu sehen ist.«

»Okay, dann lass ich mich weg und zeige nur unser Kind«, fügte Anja, vielleicht einen Tick beleidigt, hinzu.

Unser Kind, mein Gott, wie das klang!

Das Bild eines männlichen Säuglings mit den Zügen mal von mir, dem Sterngucker, mal von Brian, dem Schrottplatz-King, huschte über meinen eigenen, vollkommen inneren Monitor.

»Kannst du unser Mädchen *jetzt* besser sehen, Alex?«

»Ich sehe ein munteres Kind in 3D. Aber ich bin nicht der Vater, das möchte ich wiederholen.«

»Es *braucht* einen Vater, und einen besseren als dich wird es im Leben nicht bekommen, Alex!«

Herrje, wann lernt diese Frau endlich meinen Namen *zackig* auszusprechen – mit einem A wie in RAquel.

»Mal sehen, wozu ich fähig bin – jetzt, wo ich das Kind *in situ* gesehen habe.«

»Das Kind? In situ? *Unsere Tochter in meinem Bauch!*«

Bewegungssequenzen, wie ich sie bei der FaceTime-Sitzung zu sehen bekam, befördern (so hat mich das Netz belehrt) die feto-maternale Bindung, also die Bindung der Mutter zu ihrer Leibesfrucht. Woran es hingegen hapert, soweit ich weiß, sind Untersuchungen zum Verhalten der echten, biologischen Väter, wenn sie den Folgen ihres reproduktiven Tuns erstmals im 3D-Ultraschallfilm ausgesetzt sind. Und wie sich Väter wie ich verhalten, wenn sie »ihr« Kind auf dem Bildschirm zu Gesicht bekommen, egal ob geschnitten oder drall in 3D, darüber steht meines Wissens erst recht nichts im Buch der Lebenswissenschaft.

Was mich betrifft: Winzigkeit, gepaart mit Hilflosigkeit rührt mich jedes Mal. Hatte ich das schon erwähnt? So streichle ich jedes Zwergkaninchen, sofern es mich lässt, und ich schlage kein Buch zu, solange eine Ameise über die Buchstaben eilt. Verantwortung beim Umgang mit der Natur ist aber eine Sache, aufgezwungene Vaterschaft eine andere.

Anja andererseits: Für den wenig wahrscheinlichen Fall, dass ihr nicht mehr alles im Kopf habt, wie's in früheren Zeilen steht: Meine Partnerin, so nehme ich jedenfalls trotz aller Monate an, die seit dem letzten Sichtkontakt vergangen sind, wirkt jugendfrisch, obwohl sie im nächsten Jahr 39 wird. Ihr Haar ist lang und blond, ihre Augen strahlen grün, und ihre Körpergröße überschreitet die norddeutsche Norm.

Anjas Brüste sind üppig, doch wohlgeformt. Sie hängen kaum, passen zu ihrer Figur und dürften derzeit praller sein als mir vertraut. Ihre Hüften, davon bin ich fest überzeugt, werden es dem Kindchen leicht machen, zur Welt zu gelangen, egal, ob diesen Vorgang ein väterlich fühlender Mensch per Präsenz unterstützt oder nicht.

Und im Bett? Wie ich Anja beim Sex empfunden hätte, im Vergleich zu der Spanierin? Ihr seid mir Schlingel! Okay, okay, ihr Lieben, ich weiß, wie's mit dem Laster ist, wenn es Besitz von einem ergriffen hat! Doch solltet ihr ausplaudern, woher eure weiten Pupillen kommen, woher dieses Kribbeln im Schritt, lasse ich mein Notizbuch zerbröseln wie eine Banksy-Kreation!

Um eure Träume nicht allzu feucht werden zu lassen: Anja bevorzugt Blümchensex. Nach allem, was *ich* weiß, ist das bei norddeutschen Frauen, egal wie groß oder wie weiblich, Norm; *soft core* schlägt *hard core*, das ist in diesem Falle Fakt.

Warum ich heute die Sterne habe Sterne sein lassen und zu Fuß nach Grange gelaufen bin, um dort heldenmütig in den Bus nach Sligo zu steigen? Ich wollte mir ein genaueres Bild von der größten Stadt im Nordwesten verschaffen und danach Raquel – sorpresa, sorpresa – von der Arbeit abholen. Ich habe noch Zeit, bis »Body & Soul« in der High Street schließt. Dort wo die Person werktäglich ganzheitlich tätig ist, auf deren Eintritt in mein Leben ich unvorbereitet war.

Anhand der Fotos und Videos, die ich bei meinem Gang durch Sligo aufgenommen habe, stelle ich fest, wie sehr es mir hier gefällt. Fast kommt es mir vor, als entstünde bei mir gerade auf geografischem Gebiet, was Anja zu ihrem Baby entwickelt hat. Bergedorf ist »nicht schlecht«, wie wir Deutschen sagen, wenn wir eigentlich loben wollen, doch Sligo wäre vielleicht … Nein, lassen wir das! Zwei Komparative müssen aber sein: Die Geschäfte und die Kneipen sind hier uriger, die Leute nachsichtiger. Ob mir indes William Butler Yeats, dieser zartfühlende, feingesichtige und zum Okkultismus neigende Mann, ein besserer Ersatzvater gewesen wäre als der, der sich gegenüber dem Sohn seines toten Freundes im Ton gern mal arg vergreift, wenn's ihm an litauischer Eiche fehlt, wer könnte das sagen?

17

So beständig die Blätter nun fallen, falle ich in Raquels Bett. Unter der Woche selten, an den Wochenenden dafür jede Nacht. Warum wir's zur Abwechslung nicht auch einmal bei mir treiben? Vielleicht sagt mir ein Stimmchen, das zu leise für meine Ohren, laut genug aber für mein doppelgesichtiges Gewissen ist: Trenne deine Lust von der Arbeit, damit du tagsüber funktionsfähig bleibst. Andererseits macht's mir riesigen Spaß, spätabends zu meiner Nachbarin zu schleichen. Denn um den Kies so wenig wie möglich zum Knirschen zu bringen, schleiche beziehungsweise turne ich dicht an der Hauswand entlang, über die granitenen Einfassungen der Blumenbeete, die Ute dort gegen Gerts Willen angelegt hat. Habe ich die Gebäudeecke erreicht, bin ich weit genug entfernt von gespitzten Ohren und muss bei meinen letzten Schritten bis zur Caretaker-Wohnung den verräterischen Kies daher nicht mehr fürchten.

Raquel weiß nun, das mit dem BH war kein einmaliger Wunsch, und ich bin auch nicht auf Schwarz fixiert. Es kann ein roter, ein grüner oder ein blauer sein, vorausgesetzt, er ist dunkel genug. Einen gelben BH scheint sie nicht zu haben, oder sie hat das Prinzip erkannt: Alex braucht diese Art von Fetisch, um in Fahrt zu kommen, denkt sie gewiss, denke ich. Was teils stimmt, teils nicht. Dunkle Dessous machen mich an, stellen aber keine Voraussetzung für beglückende Liebesnächte dar. Dito makellose Brüste. Bremsen würden mich jedoch Brüste mit starker Abweichung von der Norm, grob asymmetrische etwa oder solche mit verletzungsbedingter Unansehnlichkeit. Dann hilft leider nur, dass der BH an Ort und Stelle bleibt.

Wie gesagt, ich bin ein Augenmensch.

Ihr seht, meine Lieben, es war nicht nur Feingefühl, was mich nach jener indisch-sinnlichen Massage auf ihrem Bett zu der Bitte an meine Physiotherapeutin brachte, sie möge ihren BH anbehalten, es war auch meine Sorge um Mindererregbarkeit. Um aber vielleicht wieder zu punkten bei euch – Sterngucker sind große Objekte und größere Zahlen gewohnt, brauchen fürs Seelenheil hingegen kleine Dinge wie Zustimmung, Zuneigung, Zuspruch et cetera –, mache ich jetzt ein Geständnis: Obwohl ich wusste, wie es um ihren Oberkörper bestellt war, habe ich, stets freilich unter Belassung der textilen Zwischenschicht, ihren Busen zärtlich berührt, ja anerkennend umfasst. Und wenn ich mich nicht sehr getäuscht habe, hat sie das beglückt. Doch wer kann ermessen, was eine schöne junge Spanierin mit ramponierten Brüsten fühlt, wenn sie sich in irischen Herbstnächten einem Deutschen hingibt?

Der Yeats-Band liegt auf dem Beistelltisch neben dem Sofa, manchmal auch auf der Anrichte des Weichholzschranks, den ich noch aus Zeiten kenne, wo Fearghus Caretaker war. Die vielen Zettel zwischen den Seiten zeigen, dass Raquel regelmäßig in dem Buch liest. Welche Gedichte sie besonders mag, könnte ich leicht erfahren. Ich denke aber, es ist wie bei Briefen, bei E-Mails, beim Tagebuch: Selbst den Liebhaber geht's nichts an, was eine Frau für die Seele braucht. Es sei denn, sie lässt es ihn wissen oder liest von sich aus vor.

Jetzt, wo es November ist und oft so regnerisch-kalt, dass Gert endlich die Heizung auf Dauerbetrieb gestellt hat, frage ich mich: Warum hat Anja nicht die Hamburger Herbstferien zu einem Überraschungsbesuch genutzt? Wäre das nicht die ideale Gelegenheit gewesen, mal nachzusehen, wie ernst es ihr Alex mit der Arbeit an seiner Sterneschrift und der neuen Rolle als Vater eines Kuckuckskindes meint? Gefragt habe ich mich auch wieder einmal: Warum hat sie mir nicht vorgespielt, es habe endlich, endlich geklappt? Vigga hätte dichtgehalten, so wie sie's wohl nun dem Kindchen gegenüber tun soll – und ich wäre der Vater, der ich immer hatte sein wollen. Warum will sie ihrer Familie, vielleicht auch der Tochter, die Wahrheit vorenthalten, fand aber nicht die Kraft, *mich* hinters Licht zu führen? *Das* wäre eine fromme Lüge gewesen – frommer als alle Lügen, deren fremdgehende Frauen sich bedienen, um ihre Partner bei der Stange zu halten.

Von meinen Ausflügen nach nebenan haben die Reimers bisher anscheinend nichts mitbekommen und was die Anwesenheit einer schönen jungen Alcalaina in Fuchsia House anbelangt, so haben sie Anja gegenüber offenbar dichtgehalten. Alle Kommunikation mit Bergedorf unterstützt meine Hypothese. Brian dürfte indes ahnen, wie's um Raquel und Alex steht, muss sich Details dazu aber selber ausmalen.

Als Augenmensch (und um mich leichter zu erinnern, wie ihr wisst) fotografiere ich weiterhin, nehme aber nur noch Raquel auf: Raquel vor dem Eingang zu »Body & Soul«; Raquel in Sligo Abbey, einer Ruine der irisch-gotischen, in Gras gebetteten Art; Raquel mit Lissadell House im Hintergrund. Die Spanierin abzulichten reizt mich ungemein – und sie hilft mir, dass es gelingt. Mal sehen, ob ich diese Bilder später löschen muss oder behalten kann. An dieser Stelle meiner Notizen, keine Ahnung warum, fällt mir ein: Peter Molloy, der sich am Tag des Mountbatten-Attentats in Warrenpoint befand und nach dem dortigen Anschlag auf die britischen Soldaten die ersten Pressefotos »schoss«, ja noch während der Explosion der zweiten IRA-Bombe Aufnahmen machte, hat seine Kameras nach diesem Erlebnis weggeworfen, den Beruf gewechselt und nie wieder ein Foto gemacht.

Shit, hab mich wohl getäuscht! Meine Ersatzeltern haben es offenbar doch mitgekriegt, dass ich die Nacht oft bei Raquel verbringe. Wer von beiden zuerst Verdacht schöpfte und warum, darüber kann ich höchstens spekulieren. Feststeht, Gert geht mit mir wieder so freundlich wie früher um und Ute überlegt, das sehe ich ihr an, wie das Dilemma zu lösen sei. Ute mag Anja, versteht es andererseits aber auch, dass ich Fluchtgedanken hege. Zumal ihr Raquel inzwischen so ans Herz gewachsen ist, dass sie nun nicht mehr weiß, wen sie lieber mag. Ob sie das Missionieren zugunsten von Anja aus freien Stücken aufgegeben hat oder auf Druck ihres Ehemanns, bleibt vorerst ein Rätsel.

Die Erhellung kam einmal mehr spätabends im Haupthaus am Kamin. Und wieder tranken wir Männer Whiskey und redeten. Ute trank etwas Gesundes und schwieg – bis zu dem Punkt, wo es ihr wiederum zu bunt zu werden drohte.

»Alex kann Anja nicht einfach sausen lassen, als wären elf Jahre ein Klacks! Materiell gesehen muss sich niemand Sorgen machen, aber was ist mit ›emotional‹? Haben Frauen nicht das Recht, mit unkonventionellen Methoden dafür zu sorgen, dass eine Familie entsteht, wenn's auf die übliche Weise nicht zu erreichen ist?«

»Unkonventionell, unkonventionell! Sag ich doch permanent, hört mir denn keiner zu?«

Gert machte ein mürrisches Gesicht.

»›Niemand‹ wäre besser als ›keiner‹«, dachte ich laut.

»Was hast du gerade gesagt, Alex?«

»Ich sagte, es wäre besser, *niemand* hörte dir zu.«

Gert war erstmal perplex – so verblüfft halt, wie's ein erfolgreicher Ex-Unternehmer mit sattem Konto ist, wenn er irgendwas nicht versteht. Dabei hatte ich nur etwas für die lange unterdrückte Hälfte der Menschheit tun wollen und nicht mal weit genug gedacht.

»Unkonventionell ist auch meine Lösung, bei der sich drei Menschen unterschiedlicher Nationalität zusammentäten, um ein Problem zu lösen!«

»Dein Problem, Gert! Nämlich das mit uns und Fuchsia House.«

Gert verzog zuerst sein Gesicht, schritt dann zum Whiskey-Kabinett und füllte nach, als tränke er Bier.

»Wenn wir mal nicht mehr können, Ute, was wird aus unserem wunderbaren Haus?« Gert Reimers, als er so dastand, auch noch nach dem Riesenschluck aus seinem Glas, sah wie ein Häufchen Elend aus. »Was wird aus dem wunderbaren Fuchsia House, das wir uns doch nach Svens Tod geschaffen haben?«

»Lass uns daraus eine Begegnungsstätte machen, Gert, einen Ort, an dem Menschen aus aller Welt mit ihren Kindern Ferien in Sligo machen können. Wir fangen mit deinen drei Nationen an. Und mit der Zeit werden es mit Glück sicherlich mehr.«

Mir wurde seltsam zumute, als ich das hörte. Ich zählte nach und kam auf vier! Allerdings nur für den Fall, dass auch Raquel ein Kind bekäme, egal von wem. Aber halt! Würde sie in Sligo oder sonst wo auf der Welt auf einen Mann treffen, der kein Deutscher, kein Däne, kein Ire und auch kein Landsmann wäre, schon wären wir bei fünf. Kinder aus *fünf* Nationen in Fuchsia House, kämen sie alle zur gleichen Zeit! ›Das könnte lustig werden‹, dachte ich whiskey-gestärkt.

Nur eine »Kleinigkeit« wäre da noch zu klären: die Organisation. Gert, von ›Kleinigkeiten‹ gelangweilt, ging bald zu Bett und ließ Ute und mich allein.

»Wen liebst du mehr, Alex?«, fragte Ute Minuten darauf und sah mich mit der ihr eigenen Strenge an.

Dergestalt nach Herzensdingen befragt zu werden, gefällt keinem Mann. Verschlossenheit, oftmals gepaart mit Trotz, ist gewöhnlich die Folge. So auch bei mir: Ich zuckte nur mit den Schultern und verzog keine Miene. Dabei war in mir die Hölle los! Anja oder Raquel? Ich wusste es doch selber nicht! Und ich wollte doch nur – immer noch! - baldmöglichst Dozent und, wenn's irgend ging, eines Tages Chef der Sternwarte werden!

In diesem Moment (ich wich gerade Utes Augen aus) fiel mir beim Blick durch das Fenster zum Hof ein Lichtschein auf, den ich, da mir unbekannt, für potenziell bedrohlich hielt. Und das war er auch! So bedrohlich sogar, dass es sich ums Haar erübrigt hätte, über die Zukunft des Anwesens nachzudenken.

In Windeseile rannte ich zur brennenden Werkstatt, riss den Feuerlöscher aus seiner Halterung und bekämpfte das Feuer – von unten, wie es sich gehört! Ute kam mit einem weiteren Löschgerät hinterhergestürmt und als auch Gert mit einem dritten »auf der Matte stand«, wie ich's hier mal ausdrücken will, war die Gefahr gebannt. Raquel da noch zu wecken ließen wir rücksichtshalber sein.

Und der Schaden? Ihr fragt hoffentlich neugierig, nicht klammheimlich schadenfroh.

Nun, an materiellem Wert ist kaum was verlorengegangen, das Gebäude selbst blieb praktisch unversehrt. Dennoch ist aus meiner Sicht etwas Belangvolles geschehen: Die Flammen haben an den Reimers'schen Holzskulpturen genagt und dies bemerkenswerterweise so, dass es den Objekten gestalterisch bekommen ist. Gert hat daher auf der Stelle beschlossen, alle seine künftigen bildhauerischen Werke aus importierter Eiche auf die vom Brand vorgegebene, fast avantgardistische Weise anzukohlen.

Über die Ursache des Feuers besteht weiterhin Unklarheit – meine Ersatzeltern sind verstört und denken nach. Für die Frage, ob Anja oder Raquel, hat daher – sehr zu meiner Erleichterung, muss ich gestehen – momentan keiner und keine, folglich niemand Zeit.

Gestern, zwei Tage nach dem Werkstattbrand, als ich abends erschöpft vom Nachdenken und Schreiben in meiner Sterneküche saß und überlegte, ob ich zu Bett gehen oder meine Nachbarin besuchen sollte, klopfte es staccato et fortissimo an meiner Fensterscheibe. ›¡Hombre!, ist die aufgeregt‹, dachte ich, als ich die Urheberin erkannte.

Raquel trat in meine Wohnung mit einem Geldbündel in der Hand, wie ich es so dick lediglich aus Mafiafilmen kannte.

»Alex, guck mal, was ich in einem Hohlraum hinter einer der Schubladen des alten Holzschranks gefunden habe! Die ließ sich auf einmal nicht mehr ganz zuschieben. Als ich nachsah, bin ich auf diese alten Pfundnoten gestoßen.«

Raquel reichte mir das Bündel und setzte sich. Ich zählte die Scheine. Nur 100-Pfund-Noten. Insgesamt lagen zum Schluss mehr als zwanzigtausend irische Pfund auf meinem Arbeitstisch!

»Du bist auf Fearghus' Reserven gestoßen«, sagte ich mit der Gewissheit eines Astronomen, der kleine Sterne entdeckt. »Als er ins Heim musste, hat der gute Mann seinen Schatz vor Aufregung vergessen, denke ich.«

Ich sah Raquel fragend in die Augen und alles war klar: Wir würden den Ex-Caretaker besuchen und ihm das Geld in den Schoß schütten. Irische Pfund werden weiterhin umgetauscht, wobei es pro Pfund sogar einiges mehr als einen Euro gibt.

Gesagt, getan!

Und wie reagierte der Vorgänger in Raquels Reich? Er lachte, wie es nur irische Männer seines Alters tun: Er kicherte wie ein Kobold und gluckste in sich hinein, dass ich mir, als es mit dem Kichern und Glucksen kein Ende nahm, Sorgen zu machen begann. Das war aber unnötig, denn Fearghus zählte, nach wie vor glucksend und kichernd, seine Rücklagen durch und drückte dann Raquel die Hälfte der Scheine in die Hand.

»Nehmen Sie das, junge Dame, und betrachten Sie's als Finderlohn.«

Raquel schüttelte den Kopf so heftig, dass ich mir nun Sorgen um *sie* zu machen begann. Aber auch das war eine Sorge zu viel: Fearghus ergriff Raquels Hand, streichelte sie und sagte im Tonfall eines Troubadours: »Sie sind so schön, meine Feenkönigin – Sie brauchen das Geld, um schön zu bleiben.«

Raquel umarmte den alten Mann in seinem Alte-Leute-Sessel und küsst ihn auf die Stirn.

»Ich hätte Ihnen begegnen sollen, als ich zwanzig war«, sagte Fearghus und seine Augen strahlten wie die eines Jünglings beim ersten Date. »Wie war noch mal Ihr Name? Sie haben ihn bestimmt erwähnt – wir Alten vergessen so schnell.«

»Raquel, die spanische Form von Rachel.«

»Oh, ich kannte mal eine Rachel in Sligo Town. Sie hat sich nie entschließen können, ihr Leben mit mir zu teilen.«

Raquel gab ihm einen weiteren, längeren Kuss, während ich nach dem Türknopf griff. Da fiel mir ein: Vielleicht hatte ja Fearghus eine Idee zum Brand in Fuchsia House.

»Habt ihr mal an Kurzschluss als Ursache gedacht? Mäuse polstern ihre Nester gern mit den Kunststoffummantelungen von Kabeln aus. Gert mag zwar keine Katzen, aber da muss er jetzt wohl durch.«

Auch Brian war über das Brandereignis und dessen mögliche ›murine‹ Entstehung entsetzt. Denn wären Mäuse tatsächlich in der Lage, auf die von Fearghus für möglich gehaltene Weise einen Brand auszulösen, meinte er besorgt, müsse er mehr für den Schutz seines verstreuten Eigentums tun. Rascher als der Ex-Unternehmer Reimers hat er dann gehandelt und sich eine, nun ja, »feline Söldnerarmee« zugelegt. Über Katzen, Mäuse und den Brand sind wir nach zwischenzeitlicher Funkstille wieder ins Gespräch gekommen.

Das Brandgespräch überspringe ich; von dem gerade noch vermiedenen Untergang jenes Hauses, das an ein Big House der Kategorie Hazelwood denken lässt, habt ihr genug gehört. Wie brandgefährlich aber die Sache war, dazu noch eine Bemerkung: Als Teilzeit-Künstler, der seine stelenartig wirkenden Werke nicht nur mit scharfem Werkzeug traktiert, sondern obendrein bemalt und wieder von Farbe befreit, dann wieder bemalt und so weiter, hält Gert in seiner Werkstatt Chemikalien parat, die das Zeug zur Brandbeschleunigung haben. Zum Glück gab's die Feuerlöscher, ja es sind noch einige hinzugekommen. Ich hoffe auch sehr, Ute behält in der Katzenfrage die Oberhand, liegt doch die Scheune mit dem Heu und Stroh für die Reimers'schen Pferde neben dem Ort, wo Gert sich noch immer von seiner Trauer und seiner Verbitterung erholt.

»Die Briten waren stets die Katzen, wir die Mäuse«, sagte Brian irgendwann unvermittelt, als wir ohne meine Nachbarin bei Tinto in meiner Klause saßen. »Dabei war es *unser* Land – diese ganze verdammte Insel war irisches Land! Damals war sie noch wirklich grün, bedeckt mit Wäldern, nicht mit diesen englisch-inspirierten Parzellen von Weiden und Wiesen, die nur Ausländer für typisch irisch halten – entschuldige, Alex. Von Anfang an haben sie in uns kleine, belanglose Geschöpfe gesehen – *Unterwesen* möchte ich beinahe sagen.«

Ich zuckte zusammen, fühlte mich trotzdem unangenehm deutsch und war danach gespannt, wie Brian seine Geschichte fortspinnen würde. ›Nach dieser Katz-und-Maus-Analogie‹, dachte ich, ›wird er's mit der Anschaulichkeit schwerer haben.‹ Begriffe wie Arroganz, Dominanz, Intoleranz, Penetranz und Präpotenz gingen mir durch den Kopf, dann noch solche wie Absenz, Inkompetenz und Insolvenz.

Irgendwie kriegte Brian die Sache aber hin. Wobei ich zusätzlich sagen muss: Bei *Absenz* geriet er kurzzeitig ins Schleudern: Die Abwesenheit der Landlords während der

Großen Hungersnot war nämlich für die Landleute eine ganz schlechte Sache, während die Abwesenheit der Katze oder des Katers für die Mäuse eine verdammt gute ist.

Als mein bester irischer Freund ans Ende seiner Geschichte gelangt war, fiel ich in eine Art Kurz-Melancholie und dachte resigniert: ›Die Engländer europäisch gesinnt? Wer einmal das Feld beherrscht hat, kann einem Stuhlkreis nichts abgewinnen.‹ Und den Verlust imperialer Größe musikalisch zu verarbeiten, wie's die Portugiesen mit ihrem Fado tun, passt nicht zu der Nation, die die »Stones« hervorgebracht hat. Ein paar Jährchen noch, da wette ich, und das Vereinigte Königreich wird sich von Europa verabschieden und fortan sein eigenes Süppchen kochen. Zynisch dachte ich dann: ›Soll es sich doch abwenden, das UK, und seine Zukunft allein – »without the continent« – gestalten!‹

Ach ja, *Inkontinenz* hatte in meiner Liste gefehlt.

18

The brawling of a sparrow in the eaves,
The brilliant moon and all the milky sky,
And all that famous harmony of leaves,
Had blotted out man's image and his cry.

Raquel rezitierte aus »The Sorrow of Love« mit ihrem in meinen Ohren so rührend klingenden spanisch-irischen Akzent. Zweihundert Jahre früher, zu Zeiten der Romantik, hätte ich vielleicht an Äolsharfen gedacht, im November 2013 nahm ich ihr nur sanft das Buch aus der Hand und fuhr, als wär's ein Rollenspiel, mit der zweiten Strophe fort:

A girl arose that had red mournful lips
And seemed the greatness of the world in tears,
Doomed like Odysseus and the labouring ships
And proud as Priam murdered with his peers;
...

Die dritte Strophe des Yeats-Gedichts hätten wir gemeinsam rezitieren können, doch dazu kam es nicht: Bergedorf calling!

Wie man's macht, ihr Lieben, ist es falsch: Hast du das iPhone dabei *und* an-, nicht stumm gestellt, sofort eröffnen sich zwei Fronten. Hast du es in der Sternewohnung gelassen, egal ob an oder aus, um »frei« zu sein, sofort wird die Karte »Netzanschluss Reimers« gespielt. Und dann wird es so gut wie sicher, dass Ute mit dem mobilen Teil ihres Fernsprechgeräts herangestürmt kommt (in diesem Fall mit nichts anderem in der eilfertigen Hand) und von der »Kinderstube« zur Eckwohnung weiterstürmt, wenn sie den Adressaten des Anrufs *vom* Kontinent dort nicht gleich zu fassen kriegt.

Kurzum, zwei Fronten eröffneten sich: Die eine hieß Anja, die andere Raquel. Erstere wollte etwas loswerden und einiges klären, Letztere hob eine dunkle Braue und stellte die Ohren auf Empfang.

›Warum bist du nicht rausgegangen oder nach nebenan in deine Wohnung? Ein Typ von der Sternwarte, der etwas wissen will, hättest du sagen können, du müsstest dich konzentrieren oder an deinen Laptop ran.‹ Ha, ihr wollt also, dass ich sie belüge! Dass ich der Frau, die mich vor Minuten zum lyrischen Geheimnisträger befördert hat, einen Bären aufbinde? Und der Anruferin, mit der ich elf Jahre das Bett, den Tisch und die üblichen Sorgen geteilt habe (zusätzlich diejenigen um meine Zeugungsfähigkeit), soll ich ein Märchen erzählen. Nein, ihr Lieben, so geht das nicht: *Keine* der beiden Frauen hat eine Behandlung verdient, die auf Lügen oder Ausflüchten beruht!

Kurzum (ich wiederhole mich), ich habe unter Raquels Ohren telefoniert. Und meine Nachbarin hat dabei gewiss nicht nur aufmerksam meine Sprachmelodie verfolgt, sie hat auch meine Körpersprache analysiert. Das Telefonat mit Bergedorf fand ja in der Sprache der Brüder Mann, nicht auf Englisch statt. Für die junge Cervantes-Verwandte mit über acht Jahren in der Diaspora stellte es zweifellos etwas Ernstes dar.

Anja wollte zunächst wissen, wie es mir ginge. Da habe ich wahrheitsgemäß gesagt, es ginge mir gut – so gut sogar, dass ich es geradezu *ausgezeichnet* nennen würde, wäre da nicht die Sterneschrift. Selbst mit der ginge es aber voran, so zügig sogar, dass sie sich *darüber* keinerlei Sorgen machen müsse.

Worüber dann? Tja, auch Anja hört genau hin, wenn es für das Unterschwellige allein den Tonfall gibt. Sie hätte mich sehen können, wenn auch klein, hatte jedoch – zum Glück, zum Glück! – diesmal nicht daran gedacht. Denn was, was hätte ich unter Bildfernsprechbedingungen gemacht?!

Außer meiner Befindlichkeit stand auf der Agenda natürlich »das Kind«, jenes mir physiognomisch nunmehr bekannte Balg in Anjas Bauch und meine mögliche Rolle in dessen Leben. Anfang Dezember sei der voraussichtliche Geburtstermin! Einige Tage später oder früher könne es freilich ebenso gut werden.

Wann ich denn heimzukehren gedächte?

Genau könne ich das noch nicht sagen, druckste ich herum, mit der Schrift in der Tasche heimzukehren sei oberstes Ziel.

Dann müsse sie sich also *doch* Sorgen machen!

Sorgen worüber?

Na, um Weihnachten – ob es ein Fest *Mutter mit Kind* oder eins *als Familie* gäbe.

Das Handy am Ohr, ging ich ungeduldig im Zimmer umher und sah aus den Augenwinkeln Raquel in dem Gedichtband blättern.

Bis dahin würde ich's wohl schaffen, sagte ich unbestimmt.

Rechtzeitig das Rückflugticket besorgen, daran solle ich denken (›Aye-aye, Sir!‹, dachte ich da), Mama und Papa Godenberg seien so stolz und froh, dass es doch noch geklappt habe. Und sie drückten mir die Daumen von wegen der Schrift. Im Übrigen stamme das Kind in ihrem Bauch zur Hälfte von ihr, sei also genetisch ein Teil der von mir geliebten Person. Und dieser Person, das möge ich ihr bitte glauben, fiele es im Traum nicht ein, ja nicht mal in den vielen einsamen Stunden, an einen anderen Menschen als an ihren Alex zu denken.

Das iPhone vorübergehend weg vom Ohr, stoppte ich für einen Moment auf meiner Wanderung durch die irisch-spanische Zimmerwelt und sah Raquel jetzt am Esstisch sitzen und ihren Finderlohn zählen. Aus einer gewissen Resthemmung heraus, so meine Erklärung für ihr Zögern, hatte sie für den Gang zur Bank of Ireland bislang nicht den Mut gehabt.

Sie sei nun im Mutterschutz! Mit diesen Worten holte mich Anja in die kontinentale Wirklichkeit zurück. Sie mache sich zunehmend Gedanken darüber, ob »jemand« da sein werde, der den Schutz übernähme, wenn der gesetzliche entfiele.

Und wer schützt mich vor den Anfechtungen des Lebens und meiner Natur? Ich schaute wie ein verzückter Barockheiliger zur Decke hoch und sprach dann in das winzige Mikrofon: Ich ließe niemanden im Stich, sofern er mir nahe stünde und ich ihm zu helfen grundsätzlich in der Lage sei.

Ob sie sich da eingeschlossen fühlen dürfe? hörte ich daraufhin prompt.

Selbstverständlich dürfe sie das, sagte ich, spürte aber sofort (wegen der Gönnerhaftigkeit meiner Reaktion wie wegen meiner generisch ungeschickten Formulierung), wie mir Scham über die Wangen strich.

Raquel war inzwischen (gelangweilt? wütend? frustriert?) vom Esstisch aufgestanden und hatte zu tanzen begonnen. Und was glaubt ihr, was tanzte sie und *wie*? In meinen liebenden Augen tanzte sie *Flamenco* wie Lola Montez! Die Jeans dämpften zwar den Genuss, den ich angesichts der Bewegungen empfand (ein körperbetontes langes Kleid in Schwarz und Rot wäre schöner, der Sache angemessener gewesen), doch fühlte ich mich für den Stress des Telefonats kompensiert. Zumal sich meine Spanierin aus dem Umfeld von Madrid durch Hochstecken der Haare (angedeutet) und Anlegen ihrer ausgefallendsten Ohrringe so andalusisch wie möglich zurechtgemacht hatte.

»Na dann«, sagte Anja, seufzte laut und tief und kappte die Verbindung zwischen sich und Fuchsia House.

Und Raquel? Die hörte sogleich zu tanzen auf, zog mich, zack, an sich heran, küsste mich auf den Mund und schob mich Richtung Bett. Natürlich hätten wir vorher duschen sollen, waren wir doch ein wenig verschwitzt. Bei akutem Bedarf an Entlastung ist indes fast alles erlaubt.

Auch diesmal trieben wir es wie alle, wenn die Liebe am Anfang steht und die Teilnehmer verdrängen, dass nichts ewig weitergeht. Raquel hatte sich lange vergeblich nach den Zeiten gesehnt, wo zwei Menschen einander »erkennen«. Letztlich geht's ja immer um Bindung, die *gefühlt* ans Unauflösliche reichende innere Verknüpfung zweier oder mehrerer menschlicher Wesen. Wie sonst, außer durch Liebe und Bindung, soll denn der Frieden in diese verlotterte Welt zurückgelangen?

Irgendwann in der Nacht träumte ich, am Großmast eines Segelschiffs angebunden zu sein. Die Wellen gingen mäßig hoch und es war, wie mir mein »chief mate« Brian zurief, anfangs die Irische, dann die Keltische See, darauf der Ärmelkanal, schließlich die Nordsee bei Helgoland, wo das Schiff seine Bahn ruhig zog. Und wo es die ganze Zeit von zwei Sirenen begleitet wurde, die betörend sangen und mir erschreckend bekannt vorkamen. Die eine war blond und trug ihr Haar lang, die andere trug ihr schwarzes Haar kurz und sie *flogen* zunächst, um sich südlich der Doggerbank in Wesen zu verwandeln, die an Undinen denken ließen. Ihr Gesang klang unbeschreiblich schön, doch jede sang ihr eigenes Lied. Wäre ich nicht von Stricken umschnürt und so zugleich fest- wie *zusammen*gehalten gewesen, ich wäre vor Sehnsucht geplatzt. Bevor ich mir aber die blanken Busen der Meerjungfrauen näher ansehen konnte, ein starkes Bedürfnis, das *auch* bald kam und dem ich ohne größere Sorgen würde frönen dürfen, wachte ich auf und musste aufs Klo.

»Wer so viel sitzt wie du, Alex, sollte zwischendurch immer mal aufstehen, sonst verdirbt er sich das Kreuz. Gehen, im Zimmer umher, wäre auch sehr zu empfehlen. Ich könnte dir ein paar weitere Vorschläge machen, wie du deinem Rücken und auch dem Nacken Gutes tust. Meinen vorläufig besten Vorschlag aber mache ich jetzt: Du klappst deinen Laptop zu, nimmst dir eine Wasserflasche aus dem Kühlschrank und gehst mit mir am Streedagh Strand spazieren.«

Was sollte ich da sagen? Raquel hatte den Nachmittag frei, und jener Strand war der Ort, wo wir uns nähergekommen waren. Neben meiner Spanierin, auf dem Beifahrersitz des roten SEAT, überstand ich ohne Weiteres die kurze Fahrt. So wie mich ein prächtiges Exemplar von Bus Éireann heute erneut in die Stadt befördert hat, ohne dass mir elend geworden wäre. Und ein weiteres Mal sitze ich in jenem Sligoer Café, wo ich Tee getrunken, Scones gegessen und mir Notizen gemacht habe, bevor ich R. bei Dienstschluss vor »Body & Soul« überraschte. Ob ich *diesmal* Lust auf sorpresa habe, weiß ich noch nicht; *allein* zurück nach Fuchsia House zu fahren, wäre nämlich eine Erfahrung, die mir noch fehlt.

Der Strand war menschenleer, die Flut kam herein, der Wind ging scharf und zerrte an den Dünen. Mitunter mussten wir den letzten Satz wiederholen, wenn es zu laut um uns war. Wir gingen Hand in Hand an der auslaufenden Brandung entlang. Raquel trug Jeans unten ihrer gelben Regenjacke und aus ihrer bunten Sammlung von Baskenmützen war die rote auf ihrem hübschen Kopf. Als Modemuffel habe ich praktisch nur Grau am Leib – und zerstreut wie ich momentan bin, hatte ich meine, an sich kleidsame, Seglerkappe mitzunehmen vergessen.

»Magst du keine Kinder, Alex?«

Raquels Frage kam wie ein Windstoß daher. Ich klappte den Kragen meiner Jacke hoch, was ich sonst stets vermeide, weil ich's affig finde. »Wie kommst du darauf?« war das Einzige, was mein Hirn mir zügig genug zur Verfügung stellte.

»Als du am Telefon mit deiner Freundin gesprochen hast, klang es, als rührt es dich nicht, wenn eine Frau schwanger ist.«

»Das Kind ist nicht von mir, bitte erinnere dich!«

»Dennoch hast du Anja nicht fallengelassen.«

»Elf Jahre sind eine lange Zeit!«

»Bei Untreue kündigen Betrogene oft die Treue auf.«

Es entstand eine Pause, zumal eine Möwe ihre Kloake hoch über mir entladen und mich, glücklicherweise nur mit einem Ausläufer ihrer Notdurft, an der Schulter erwischt hatte.

»Anja hat mich im Grunde nicht betrogen«, sagte ich und spürte, wie mir das Blut zwischen Kinn und Ohren schoss.

»Wie soll ich das verstehen? Sie kriegt ein Kind von einem anderen Kerl (*tío* sagte sie doch wahrhaftig, was auf Spanisch auch Onkel bedeuten kann) und du findest das okay?«

»Nein, liebe Raquel, in Ordnung finde ich das keineswegs, nur habe ich in den vergangenen Wochen verstehen gelernt, was frau zu so etwas bringt.«

»Madre mía! Findest du es nötig, verstehen *zu lernen*, was eine Frau zum Beischlaf bringt?«

»Anja hat keinen Beischlaf gehabt!«

»Jetzt wird's aber bunter als meine Baskenmützensammlung! Soll ich wieder an Jungfrauengeburt glauben, wie als Kind?«

Raquel ließ meine Hand los.

»Sie ist meines Wissens seit der zwölften Klasse keine Jungfrau mehr, hat aber, ich sag's nochmal, *keinen* Beischlaf gehabt!«

Der Wind war stärker geworden, trotzdem schwitzte ich. Die Jacke knöpfte ich aus Stolz trotzdem nicht auf. Wir befanden uns ungefähr an der Stelle, wo seinerzeit die Armada-Schiffe gestrandet und nun unter Wasser und Sand begraben lagen: die *Lavia*, die *Juliana* und die *Santa Maria de Visón*. ›Eines Tages werden sie hier Renaissancekanonen, Teerkessel aus Bronze und solche Sachen aus dem Atlantik bergen und über dieselbe Rampe in Mullaghmore an Land bringen wie seinerzeit Mountbatten und seine Crew, jedoch nach Dublin schaffen, weil's in Sligo kein geeignetes Museum gibt‹, dachte ich. Und Spanierinnen werden in Eintracht mit Iren alljährlich hier der missglückten Invasion Englands und ihrer Opfer gedenken.

»Alex, mir wird das zu viel!« Raquel kreuzte die Arme vor der Brust.

›An der Wahrheit kommst du nicht vorbei‹, dachte ich bang.

»Raquel, ich muss dir etwas gestehen, was mich bedrückt«, begann ich in der zaudernd-verlegenen, wenig mannhaften Art, auf die ich in heiklen Situationen zählen kann. »Ich –«

Raquel nahm die Arme von der Brust und sah mich an, als ob sie meinen Satz vollenden wollte.

Doch da hatte ich mich getäuscht.

»Ich will dir mal was sagen, Alex: Diese Frau ist es nicht wert, dass du ihr weiter entgegenkommst. Lass sie los und schau auf das Naheliegende! Ich liebe dich und ich möchte ein Kind von dir – mindestens eins, am liebsten mehr.«

Sie streichelte mein Gesicht und lächelte

Anders als vorhin im Bus, fing mein Herz zu rasen an. Auch zu stolpern, glaube ich. Schlagartig wurde mir klar, warum R. (hey, diese Abkürzung gefällt mir irgendwie!) mich »vorher« weder befragt noch auf Schutz bestanden hatte. Dass ich an keinen einschlägig schlimmen Krankheiten litt, davon war sie – naiv zwar – aber klar, zu Recht, ausgegangen.

»Raquel, die Chancen, dass du ein Kind von mir bekommst, stehen ungefähr so wie die, El Gordo zu gewinnen beim Sorteo de Navidad«, brachte ich trotz aufkommender Panik heraus.

Dann brach sich die ganze traurige Wahrheit Bahn.

Ihr kennt das alles – es ein weiteres Mal aufzuführen, würde euch langweilen, und mir täte es weh. Daher nur dies:

Nach meinem Geständnis fing Raquel zu lachen an. Erst dachte ich, es handle sich um dieses Lachen über ein lustiges Wort – »Bechermethode« fiel mir spontan dazu ein –, dann begann ich zu verstehen: Es war das Lachen, das Frauen gelegentlich vor den Tränen kommt. Die kamen dann auch, und insgesamt vier braune Augen glänzten bald stärker als sonst.

19

Fuchsia House und was dazugehört, die Dartry-Berge mit dem Benbulben, ja der ganze Landstrich von Sligo über Drumcliff und Grange bis Mullaghmore, all dies kommt mir jetzt wie ein eigener kleiner Kosmos vor, in dem unentwegt wie eine Art von Sphärenmusik das Adagio des Cellokonzerts von Antonin Dvořák erklingt. Unter »Sphärenmusik«, das sollte ich noch erwähnen, verstanden Pythagoras und seine Jünger von den Himmelskörpern ausgehende Töne und Klänge (in der Antike kümmerten sich die Philosophen auch um Musik und Astronomie). Und dieses Konzert (Discman, CD) hatte mich während eines Aufenthalts am Paranal-Observatorium im chilenischen Norden vor den »Gefahren« bewahrt, die von einigen der Kolleginnen ausgingen (Anja und ich waren seit kurzem ein Paar). Meine leichte Wüstenphobie stammt nebenbei aus jener Zeit, da wir tagsüber kaum etwas anderes zu sehen bekamen als blauesten Himmel und die Atacama-Wüste unter beziehungsweise um uns herum. Nachts sahen wir wegen der Klarheit der dortigen Luft eine wahrhaft irrwitzige Menge an Sternen, Planeten und Galaxien am Firmament.

Oje, denkt ihr jetzt, kann *ich* mir vorstellen. Der Alex hat wieder mal – wie er irrtümlich denkt – nichts Vernünftiges zu tun und sitzt wieder mal irgendwo im Café, trinkt wieder mal Irish Breakfast Tea und isst Irish Scones mit allem Drum und Dran. Und hat nun, nachdem es mit seinen Notizen bisher ganz passabel gelaufen ist, den Weg ins Rührselige genommen.

Okay, anstatt auf das herzzerreißende Adagio zu verweisen, hätte ich vielleicht besser zu so nüchternen Wörtern wie »melancholisch« oder »wehmütig« greifen sollen. Eure Annahme geht allerdings derart an der Wirklichkeit vorbei, dass ich die Sache klären muss. Doch zunächst: Könnt ihr euch überhaupt vorstellen, wie es derzeit um mein Inneres steht? Zu welchen Sinnbildern ich aufgrund meiner Trauer und Verwirrung neige?

Nein, um mein Herz und mein Hirn braucht ihr euch nicht zu sorgen! Ersteres schlägt völlig ordnungsgemäß und letzteres funktioniert unerwartet gut: In den rationalen, von Gefühlen weitgehend freien Bereichen meines Lebens komme ich nämlich gut voran. So gut sogar, dass mir manchmal schwindlig wird.

Na ja, da habe ich vielleicht wieder ein wenig übertrieben: *schwummrig* käme eher hin. Bis meine Sterneschrift in trockenen Tüchern ist, werden höchstens noch zwei Wochen vergehen. Wer will, der kann! An diesem banalen Spruch ist tatsächlich etwas dran: Prokrastination mag eine schlimme Angewohnheit sein, ein unausweichliches Schicksal ist sie auf keinen Fall.

Raquel habe ich nach dem Spaziergang am Strand noch nicht wieder gesehen. Der Kies knirscht wie sonst unter den Rädern ihres Wagens, wenn sie von der Arbeit kommt. Ob sie aber wie früher im Vorbeifahren winkt, kann ich vom Tisch aus nicht mehr zweifelsfrei erkennen, draußen ist es dann längst dunkel und um mich herum vergleichsweise hell. Mehr als einmal habe ich mich gefragt, warum sie nicht mehr an die Scheibe klopft. Und jedes Mal habe ich mir die gleiche Antwort geben müssen: Auch ihr fehlt der Antrieb, die mentale Kraft. Schließlich habe ich es ebenso wenig wie sie hingekriegt, über meinen Schatten zu springen. Über den eigenen Schatten zu springen, ist eine der schwierigsten Erwachsenensportarten, die es gibt.

Ums kurz zu halten: Wir sind gleichzeitig gesprungen und wären dadurch fast zusammengeprallt. Der Sex war dann auch nicht mehr so wie zuvor. Raquel fehlte die Hoffnung auf eine Zukunft mit Kind und ich dachte dabei, das überrascht jetzt vielleicht, an Anja in unseren wildesten Zeiten. Frauen lassen sich lustfördernd anscheinend eher gehen oder fallen, wenn sie eine langfristige Perspektive haben.

Also, wenn sich *meine* Perspektive als Fata Morgana erwiese und es, wider Erwarten, mit der Nachfolge meines Chefs nichts werden sollte und ich den Handlanger eines Typen von minderer Begabung, dafür astronomisch großem Ego spielen müsste, dann würde ich mich in günstigen (schlaflosen, sexfreien) Nächten an den Laptop hocken und über die in Yeats Country auslaufende Zeit eine Geschichte schreiben.

Die Daten dafür hätte ich!

Warum ich mir nur auf Reisen Aufzeichnungen mache, erklärt sich mir jetzt – analog zur erwähnten Frauensicht – aus der dann und *nur dann* bestehenden offenen Perspektive. Da fällt mir ein: Die Sicherheit meiner wissenschaftlichen Aufzeichnungen scheint gewährleistet zu sein, aber was ist mit meinen Notizen? Würde ich die schwarze Kladde verlieren, müsste ich mir mein euch nun bekanntes, sonst geheimes Romanprojekt »Alex im Wunderland« abschminken. Allein aus dem Kopf würde ich die projektierten achthundert Seiten nie und nimmer hinbekommen!

»Entweder du sagst endlich, worüber du schreibst, oder du musst mir zumindest die Entstehung des Universums erklären.« Brian sah mich herausfordernd an und grinste schräg dabei. Ein solcher Gesichtsausdruck kommt nur bei Iren vor, bei Irinnen meiner Erfahrung nach nicht.

Ich überlegte, ob ich von meinem Opus magnum, diesem Werk der Liebe und der Hoffnung, so kurz vor dessen Fertigstellung etwas preisgeben sollte. Brian war kein Konkurrent, weder auf dem Gebiet der Astrophysik noch – neuerdings – sonst. Doch mein Job an der Universität hatte mich vorsichtig gemacht. Hatten alle Beteiligten immer fair und mit offenen Karten gespielt? Waren Beobachtungs- und Auswertungsgeheimnisse stets zuverlässig da geblieben, wo sie qua Hirnleistung hingehörten? Und wie ist's im normalen Leben? Du denkst, deine Ersatzeltern holen dich, wie telefonisch vereinbart, vom Bahnhof ab, und wer kommt? – eine dir ganz und gar fremde Frauensperson!

Tja, da habe ich dann doch für Brians Alternative optiert und mir überlegt, wie ich einem Laien den Urknall und seine Folgen erklären könnte, ohne dass es ihn gleich nach dem Dusel eines weiteren Guinness gelüstet. ›Immerhin‹, dachte ich, als wir am Tresen von »Lang's Bar« an der N15 auf hohen Hockern saßen und auf die bunten Flaschen und blitzenden Gläser blickten, wegen der Spiegelflächen dahinter auch ein wenig auf uns selbst – ›immerhin hat der Big Bang mit »The Troubles« das Explosive gemeinsam.‹ Gleich darauf begriff ich allerdings: Einen Knall kann es ja nur geben, wenn eine Druckwelle, unter Umständen sogar schädigend, auf ein Trommelfell trifft. Kein Ohr, kein Knall! Für Brian war das eine gewisse Enttäuschung, für mein Referat kein schlechter Start.

»Es war einmal vor dreizehn Komma acht Milliarden Jahren«, begann ich, nachdem es meine Zuhörer hingenommen hatte, dass Gott sein größtes Werk letztlich leise angegangen war. »Da wurde es einem unendlich kleinen, unendlich dichten und extrem heißen ›Gebilde‹, in dem alle Ingredienzen unseres heutigen Universums versammelt waren, gleichsam zu viel. Und zwar so sehr, dass dieses Urpünktchen, wie ich's mal nennen will, ›auseinanderflog‹. Von Auseinanderfliegen konnte trotzdem noch nicht wirklich die Rede sein, denn sowas setzt Raum und Zeit voraus. Raumzeit, wie wir Astrophysiker sagen, gab es aber nicht gleich, die musste erst entstehen. Wie es ja auch noch keine Materie gab! Im Anfang war auch nicht ›das Wort‹, wie ich dir leider mitteilen muss: In der allerfrühesten Zeit des Universums war nichts als Strahlungsenergie, eine Ahnfrau der heute bekannten Fundamentalkräfte. Von dieser ›Superenergie‹ löste sich als erstes – gegen Ende der extrem kurzen, nach dem deutschen Physiker Planck genannten Initial-Epoche – die Gravitation. Während der nächsten Epochen der sogenannten Strahlungsära befreiten sich auch die übrigen Grundkräfte der Natur von der störrischen Ahnin: die starke und die schwache Wechselwirkung und der Elektromagnetismus.

Erst von da an galten die Gesetze der Physik, die uns heute die Welt verstehen helfen.

Das anfänglich mit Über-Lichtgeschwindigkeit expandierende Baby-Universum hatte Quarks und andere, für die Erzeugung von Materie notwendige Elementarteilchen hervorgebracht, war aber noch derart heiß und dicht, dass zusammengesetzte subatomare Teilchen sich nicht bilden konnten. Erst mit der sogenannten Hadron-Epoche – Big Bang lag keine Sekunde zurück – hatte es sich, ausdehnungsbedingt, soweit abgekühlt, dass die Quarks sich verbinden und Protonen sowie Neutronen bilden mochten. In den beiden letzten Epochen der Strahlungsära – Sekunden bis wenige Minuten nach unserem lautlosen Knall – taten sich Protonen und Neutronen zusammen und bildeten Atomkerne: Die Ära der Materie begann und mit Wasserstoff, Helium und etwas Lithium entstanden die ersten, noch elektronenfreien chemischen Elemente. Weitere vierhunderttausend Jahre mussten vergehen, bis das Weltall sich so ausgedehnt und abgekühlt hatte, dass die nun ruhiger gewordenen Elektronen mit den Helium- und Wasserstoffkernen echte Atome bildeten. Als sich der Teilchennebel lichtete, bekamen die Photonen freie Bahn: Es wurde hell im All. Wären da Augen gewesen! So aber dauerte es. Bis es 1964 zwei US-Wissenschaftlern gelang, diese im Universum seither sich ausbreitende Strahlung, das Echo der Atomentstehung, nachzuweisen.

Dabei war die Verwandlung von Strahlung in Materie nicht selbstverständlich: Überall, wo Materie entstand, entstand auch die Kraft, die ›stets verneint‹. Die Antimaterie löschte ihre Rivalin aber nicht eins zu eins aus: Alle Milliarden Auslöschungen entwischte ein Materieteilchen. Und dieses minimale Ungleichgewicht im Plus-Minus-Kampf genügte, das Universum entstehen zu lassen!«

Den letzten Satz hatte ich so gesprochen, als wollte ich meinen Vortrag beenden. Brian, der sich gerade Bierschaum von der Oberlippe wischte, hielt damit inne (ein Teil des Schaums blieb noch ein Momentchen stehen), lehnte sich vor und fragte – wieder mit dieser Mischung aus Tell und Till: »Und nun denkst du, verstünde ich Gott, das Universum und das verdammte Leben?«

»Es geht noch weiter, mein Freund! Ich wollte nur sehen, ob du bei der Sache bist!«

»Ich *bin* bei der Sache. Außerdem träume ich seit langem davon, in Trinity einen Grundkurs in Kosmologie zu machen!«

»Mach den in Belfast, da dürfte er preiswerter sein! Im Geiste von Guinness und der Genesis möchte ich dir unnötige Ausgaben ersparen«, sagte ich, hoch motiviert, und fuhr fort:

»Wer oder was auch immer für die Weltentstehung verantwortlich war und weiterhin ist, ihr oder ihm musste etwas einfallen, wenn mehr Materie mit neuen Elementen *und letztlich Leben* entstehen sollte. Kommt Zeit, kommt Rat! Kommt viel Zeit, kommt … Ach, lassen wir das!« Ich grinste. »Also, im Laufe der nächsten zweihundert oder so Millionen Jahre – in der galaktischen Epoche der nun herrschenden Materie-Ära, als das Universum bereits Milliarden von Lichtjahren maß und an Kälte jede Tiefkühltruhe übertraf –«, ich holte kurz Luft, »bildeten sich, dank Schwerkraft und winziger Fluktuationen in der Verteilung von Materie im All, Wolken aus Wasserstoff- und Heliumatomen, aus denen sich dann Milchstraßen, Galaxien, entwickelten. Damit aber aus den ersten zwei, drei Elementen schwerere Elemente entstehen konnten, bedurfte es der Kernfusion. Da passte es, dass *Milliarden* Jahre nach Big Bang, in der stellaren Epoche, die weiterhin anhält, sich in den Galaxien die Sterne bildeten.« Ich strahlte Brian an.

»Wärst du gern Astronaut geworden, Alex? Als Astrophysiker hättest du gute Karten gehabt.«

»Nicht mit einem so kaputten Körper!«

Da sah ich Brians erstaunte graue Augen und begriff, dass ich mehr von seinen Geschäften wusste, als er von meinen krummen Beinen und der schiefen Hüfte.

»Anders als Sven bin ich mit dem Leben davongekommen, ungeschoren aber nicht«, sagte ich, ohne die Frage abzuwarten. Und ohne weiter aufzuklären. Brians Augen verkleinerten sich. Er fragte aber nicht nach.

»Sterne entstehen durch Zusammenschluss und Verdichtung von Materiewolken, die unter dem Einfluss der Schwerkraft im Inneren schließlich derart heiß werden, dass sie zu leuchten beginnen und per Kernfusion aus Helium- und Wasserstoffkernen schwerere Elemente bilden: Aus drei Heliumkernen zum Beispiel Kohlenstoff – hoch bedeutsam für organische Moleküle – aus zwei Kohlenstoffkernen Magnesium, und so fort. Bis dieser Vorgang beim Eisen angekommen ist. Eisen ist quasi der Esel unter den Elementen, störrisch bis zum Geht-nicht-mehr: So gewaltig die thermonuklearen Kräfte in ihrem Inneren sind, Eisenkerne zu Höherem zu bewegen, schaffen auch massereiche Sterne nur, indem sie explodieren. Supernova nennt man sowas.«

Ich holte nach, was mir mein Publikum an Bier voraushatte, und fuhr fort: »Letztlich endeten alle Sterne, denen wir die Bausteine für unsere Erde *und unser Leben* verdanken – man geht momentan von zweihundert Millionen aus –, indem sie explodierten.

Aus ihrem Trümmerstaub entstanden während Äonen von Jahren durch Kondensation Gebilde, die ab ausreichender Masse zu leuchten begannen und somit zu *neuen* Sternen wurden. Wie unsere Sonne! Und aus dem elementreichen Reststaub, der die Sonne umkreiste, bildeten sich Planeten, darunter unsere Erde. Der Mond, so nehmen wir inzwischen an, entstand aus einem Stück der jungen Erde und dem Verursacher der Kollision, einem groben Klotz.« Brian, der Hobby-Astronom, starrte mich bewundernd an, wirkte aber auch – als gelegentlicher Kirchgänger vielleicht – ein klein wenig enttäuscht.

Mit einem Mal wurde mir anders zumute – ich dachte an meinen Vater, an Sven. Gleich darauf trat Gert Reimers ins Bild und für einen Planckzeit-kurzen Augenblick hatte ich den Eindruck, als haute er mit seiner Axt den Mond aus der Erde heraus. Ich wollte ihn schon zu seiner bildhauerischen Leistung beglückwünschen, schließlich ist der Mond in allen Phasen schön, da hatte sich das Bild zerbröselt wie … na, wie jene eigenwillige Banksy-Kreation natürlich.

»Dann bestehen wir Menschen ja aus Sternenstaub!«, weckte mich Brian aus meinem Tresentraum.

»Kann man so sagen«, sagte ich als Experte für vorletzte Fragen und fand wieder in einen Raum zurück, den ich als dreidimensional, also menschlich empfand.

»Und was blieb von all den Sternen, die sich opferten?«

»Gute Frage, Brian, ich sehe, du hast aufgepasst! Nun, von denen geistern nur noch mäßig bedeutsame Reste im All herum – Reste jedoch, die Materie aus der Umgebung zu schnappen und noch etwas kosmischen Krawall zu machen in der Lage sind. Wie jener Supernova-Rest mit dem Namen eines alten Dänen.«

»Und wie heißt dieser Däne?«

»Tycho Brahe. Er kann aber auch ein Schwede gewesen sein.«

»Alter Schwede!«, kam's da aus Brians Mund. Ich fasste es nicht: Wieso kannte ein Ire diesen norddeutschen Spruch?

»Ich hatte mal eine Freundin aus Gadebusch«, erklärte sich mein Guinness-Kompagnon. »Die hatte sich wie Raquel nach hier verirrt. Nur dass sie aus Mecklenburg-Vorpommern stammte und nicht aus der Gegend von Madrid.«

Während ich noch der MeckPomm-Beziehung meines irischen Kumpels nachsann, holte der tief Luft.

»Weißt du, Alex, woran die Reimers in ihrer Sorge um ihr Alter und die Zukunft von Fuchsia House inzwischen denken?«

Ich sah Brian fragend an.

»Sie überlegen, ob es angesichts aller Umstände nicht das Beste sei, dich zu adoptieren.«

Fast wäre ich vom Hocker gefallen. Gerade noch rechtzeitig ergriff ich mein Glas und hielt mich daran fest. Das Einzige, was ich herausbrachte, war ein heiseres »What?«

»Und weißt du was, my friend, sie wollen *mir* die Rolle des Verwalters übertragen – der Person, die sich um alles Nötige kümmert, wenn du nicht verfügbar bist.«

Ich erholte mich allmählich. Einerseits war ich baff, andererseits fühlte ich mich zum ersten Mal ebenbürtig mit Anja. Fuchsia House würde mein Erbe werden, so schien's auszusehen, und ob ich da noch Chef der Sternwarte von Bergedorf werden würde, wäre im Grunde …

Aber war es wirklich, *wirklich* egal? Wollte ich, allein auf Brians Aussage hin, auf meine Sternekarriere verzichten?

Während der künftige Verwalter meines mutmaßlich künftigen Erbes frisches Bier besorgte, dachte ich nach und kam ziemlich schnell zu dem Schluss, die Astronomie-Dozentur weiterzuverfolgen – Erben war eine Sache, Selbstverwirklichung eine andere.

»Zurück zum Thema, Alex: Was wird aus dem Universum, auf Dauer gesehen?«

»Well, Brian«, sagte ich, fast wieder ›im Lot‹. »So gewiss das Universum auseinanderfliegt, so gewiss wird Irland eines Tages zusammengefügt.«

Mein Astronomiestudent hob die Hände, verzog den Mund und sagte: »Hope, you're right, pal.« Doch bereits der nächste Schluck löschte den kurz hochgekommenen Teil der alten irischen Skepsis und löste weitere Fragen an den Weltallkenner vom Kontinent aus.

»Wie muss ich mir Schwarze Löcher vorstellen, Alex? Und die dunkle Materie hätte ich auch gern erklärt.«

¡Hombre!, mit Iren im Pub bist du besser auf alles gefasst! Das Thema der Schwarzen Löcher ging ich widerstrebend an.

›Auf die Erhellung der Dunklen Materie würde Liebhaberastronom Kelly verzichten müssen‹, dachte ich. Was sollte ich ihm von etwas erzählen, das wissenschaftlich so unausgegoren war?

»Na schön«, begann ich wie ein genervter Lehrer. »Schwarze Löcher können recht klein, aber auch gewaltig sein. Ich nehme an, die Zwerge interessieren dich weniger als die Riesen!«

»Die Riesen!«, sagte Brian grienend sofort und nahm einen passenden Schluck. »Kleinkram ist nicht so mein Ding. Außerdem lässt die Sperrstunde nicht mehr viel Zeit.«

»Also die supermassereichen Schwarzen Löcher, mein Freund, die Sorte, die wir im Zentrum von Galaxien finden, können so unvorstellbar groß sein, dass es dir die Sprache verschlägt.«

»Das Letzte, was es uns Iren verschlägt, ist die Sprache!«

»Ich weiß, Brian, ich weiß. Die Riesen unter den Schwarzen Löchern können aber die Masse unserer Sonne millionen-, ja sogar milliardenfach übertreffen! Vom Durchmesser in Lichtjahren reden wir da noch nicht!«

Im Gesicht meines Ex-Rivalen zuckte es, ich ahnte warum: Brian wusste vor Ehrfurcht nicht, ob er »Holy mackerel!« sagen sollte oder »Holy shit!« Indes, ich hatte nicht mit der Sprachkraft meines Trinkkumpans gerechnet. »Holy cow!« war's nämlich, was ihm diesmal entfuhr.

»Anders als über die kleineren *stellaren* Schwarzen Löcher, denen Supernova-Ereignisse zugrunde liegen, wissen wir wenig über die Entstehung supermassereicher Formen. Was es hierzu an Theorien gibt, ist für einen Tresenschnack zu kompliziert!

Anyway, die Gravitation in *großen* Schwarzen Löchern ist so enorm, dass sie die Raumzeit verbiegt. Das bedeutet: Alles, was sich über den sogenannten Ereignishorizont hinauswagt und zum Zentrum eines Schwarzen Loches hinbewegt, verschwindet darin auf Nimmerwiedersehen. Selbst das Licht findet nicht mehr heraus! Und das gilt alles auch für das Schwarze Loch, das im Zentrum unserer Milchstraße vermutet wird.«

Dann möchte er nicht dorthin, meinte Brian, und ich – als All-Experte – pflichtete ihm nachdrücklich bei. ›Soviel Zeit bleibt gewiss noch‹, dachte ich dann: Ich wollte auf einmal auf weniger Physikalisches, weniger Astronomisches hinaus.

Auf etwas Lebendiges.

»Was hältst du davon«, sagte ich vorsichtig, »wenn ich dir beim letzten Bier davon erzähle, wie das Leben entstand?«

»Allons enfants!« sang mein Trinkkumpan.

Da dachte ich ›Gleich geht's: Hab mal Französisch …‹

»Weiß du, Alex, dass ich mal in Queen's U einen Grundkurs in French Lit belegt habe: Molière, Balzac, Flaubert und so?«

Nein, wusste ich nicht. Ein weiteres Mal war ich von Brian beeindruckt. Jetzt jedoch wollte ihm nur noch die Entstehung des Lebens auf unserem Planeten näherbringen. Und das sollte in der kurzen, uns hier verbleibenden Zeit auf eine so klare, anschauliche Weise geschehen, dass er den Kern der Sache auf Anhieb verstehen würde.

»Die Erde entstand vor ungefähr vier Komma fünf Milliarden Jahren und von der Sonne gerade so weit entfernt, dass sich Leben entwickeln konnte. Die Venus, beispielsweise, umkreist die Sonne zu nah, sie blieb zu heiß, der Mars umkreist sie zu weit entfernt, er wurde trocken und kalt. Am Anfang war die Erde ein Feuerball, bedeckt von einem Ozean aus geschmolzenem Gestein, und statt von frischer Luft, war sie von einer erstickenden Atmosphäre umgeben. Vor zirka vier Milliarden Jahren dann wurde sie hunderte Millionen Jahre lang von Kometen und Asteroiden bombardiert. Neben festeren Substanzen schafften diese erfreulicherweise einen Großteil des Erdwassers heran. Allmählich kühlte sich die Erdkruste ab.

Lebewesen scheint es seit rund drei Komma fünf Milliarden Jahren zu geben, Einzeller zunächst ohne Zellkern, unfähig zur Photosynthese. Hundert Millionen Jahre später gab es Mikroben, die über einen Zellkern verfügten und Lichtenergie zum Bau von Molekülen nutzen konnten.«

Mir war nach einer Pause, doch Brian winkte ab.

»Die Temperaturen lagen jetzt unter hundert Grad Celsius. Die Erde war großenteils von Meer bedeckt, das Leben spielte sich noch ganz im Wasser ab. Aus Vulkaninseln bildeten sich allmählich Landmassen, aus denen unsere Kontinente entstanden. Der Natur gelang es durch unermüdliches Ausprobieren im Laufe von Millionen Jahren, aus den im Meer vorhandenen Substanzen – man könnte auch sagen: Reagenzien – das für die Reproduktion von Lebewesen erforderliche Molekül Ribonukleinsäure zu erzeugen. Die Zellteilung wurde zur Routine, die sexuelle Fortpflanzung stand an.«

Da vibrierte es an meiner Brust. Routiniert zog ich das iPhone aus der linken Innentasche meiner Jacke hervor und schaute aufs Display.

Brian sah mich fragend an, ich nickte.

»Im Augenblick geht's leider nicht. Hier drinnen ist es zu laut und draußen zu kalt. Was hältst du von morgen früh?«

Ich steckte das Handy in die Jackentasche zurück.

Brian wollte noch etwas über die Dinosaurier erfahren und warum es sie nicht mehr gab, doch ich würgte das Thema ab. Er solle sich das von seinen Kindern erzählen lassen, sagte ich, die verstünden mehr davon als ich.

20

So beruhigend flott es nun mit der Sterneschrift läuft, so langsam komme ich mit meinen Notizen voran. Lange Zeit war's umgekehrt: Es passierte was in meinem irischen Leben oder es schwelte was in meinem Germanenhirn, schon hatte ich's meiner Kladde anvertraut! Nun scheint es mir leichter zu fallen und lieber zu sein, alle zehn Finger auf den Tasten des Laptops tanzen zu lassen, als mit den ersten dreien meiner rechten Hand den Stift zu umgreifen und etwas hinzuschreiben. Dabei habe ich, egal wie stummelig mein Stift, wie ungelenk mein Schreiben wirken mag, eine saubere, gut lesbare Schrift. Auf unliniertem Papier sieht sie vielleicht etwas befremdlich aus. Vermutlich hängt meine eigentümlich schiefe Schrift damit zusammen, dass ich in der Grundschule noch an einen jener Lehrer geraten bin, die Linkshänder umerzogen, obwohl längst bekannt war, was das bei zartfühlenden Gemütern für Folgen haben kann.

Ach ja, das Telefonat! Anja war »pissed«, wie man hier zu sagen pflegt, wenn jemand stinksauer ist. Stinksauer, in unserem Fall, weil der Angerufene, anstatt astronomisch, in einer Kneipe zugange war. Stinksauer vielleicht aber auch, weil es ihr nach einem, bauchmäßig gesehen, anstrengenden Tag nach *commitment*, also Festnageln war.

Unser heutiges Gespräch, das ich zur Erhöhung der inneren Stärke im Stehen führte, nahm zunächst einen guten Verlauf. Es hälfe ja nichts, wenn wir uns gegenseitig der Manipulation oder ähnlicher Machenschaften bezichtigen würden, dachte ich aus Gründen reiner Vernunft. Ich wappnete mich innerlich und erwartete die Darlegungen meiner Partnerin der letzten elf Jahre.

»Alex, es wird langsam Zeit, dass du Butter bei die Fische tust! Mit jedem Zentimeter Bauchumfang mehr will ich deine Entscheidung hören. Ob du es willst oder nicht, du *bist* der Vater dieses Mädchens – nicht irgendwer in Dänemark! So war's von Anfang an gedacht: Der Vater ist nicht der Spermienlieferant. Es ist diejenige Person, die der Mutter hilft, ihr Kind aufzuziehen und die Person, die das Kind idealerweise unvoreingenommen liebt. Unserem Kind wird's gut gehen, sofern du dich zu ihm bekennst! Es wird nie einen anderen Menschen zum Vater haben wollen! Nochmal: Auf Vigga ist absolut Verlass, und dass die Reimers irgendwann mal meinen Eltern reinen Wein –«

Mir wurde schwummrig, fast schon flau. Trotz tapfer gekreuzter Arme verspürte ich eine Schwäche in beiden Beinen und eine Leere in meinem Kopf! ›Eine taube Nuss bist du, Alex, weiter nichts‹, dachte ich so kalt und lieblos, wie ich's oft zu mir bin. Praktisch zeitgleich ging mir durch meinen offenbar spitzfindig gestimmten Kopf: ›Wieso wird eine Nuss ohne Inhalt taub genannt? Ganz leer ist sie nicht, und wenn sie tüchtig geschüttelt wird, macht sie ein Geräusch. Und weil meistens Ohren zugegen sind, klingt das um einiges lauter als der Big Bang.‹ Noch so ein Ding der deutschen Sprache, die schon beim Komparativ ihre liebe Not mit der Logik hat!

»Anja Schatz«, hörte ich mich mit einem Mal sagen. »Ich gebe zu, die Ultraschallbilder haben mich irgendwie tief …«

»Irgendwie, irgendwie! Wie tief ist man denn von Bildern eines Babys im Mutterbauch berührt, wenn man sein Empfinden mit dem schwammigsten Adverb unserer Sprache verziert?«

Ich fühlte mich unverstanden.

»Alex, antworte mir!«

Ich wollte etwas sagen, zu meiner Verteidigung wie auch sonst, brachte aber nicht mal ein mutiges Stammeln hervor.

»Alex? Hat's dir die Sprache verschlagen – oder was ist los?«

Ja, mir hatte es die Sprache verschlagen. Auch meine Laune war plötzlich *irgendwie* dahin.

»Alexander, ich höre!«

Wow, da ging's auf einmal wieder, ich bekam Zugriff auf das Wörterbuch in meinem Kopf, auch auf alle Muskeln, die zum Sprechen nötig sind. Ob es das kurze A, das stimmlose velare Frikativ (x) zwischen dem irischen (ale) und dem griechischen Teil (ander) meines Namens war oder nur das Faktum, ihn aus Anjas Mund *vollständig* zu hören, kann ich nicht mehr sagen.

Ihr staunt, dass mir phonetische Begriffe wie »Frikativ« so flott aus dem Bleistiftstummel fließen? Habt ihr denn noch nie Tante Google zu Rate gezogen, wenn's ums Aufspoilern der Schriftsprache ging? Laptop oder PC-Standgerät müssen dazu nicht mal eingeschaltet sein, Smartphone genügt.

Oje, erneut abgeschweift … Eure Nachsicht rührt mich fast so tief wie das kleine Mädchen in Anjas Bauch: Ich sei drauf und dran gewesen, meine wiedergefundenen Wörter zu verwenden, höre ich euch mit Recht flüstern.

»Anja Godenberg, mir ist durchaus nach Vaterschaft«, sagte ich mit neuer Kraft, in der Stimme wie in den Beinen. »Ob es aber die von dir so überzeugend angetragene Rolle sein wird, weiß ich noch nicht.« Ein Stimmchen hatte es nämlich gerade, irgendwie, in mein Hirn geschafft: Gab's Starbucks auch in Madrid und dessen Umgebung?

»Welche Form könnte es denn sonst noch sein?« kam es bissig vom anderen Ende der Funkverbindung.

Das Stimmchen war bald verstummt, hatte aber eine Tonspur hinterlassen. Waren die Katalanen so etwas wie die Nordmänner der Iberischen Halbinsel? Wie weit war's überhaupt bis in die dortige Provinz? Und hatte R. eine Freundin von Vigga-Format? ¡Alto!, was dachte ich da überhaupt? Niemals würde meine Nachbarin in Fuchsia House einem derartigen Vorschlag folgen. »Yo quiero la cosa real« würde sie ohne zu zögern sagen. Zögern, das tat im Augenblick nur ich, denn in Bergedorf, Germany, wartete eine Person im Mutterschutz, die lieber eine positive Antwort als mein Ich-weiß-nicht bekommen hätte. Und die gewiss auch nicht unbegrenzt geduldig zu warten und ins Handy zu lauschen gewillt war.

»Was ist, Alex? Kannst du nicht oder willst du nicht?«

»Ich frage mich weiterhin, ob ich so ein Vater sein will. Hab Geduld mit mir, Anja Schatz, ich bitte dich!« Ich fühlte mich fast wieder so schwach wie zu Beginn unseres Telefonats.

»Ewig kann und werde ich nicht auf deine Antwort warten!« Anja klang scharf, aber nicht im Geringsten resigniert. Wie eine Norddeutsche im letzten Drittel ihrer Schwangerschaft halt.

Astrophysiker experimentieren nicht wie Physiker, denen es schnuppe ist, was sich am Sternenhimmel tut. Einige von ihnen denken und rechnen primär, wenige andere verschanzen sich im Labor und basteln an Molekülen, die es hernach im Universum nachzuweisen gilt. Die meisten beobachten, messen und analysieren. So gewissenhaft wir aber nach oben und dadurch nach *außen* schauen, so liederlich ist unsere Introspektion.

Entsprechend habe ich mir nach dem stressigen Telefonat Gerts Mountainbike geschnappt und bin solo nach Mullaghmore geradelt. Neben dem Weg dorthin gibt es in dem stillen Dorf, wie ihr wisst, ausreichend Stellen, wo einer den Blick nach innen richten kann. Zum Ausgleich immer mal wieder das Meer oder die Wolken betrachtend, habe ich mich im Verlauf zweier Stunden von den

Klippen nördlich von Classiebawn um Mullaghmore herum über den Strand und zurück in die Quay Bar des euch bekannten Hotels vorgearbeitet und mich dort so etabliert, dass ich's ruhig und den Benbulben, als Mahnung wie als Gedächtnisstütze, im Augenwinkel hatte. Nach einem Räucherlachs und der Hälfte eines Guiness vom Fass fand ich zurück in den Strom der Gedanken, zum Bleistift aber erst spät in Fuchsia House.

Was bedeutet mir Anja? Was Raquel? Keiner von beiden vermag ich zu dem verhelfen, wonach sie sich sehnen. A. hatte Konsequenzen gezogen, war aber bereit, meine Partnerin zu bleiben. Und obwohl wir noch miteinander schliefen, hielt R. womöglich insgeheim längst Ausschau nach einem Mann mit lebendigeren Hoden. Brian war out, beruhigte ich mich; denn der schleppte mehr Altlasten als ich mit sich herum.

Das Stimmchen, ihr erinnert euch, meldete sich erneut und riet mir, im Kopf zu jonglieren. Mit etwas Bier im Bauch geht Jonglieren meist besser als ohne, mit viel dann nicht mehr so. Drei Bälle genügten, übertreiben wollte ich's auf keinen Fall. Klappte auf Anhieb, also besser als gedacht! Zwei Bälle in der Luft und den dritten in der Hand, war das die Lösung? Aber was bedeutete der dritte Ball? Und wie lange würde es mir gelingen, verlustfrei zu jonglieren?

Ich nahm einen großen Schluck und gab das Jonglieren auf. ›Klarer denken, Freundchen!‹ dachte ich.

›Sie hat mir sehr, sehr weh getan‹, dachte ich bald so klar, wie es nach einem ganzen Pint Guinness geht. Dachte dann aber auch: ›Ist es gut, sich an Kränkungen zu erinnern, immer aufs Neue wiederzukäuen, was einem an Hässlichem widerfahren ist?‹ Bahnten sich so nicht Wege im Gehirn, die es mit der Zeit zu Endlosschleifen brächten wie ein nervenfressender Tinnitus? Da war's gewiss besser, die Dinge zu nehmen, wie sie sind.

Den Autobahn-Crash hatte ich nun doch auch im Griff!

Wäre es jetzt sinnvoll, euch zu erzählen, wie ich Anja kennengelernt habe? Vielleicht.

Nein, nein, mit diesen Unterrichtscontainern auf dem Gelände der Sternwarte hatte das nichts zu tun: Der reine Zufall hat uns in der gleichen, sehr schönen Umgebung zusammengeführt. *Zusammen* in dem Sinn, der euch interessiert, waren wir schon fünf Jahre, als die Montessori-Schule gegründet wurde und dort eine Stelle mit Anjas Berufsprofil und Interessenslage entstand.

Der Benbulben schaute mich aus der Ferne an, als wollte er mich an Raquel García Romero erinnern. Dabei war ich mit meinen Gedanken noch bei der Grundschullehrerin G., also bei Sachverhalten, die mir im Augenblick bedeutsamer erschienen: Anja könnte sich einem anderen Mann zuwenden, einem, der es aus altruistischen oder egoistischen, folglich nachvollziehbaren Motiven akzeptierte, was war oder was kommen würde. Und der es erforderlichenfalls »brächte«, wie ich es nie »bringen« könnte. Ja, krasser noch: Finanziell abgesichert wie sie war, könnte Anja ganz und gar auf den Beistand von Männern verzichten. Vigga wäre nah und ich infolgedessen nötig wie ein Weisheitszahn.

Der Benbulben schaute mir weiter eindringlich ins Gesicht. ›Okay, you win, alter Tafelberg!‹

Ja, und wie groß war eigentlich meine Liebe zu Raquel? War sie mehr als eine Zuneigung, die dem Zufall und einigen Umständen geschuldet war? Wie würde ich mit der Deformierung ihrer Brüste umgehen? Gestünde ich der verwundeten Spanierin, dass ich um ihre Narben weiß? Würde ich ihr zur ästhetischen Korrektur raten, jetzt, da sie Fearghus' Finderlohn als Finanzierungsmöglichkeit hätte? Verstand ich überhaupt, was *sie* sich vom Leben erhoffte? Wäre ich notfalls bereit, auf meine Karriere zu verzichten?

Der Benbulben kam mir jetzt wie immer vor, offenbar hatten ihn meine Fragen zufriedengestellt. Mit Blick auf meine Beziehung zu Raquel waren es aber die Antworten, die auf lange Frist zählten. Und an denen mangelte es mir nach wie vor.

Für die anderen Fragen benötigte ich weder einen Tafelberg noch einen Staatsanwalt: Lassen sich elf durchaus glückliche Jahre so leicht vergessen? Ist es nicht die liebevollste Form einer Beziehungstat, den eigenen Traum von Mutterschaft bei fehlender Aussicht auf »dänische« Weise zu regeln?

Doch wie »spanisch« käm's Anja vor, wenn ich sie an ihre Aussage erinnern würde, dass es in einer echt freien Liebesbeziehung einen weiteren Menschen geben könne, weil die wahre Liebe eben auch die Sehnsucht respektiert, die sie nicht versteht?

Und zudem: Würde ich der werdenden Mutter A.G. rundweg beichten, was mir in Sligo widerfahren war? Wäre ich, als designierter Vater eines Mädchens, mutig genug, von meiner hiesigen Liebe zu berichten?

Was ist Liebe überhaupt, kann jemand mit meinem Beruf sie angemessen beschreiben? Ist Leuchtkraft bezeichnender als Temperatur? In Romanen bin ich gelegentlich auf »heiße Küsse« und »vor Liebe strahlende Augen« gestoßen, ohne dass mir die Maßeinheiten vermittelt worden wären. Auch von »tiefer Liebe« habe ich gelesen, dabei aber stets den Eindruck gehabt, nur irdische Tiefen (Brunnen, Schluchten, Ozeane) und nicht die Tiefe des All-Raums hatten zu der Formulierung inspiriert. Verschiedentlich war im Kontext mit Liebe auch die Rede von Explosion oder Fusion gewesen – Verschmelzung von Leibern zu neuen Kernen beziehungsweise Reaktionen im Supernova-Stil. In der einen oder anderen Liebesbeziehung *vor* der zu Anja (ich verlasse kurz den Notizjargon zugunsten des rein beruflichen) war ich sogar Schwarzen Löchern begegnet! Zum Glück hatte ich mich nie über deren Ereignishorizont hinaus vorgewagt. Hätte ich das getan, schriebe niemand hier dieses Zeug.

Außer von Liebe mit ihren diversen, keineswegs überall auf der Welt akzeptierten Spielarten, habe ich in Romanen (mehr freilich anderswo) von gutem und schlechtem Sex gelesen. Gut war Sex für die meisten Menschen demnach, wenn sie sich nach dem Akt, wie immer der vorstatten ging, entspannt und zufrieden fühlten. Schlecht war Sex …

Na, wisst ihr selbst, nicht wahr?

Von Submission, Unterwerfung, war hin und wieder auch die Rede gewesen, jedenfalls in Romanen, die mir in Airports in die Hände gefallen sind. Oder auch von Dominanz! Zahllose Schattierungen der angeblich fadesten Farbe der Welt haben mich jedoch Folgendes gelehrt: Wäre dem Anstrich irischer Fassaden, speziell deren Anteil aus Holz, nicht etwas Grau beigemischt, es sähe hier grell und kitschig aus.

Ich schaue aus dem Fenster meiner Klause, die Dunkelheit rückt heran. Der Benbulben zieht nun ein Gesicht, als wollte er mich an meine Verantwortung in Fuchsia House erinnern, ja in Sligo, Town und County, insgesamt.

Mir kommen Fragen, die ich nicht gleich beantworten kann: Was würde ich tun, kehrte ich Bergedorf den Rücken und bliebe dauerhaft hier? Wovon würde ich leben, würde ich aufhören bei meinen Ersatzeltern zu schmarotzen? Wäre es vernünftig, Gerts Vorschlag aufzunehmen und auf dem Hügel nahe dem Strand ein Observatorium *plus* zu bauen? Könnte man etwa in Fuchsia House Astronomie, Heilgymnastik, Reiten, Yoga, Tantra, Flamenco und Ölmassage zu einer holistischen Therapie von Körper und Seele verschmelzen – und zufriedenstellend davon leben?

21

Wie ich als angehender Astronomie-Dozent nur zu gut weiß, können wir Menschen – anders als gewisse Elementarteilchen – nicht mal eben diesen, mal eben jenen Zustand einnehmen. Wir sind komplizierte physikochemische Systeme. Wären wir morgens so, abends so, gäb's ein Problem. Die Welt braucht Konstanz und Kontinuität, doch ist auf das Meiste nur relativ Verlass: Nie und nirgends ist eins und eins stets zwei oder zwei mal drei stets sechs. Aber das habt ihr längst selber gemerkt.

Ich rackere weiter an meiner Sterneschrift, doch Mühsal ist es im Grunde keine mehr: Ich komme voran, als hätte es nie mein Zögern, nie das Verschieben auf den übernächsten Tag gegeben. Mark Twain war mir eine Hilfe in manchen Phasen meiner beruflichen Entwicklung, doch seinen Rat brauche ich nicht mehr. Das Ende meiner Denk- und Sternschriftarbeit ist abzusehen, und das ist einerseits gut, andererseits schlecht.

Wäre es ausschließlich gut, würde ich fröhlich und zufrieden heimwärts reisen und meinem Chef das fertige Manuskript stolz auf den Schreibtisch knallen. So aber empfinde ich es auch ein bisschen schlecht, dass ich bald fertig bin. Denn dann bleibt mir keine andere Wahl, als mich zu entscheiden.

Anja, or Raquel: that is the question. Entweder-oder, wie ich das Wortpaar hasse! Sowohl-als-auch scheint mir die viel fortschrittlichere Philosophie zu sein. Die Dänen, die Dänen, sie rauben mir das Glück …

Zum Glück kriegte ich mich rechtzeitig ein, bevor Ute mit Nachschub an Tinto und Chorizo kam. Meine Ersatzmutter hatte in Sligo eingekauft und dabei wie immer auch an mich gedacht. Statt des redlichen, Zuverlässigkeit signalisierenden Parfüms, das ich kannte wie ein Säugling den Duft der Ammenbrust, roch ich bei unserer Umarmung Schweiß. Das Heranschleppen des »spanischen Sekundärproviants« hatte sie offenbar körperlich angestrengt.

Ute packte die Wurstbündel in den Kühlschrank und stellte die Flaschen auf der Anrichte ab. Neben der letzten, nahezu leeren Rotweinflasche, die dort stand. Ich bedankte mich.

Den Laptop hatte ich, nach Sichern des neuesten Texts, ordnungsgemäß heruntergefahren und zugeklappt. Wir setzten uns einander gegenüber an den alten Küchentisch, dessen warm schimmerndes Holz mir allmorgendlich den Start in die Arbeit erleichtert.

»Kannst du dir denken, Alex, warum ich gekommen bin?«, fing die Herrin von Fuchsia House zu sprechen an.

»Nö«, sagte ich und guckte wie abwesend zum Benbulben hin.

»Tu nicht so unschuldig, Alex, du weißt genau, weshalb ich dich besuche.«

»Okay: Wer Raquel bei den Pferden hilft, wenn ich zurück in Deutschland bin. Andersherum gedacht: Wovon ich hier leben werde, wenn's nach den Plänen des Hausherrn geht.«

»Wir nähern uns dem Kernproblem! Anja oder Raquel, das ist erstmal die Frage, nicht wahr?«

»Okay, wenn du das so siehst.«

»Siehst du's etwa anders?«

›Anja *und* Raquel‹, wollte ich da tapfer sagen, dachte es aber letztlich nur. Man darf nicht alles sagen, was einem von der Zunge springen will, hatte mir meine Mama beim Wechsel von der Grundschule aufs Gymnasium eingeschärft.

»Auch wenn du schweigst, Alex – ich weiß, was dir auf der Zunge liegt. Wir sind hier aber nicht im Orient mit seinem Patriarchat aus Tausend-und-einer-Nacht!«

»An Orient habe ich nicht gedacht!«

»Auch so, wie du es dir offenbar vorstellst, wäre es ein Problem: Anja wie Raquel erwarten vollen Einsatz – und volle Präsenz am jeweiligen Ort!«

›Anja bräuchte einen liebenden Mann bei der Geburt ihres Mädchens‹, dachte ich, Raquel einen, der ihr sanft die Hand hielte, wenn sie nach der Operation im Aufwachraum läge und ihre Brüste wieder so wohlgeformt wären wie die von Penélope Cruz. Für einen allein, da könnte ich noch so hoch motiviert sein, wäre das zu viel: Anders als jenen Teilchen aus dem Bausatz der Welt, wäre es keinem Mann möglich, an zwei Orten gleichzeitig zu sein. Bleibt also nur der Kompromiss!

Doch worin besteht der Kompromiss? Und wäre es klug, mit meinen Ersatzeltern darüber zu diskutieren? ›Besser mit Ute allein jedenfalls!‹ dachte ich. Besser unter zwei weisen Ohren und zwei der unbedarften, vergleichsweise jungen Art.

»Und was mache ich nun?« kam es aus meinem trockenen Mund, als wäre mein Ego soeben von einer Marsexpedition zurückgekehrt.

»Raquel wird Kinder wollen, das spüre ich. Bis dahin kann sie noch einige Jahre warten. Dann aber – in spätesten vier, fünf Jahren – wird sie nach jemandem Ausschau halten, der ihren Wunsch erfüllt.«

›Brian wird dann durch sein mit seiner Scheidung!‹ dachte ich sofort und fühlte mich wie vor den Kopf gestoßen. Mit einem Mal empfand ich Bitterkeit und Zorn.

»Sieh es realistisch, Alex! Raquel kann nicht die Lösung sein. Anja braucht dich und sie akzeptiert dich wie du bist. Menschen kann man nicht behalten wie einen Lieblingsgegenstand. Wir alle leben nur einmal und das macht auch die Besten unter uns zu knallharten Egoisten, wenn's um die großen Entscheidungen geht. Menschen verlassen dich, wann immer ihnen nach Abschied ist. Paradoxerweise behältst du die Liebe nur, wenn du ihren Gegenstand ziehen lässt – aus Liebe, nicht aus gekränkter Eitelkeit.«

›Ute ist mit Svens Verlust besser zurechtgekommen als ihr scheinbar so robuster Ehemann‹, dachte ich abgelenkt. Gleich danach fragte ich mich, wie's mir persönlich ergangen ist: als bester Freund wie als gescheiterter Retter. Einen Moment lang war mir Gert näher als seine Ehefrau, die mir so mitfühlend und verständnisvoll gegenübersaß.

»Verzichten ist nicht gerade meine Stärke«, sagte ich, den Blick kurz hilfesuchend dem Benbulben zugewandt.

»Du musst ja vielleicht nicht *ganz* verzichten.« Ute machte mit Händen und Schultern eine Bewegung, die mir gefiel.

»Wie soll ich das verstehen?«

»Nun, solange du weißt, wo du hingehörst, kannst du Raquel in Liebe begegnen. Vorausgesetzt, sie sieht es selber so, und ihr seht euch hier von Zeit zu Zeit.«

Dieser Vorschlag fand nicht so recht den Zugang zu meinem Hirn, als vielmehr das Verwalterehepaar Kelly-García darin als Bild entstand. Zugleich gewann eine andere Idee an Raum: Ließe ich mich von den Reimers adoptieren, wäre ich hier der Juniorchef! Fuchsia House gehörte in absehbarer Zeit mir und ich zöge mit den Godenbergs gleich.

Alex im Wunderland! Jaja, ihr Lieben, ihr müsst euch nicht wundern, ich wundere mich selbst.

Raquel begegnet mir weiterhin liebevoll, ich kann's nicht anders sagen. Wenn ich sie in der Caretaker-Wohnung besuche, umarmt sie mich, als wollte sie nie mehr von mir lassen. Doch dann wieder lässt sich mich auf eine Weise los, als übte sie Loslassen im Trockenversuch. Die gemeinsamen Nächte bereiten mir weiter Freude, Garanten für Glück und Erfüllung sind sie für uns beide aber nicht mehr. Ob das aus Raquels Wissen um das Manko meiner cojones oder aus bewusster Entwöhnung resultiert, möchte ich um keinen Preis erfahren. Die BHs kenne ich jetzt alle, auch die farblich dazu passenden, modisch moderneren Höschen. Wie ich mich als Mann ohne erkennbares Interesse an »la cosa real«, der blanken weiblichen Brust, empfinde? Madre mía, mir ist völlig egal, wenn die Frau neben, unter oder über mir in Alex from Germany einen auf retro-BHs scharfen Fetischisten sieht. Wichtig ist, sie fühlt sich bei mir wohl. Nach allem, was ihr widerfahren ist!

Mehr als das Kleidungsstück, mit dem Raquel, von mir dazu animiert, das Geheimnis ihrer Brüste wahrt, treibt mich aber die Möglichkeit eines irisch-spanischen Verwalterpaars um. Mehr noch, folgender Gedanke lässt mich nicht los: Gert hat, was die Zukunft von Fuchsia House betrifft, längst Nägel mit Köpfen gemacht! Hinterm Rücken von Ute bestimmt! Denn wüsste die davon, sie hätte es mir erzählt. Vielleicht auch nicht!? Also in Nächten im eigenen Bett, wenn nach dem Feilen an meiner Sterneschrift der Schlaf partout nicht kommen will, kommen mir diverse Befürchtungen. Darunter der grauenhafte Gedanke, Ute sei bei diesen Plänen mit von der Partie. Denn was lässt mich hoffen, meine sonst total loyale Ersatzmutter sei *kein* Teil des Komplotts?

Je näher Brian Kelly an Raquel García Romero rückt, desto wahrscheinlicher kriegt ein Dänenmädchen einen Vater, der es umsorgt, und Anja bekommt den Ehemann, den sie sich wünscht. So ist gewiss *Utes* Plan, möchte ich betonen. Die sucht unentwegt nach einem Kompromiss, einer fairen Lösung des überhaupt ja erst durch Reimers'sche Unbedachtheit entstandenen Konflikts. Mütter machen das so. Mütter kümmern sich! Dies schreibe ich hin für den Fall, dass ihr, ganz wie ich, andere Erfahrungen gemacht habt. Und Gert, dieser letztlich sanfte grobe Klotz, sehnt sich danach, dass es mit Fuchsia House in seinem Sinne weitergeht und er mit

Ute hierbleiben kann. Wer möchte nicht in den eigenen vier Wänden sterben, wenn die Zeit gekommen ist?

Sorry, wieder abgeschweift! Ich sollte mir das abgewöhnen, bevor es Dezember wird. Bis Freund Klapperbein an *meine* Tür klopft, fließt noch viel Wasser den Garavogue River und die Elbe hinab. Bis dahin könnte es mit den geplanten achthundert Seiten noch etwas werden. Denn anders als ihre Adlaten, haben Sternwartechefs alle Zeit der Welt – astronomisch viel davon sozusagen.

Im Tohuwabohu meiner Gefühle ist mir ein perfider Gedanke gekommen, eine Inspiration, die dem tückischen Anteil meines Wesens entstammt: Wie wäre es, wenn ich Brian im Pub von Raquels kaputten Brüsten erzählte? Wenn ich ihn teilhaben ließe an dem Entsetzen, das ich neulich empfand? Würde ihn diese »Enthüllung« dazu bringen, sein eigenes, wie immer geartetes Raquel-Projekt zu stoppen? Meine Chancen seien weit größer als seine, sagt er gern und tut resigniert. Fallen, in die *ich* tapsen würde, sind das nicht; die irische »slyness« ist mir bekannt.

Schlitzohrigkeit kommt hierzulande hauptsächlich im ländlichen Umfeld vor.

›Aber was wäre‹, dachte ich bald, ›wenn ich es wirklich täte?‹ Wenn ich Brian – zynisch berechnend – zum Mitwisser machte, um ihn als Rivalen loszuwerden? Würde ich mich durch Manipulation meines dennoch augenblicklich besten Freundes, verbunden mit Verrat an der Frau meiner schönsten hiesigen Träume nicht ehrlos machen, ja *irreparabel* ehrlos, käme die Sache raus? Mein Wissen um Raquels Versehrtheit ist schließlich etwas, wovon nicht einmal sie selber weiß. Und dieses Geheimnis zu bewahren, so empfinde ich es, ist meine Pflicht! Denn gäbe ich weiter, was ich beobachtet habe, würde Raquel ihr Bild sicherlich korrigieren: Auf einen Schlag wäre ich kein liebenswerter Dessous-Fetischist mehr! Ich hätte alles kaputtgemacht, und mir Schweinehund bliebe nichts weiter übrig, als mich nach Alemania davonzumachen.

Aber, was wäre denn schlecht daran – mal abgesehen von dem zum Ausgang drängenden Dänenkind: Am Leben in einer schönen, großzügigen Wohnung mit super ziehendem Kamin im vornehmsten Viertel des östlichsten Hamburger Stadtgebiets? Am Job an der Sternwarte mit ihren prachtvollen Gebäuden und dem geliebten Teleskop? An dem Volvo, in dem ich mich geborgen fühle, wenn Anja ihn fährt? Nein, schlecht wäre nichts daran. Nur wären die Godenbergs und meine Mama mir einfach zu nah.

Und Anja, höre ich euch lüstern fragen? Tja, hier liegt in der Tat des Pudels Kern! Aus meiner derzeitigen, von Kränkung geprägten Sicht kann ich Anja immer noch schwer von Dänemark und somit den Wikingern mit ihrer Neigung zum Marodieren trennen. Meine Partnerin hat jedoch eine faire Beurteilung verdient! Von Raquel G. zu schwärmen, Anja G. hingegen als graue Maus mit Schändungshintergrund darzustellen, ginge zu weit. Einer Norddeutschen von vorn herein weniger Sexappeal als einer Spanierin zuzugestehen, ist im Übrigen ebenso unhöflich wie falsch.

22

Mein Laptop wirkt eingeschnappt, mein geliebter Tafelberg zeigt mir die kalte Schulter. Ersterer blieb gestern, auch vorgestern zugeklappt, ahnt wohl, dass ich ihn nach meiner Feier der erfolgreichen Schlusskorrektur ein Weilchen zugeklappt lassen werde, und Letzterer wittert (irische Berge sind feinfühliger als Messners Achttausender!), dass ich Sligo demnächst den Rücken kehren werde. Nicht für immer, doch für ungewisse Zeit.

Ich schreibe »Montag, 2. Dezember« so in meine Kladde, als wär's ein errechneter Termin. Normalerweise verzichte ich auf die Angabe des Datums, schließlich handelt es sich bei meinen Aufzeichnungen gerade *nicht* um ein Tagebuch, sondern bestenfalls um aneinandergereihte Skizzen für einen (dicken?) Roman.

Warum ich heute das Datum vermerkt habe, darüber kann ich nur spekulieren. Vielleicht hängt es damit zusammen, dass die Zeit drängt. Es ist ein nordwestirischer Wintertag mit niedrigen, dem Gefrierpunkt nahen Temperaturen. Der Himmel ist teilweise blau, teilweise bedeckt, regnen wird es wahrscheinlich nicht. Die Bäume, Sträucher und Hecken, die ihre Blätter nicht halten konnten, sind inzwischen so gut wie kahl und lassen dadurch manches ans Tageslicht gelangen, was aus ästhetischen Gründen besser verborgen bliebe.

Ach ja, die Sterneschrift! Der wissenschaftliche Text, den ich meinem »geliebten« Mentor und verehrten Chef demnächst mit dem Stolz des folgsamen Zöglings überreichen werde – jener Text, der mir die Dozentur verheißt: Was denn genau das Thema meiner Arbeit sei, hatte mich Brian am

Samstag gefragt, bevor wir – leider ohne Raquel, die fühlte sich nicht gut – zum Feiern meines Erfolgs aufbrachen.

»Das Thema, Brian?« Ich tat, als würde ein Hobby-Astronom wie er intellektuell bereits an der kürzesten Fassung meines Beitrags zur Wissenschaft des Universums scheitern. »Well, ich vermute, mit dem Titel allein wirst du deine liebe Not haben!«

»Verrate ihn mir trotzdem, dann sehen wir weiter!«

Na dann – auf Deutsch: ›Schwarze Löcher, Schrottplätze von Materie, Raum und Zeit‹. In die Sprache der Unterdrücker Irlands über siebenhundert Jahre kannst du dir das selbst übersetzen, German Lit-geschult wie du bist. Ursprünglich hatte ich was anderes im Sinn. Je länger ich aber in Sligo war, desto passender fand ich diese, nunmehr endgültige Form.«

Brian wusste auf ›Black Holes: Salvage Yards of Matter, Space and Time‹ zunächst nichts zu sagen, was bei Iren indes rasch vergeht. »Well …«, sagte er, anders als sonst gedehnt. »Ich bin gerührt! Im Titel deines wichtigsten Schriftstücks den Teil meiner Tätigkeit als Metapher zu verwenden, mit dem ich mein Guinness oder Lager im Pub verdiene, das … das geht mir ans Herz.«

Wir hatten da noch in meiner Sternestube gesessen. Brian stand lachend auf, ging um den Tisch herum und umarmte mich.

Prinzipiell mag ich es, wenn mich jemand umarmt. Es darf auch gern ein Mann sein, sofern mir freundlich gesinnt. Mein Vater, ein eher zugewandter Mensch, hatte die Heilkraft von Berührungen zwar früh erkannt, doch viel zu wenig Zeit fürs Umarmen und Ähnliches gehabt. Dennoch gingen mir sofort misstrauische Fragen durch den Kopf: War dieser Ausdruck großer Freude samt feuchter Augen etwa die irische Form einer captatio benevolentiae, ein berechnendes Haschen nach dem Wohlwollen des künftigen Juniorchefs? Und was wusste Brian Kelly – Stichwort Gadebusch – von deutscher Bürokratie?

¡Alto! Welche Art Schriftstück demnächst wichtig werden könnte, wusste ich doch selber nicht! Wahrscheinlich übertreibe ich. Ich stand zwar bereits mit einem Bein in Bergedorf, doch ganz sicher, dass ich das andere Bein bald nachziehen würde, war ich mir immer noch nicht.

Bevor wir uns aufmachten – der Plan war, erst zum Lower Lough Erne zu fahren, dann zum »Fiddlestone«, einem urigen Pub in Belleek –, erfreute ich Brian mit der Geschichte der Gentlemen-Astronomie im Irland des neunzehnten Jahrhundert, als es manchen gebildeten Müßiggänger auf der Grünen Insel gab. Falls Gert weiter einverstanden ist, könnte es mit der kleinen Sternwarte am Meeresrand vielleicht doch noch was werden, säuselte ich mir selbst zu. Die wäre zwar hauptsächlich für Brian da, würde aber auch mir, wenn ich hier wäre, zur Verfügung stehen. Und die könnte dann – gemäß Utes Wunsch nach einer Begegnungsstätte für Kinder aus aller Herren *und Damen* Länder in Fuchsia House – eine bedeutsame Rolle spielen. Denn trotz aller Bündelung der sichtbaren Strahlen aus dem All: Nichts erweitert jungen Menschen den Horizont so verlässlich wie der Blick durchs Teleskop eines gut ausgestatteten Observatoriums.

Doch kurz noch zu jenen gelehrten Hobbyastronomen während der Zeit des United Kingdom of Great Britain and Ireland und den gegenwärtig mir auf den Nägeln brennenden Weisheiten über Sterne und Schwarze Löcher, die ich an Brian weitergab – mit etwas mehr Zeitaufwand freilich als hier an euch.

Von Colonel Cooper und seinem Adlaten Graham, die zu Lola Montez' Zeiten auf Makree Castle ein Observatorium betrieben, das in der gleichen Liga mitzuspielen in der Lage war wie die einschlägigen Einrichtungen berühmter Universitäten, habe ich erzählt. Es gab indes, was Brian überraschte *und motivierte*, weitere bedeutende Hobby-Astronomen. Dem Republikaner K. vorzuenthalten, dass die allesamt englische

Namen trugen und auch keine Sorgen hatten mit ihrem täglichen Brot, wäre herzlos gewesen. Ich nenne hier allein die wichtigsten Observatorien neben Makree, googelt es selber, wenn ihr mehr wissen wollt: Birr Castle, County Offaly, mit dem damals größten Refraktor-Teleskop, dem sogenannten Leviathan von Parsonstown, Daramona Observatory, County Westmeath, sowie, im County Galway, das Sherrington Observatory. Das Armagh Observatory, bis heute in Betrieb, entstand 1790, während der Regentschaft Georges III., des ersten Königs im Vereinigten Königreich.

»Sterne gibt es seit rund dreizehn Milliarden Jahren«, ließ ich Brian auf der Fahrt zu seinem künftigen Landsitz wissen. »Sie kommen und gehen, ganz wie wir Menschen. Wir Astronomen sprechen daher von Generationen: erste, zweite, dritte und so fort. Und was die Schwarzen Löcher betrifft: Da wird gerade eifrig geforscht, denn vieles harrt der Klärung. Neuerdings nehmen wir an, dass sie mitverantwortlich für die Entstehung des Lebens sind.«

Der gesamte Lough Erne, auch dessen unterer, dem Atlantik nähere Teil dieser seeartigen Erweiterung des Flusses Erne, liegt im Herrschaftsgebiet der Queen. Wer im Auto von der Republik her kommt und die Straßen- und Nummernschilder ignoriert, dem entgeht der Grenzübertritt bei Brian Kellys Heimatort: Auf den ersten Blick wirkt die Grüne Insel nämlich auf den Fremden wie die Einheit, die sie nicht ist. Es fehlen Zoll- oder Grenzhäuschen und die Landschaft Ulsters ähnelt weitgehend der im fünfmal so großen Rest.

Brian, dessen Fahrweise mir, Pille-bezogen gesehen, mehr und mehr entgegenkommt, parkte seinen allradgetriebenen SUV ein Stück weit entfernt von seinem künftigen Domizil (und dem von Raquel?). Er wiederholte, als wir seewärts gingen, was ich längst wusste (also auch ihr wisst, sofern ihr aufgepasst habt), dass nämlich zwar der Großvater das Grundstück gekauft habe, doch erst der Vater, Anfang der siebziger Jahre, in der Lage gewesen sei, ein Ferienhaus darauf zu bauen. Mit eigener Hand plus der uneigennützigen Hilfe gleichgesinnter Freunde. Und nur mit Latrine! Zu einem echten Klo und einem Bad mit Wanne, Dusche und so habe das Geld nicht gereicht.

»Feckin' bastards!«, rief Brian, als wir näherkamen, und meinte die Leute, die hoch und heilig versprochen hatten, den Aushub für den Keller vor dem Winter zu erledigen. Der Aushub war zwar begonnen worden, doch nur zu drei Vierteln zu Ende gebracht.

»Vor November wollten sie fertig sein. Jetzt ist Dezember, verdammt noch mal! Selbst in diesem milden Klima gibt es hin und wieder Frost.«

Mein Freund trat gegen einen herumliegenden Plastikeimer, sodass dieser meterweit flog.

»›Ich will genauso einen Keller haben wie die Leute auf dem Kontinent‹, habe ich denen *vor Monaten* gesagt!«

Hier bedarf es einer Erklärung: Keller, wie es sie auf dem europäischen Festland gibt, sind in Irland rar. Der künftige Verwalter von Fuchsia House träumte von keinem der hiesigen Bungalows, er träumte von einem vollständig *unterkellerten* Haus, das sonst hingegen so irisch wie möglich sein sollte.

Nachdem Brian sich wieder eingekriegt hatte, sahen wir uns die Grube näher an. Der Boden war stellenweise wasserbedeckt, es lagen oder standen ein paar Schaufeln und Spaten herum.

»Feckin' bastards!«

Brian, sollte man ebenfalls wissen, ist ein ordentlicher Mensch. In seinem Fourwheeler, den er beruflich braucht und kürzlich so hat umspritzen lassen, als wäre nun immer Saint Patrick's Day, liegt nie was herum; was er besitzt, das hält er in Schuss – Werkzeug achtlos herumliegen zu lassen, käme ihm nie in den Sinn. Ein klein wenig ähnelt der von Frau und Kindern getrenntlebende Nordire aus Belleek dem Deutschen, der ihn, allem Zwiespalt zum Trotz, zur Heimatbaustelle begleitet hat.

»Holy Mary, what is this?!« Brian zeigte auf eine Stelle der Grubenwand, die ein paar Meter unterhalb der Kante lag. Ich rückte das Horngestell auf meiner Nase zurecht (ohne Brille bin ich draußen hilflos, gestehe ich hier) und sah ein schwärzliches Gebilde, das aus dem Erdreich lugte, als wollte es jeden Augenblick den Rückzug antreten.

»Ich dachte die ganze Zeit, dass so etwas irgendwann auftauchen würde! Vor ein paar Jahren habe ich daher schon die Latrine leeren und mit Erde auffüllen lassen«, sagte Brian perplex.

Meine Neugier wuchs, ich spürte mein Herz.

»Well, lass mich nachsehen, was mein Vater da begraben hat. Falls dir gerade diese Frage kommt: Nein, Alex, ich wundere mich nicht!«

Mit Hilfe einer aus Stäben und Stangen gezimmerten Leiter, die herumlag wie das Handwerkzeug, stieg Brian in die Grube hinab, ohne auf seine Kleidung und seine Hände zu achten.

Unten angekommen, griff er sich einen Stein und löste damit das vorwiegend aus Kunststoff bestehende Ding aus der Wand. Wie ein Kind, das einem Archäologen bei der Freilegung einer Statuette zusieht, verfolgte ich den Vorgang. ›Auf Streedagh wäre auch noch einiges freizulegen und zu bergen‹, dachte ich.

Als Brian wieder oben war und das kompakte Plastikteil vor uns auf einem Holzstuhl aus dem abgebrochenen Ferienhaus lag, sahen wir schweigend zunächst das Objekt, dann einander an.

Nein, was da vor uns lag, hatte nichts mit Spanien und den beiden Philips (oder Felipes) mit ihren verrückten Invasions- und Eroberungsplänen zu tun. Es war etwas, das Irland betraf. Außerdem den Herzog von Edinburgh, den Prinzen von Wales und, last but not least, Ihre Majestät, die Queen:

Bei dem Objekt, das nach Reinigung mit Tempotaschentüchern aus meinem Bestand so gut wie neu zu glänzen begann, handelte es sich um ein Fernsteuerungsgerät für Modellflugzeuge, wie es sie in den Siebzigern gab – eins der leistungsstärksten sogar. Das erkannte ich aber nicht selbst, das erklärte mir mein irischer Freund. Ich verstehe was von Radioastronomie, von Radio-controlled model-airplanes aber keineswegs genug, um mit einem Blick auf ein Gerät beurteilen zu können, wie weit der integrierte Sender reicht.

Brian steckte seinen Fund in eine Plastiktüte, die er – sorgfältig gefaltet – im Kofferraum des Wagens fand und legte das Ganze dann hinter den Beifahrersitz. Er tat dies auf eine so bedächtige Weise, als handelte es sich um die Asservierung eines Beweisgegenstands. Irgendwie war es mir aber auch, als beobachtete ich ein Ritual. Obgleich, mein irischer Freund kam mir fast mehr wie ein geprügelter Hund denn ein exorzierender Druide vor.

»Jetzt denk nicht, Alex, mein Vater hätte mir meine Neugier mit Prügeln ausgetrieben. Nein, er hat mich nur daran gehindert, ihm beim Basteln zuzusehen. Jungen wollen wissen, was ihre Väter tun! Wie zurückgesetzt ich mich durch seine Geheimniskrämerei fühlte, ist ihm entgangen. Mit ihm an was Kompliziertem, vielleicht sogar Verbotenem zu bauen, hätte mir als Junge Spaß gemacht und gutgetan.«

Brian senkte den Kopf und schwieg.

Ich verkniff es mir, ihn mit Fragen zu bedrängen.

»Falls du es genau wissen willst, Alex«, fuhr mein Freund, den Kopf noch gesenkt, nach einer Weile fort: »Nein, dieser Fund enthüllt nichts, was ich nicht befürchtet hätte. Jetzt aber *weiß* ich mit der Gewissheit, die hier überhaupt möglich ist, was die Rolle meines Vaters beim Anschlag in Mullaghmore war.«

Er hob den Kopf und sah mich aus traurigen Augen an. Da nahm ich ihn in den Arm, und der große, ungeschlachte Mann legte seinen Kopf an meine Schulter und fing zu weinen an.

Als es ihm etwas besser ging, meinte Brian, *ich* solle den SUV fahren. Ich besäße keinen Führerschein, gestand ich ihm da. Mein Freund schaute mich an und sagte bewundernd, damit sei ich der Entwicklung weit voraus.

Brian fuhr dann aber doch so sicher, dass ich mich an keinem Punkt der Fahrt dazu genötigt sah, zu meiner Pille zu greifen.

»Bevor wir im Pub einfallen, Alex, will ich unbedingt das verdammte Funkgerät loswerden«, sagte Brian, äußerlich wieder der alte, noch vor Belleek. Wir fuhren an dem gespaltenen Dorf vorbei und nahmen bei Ballyshannon die N15 nach Donegal. Zwischen Inver Bay und Fintragh Bay – die genaue Stelle verrate ich nicht – warf er das RC-Dings ins Meer. Und so wie ich null Ahnung habe, wie weit solch ein Gerät von einem Hochufer übers Wasser strahlt, war ich erstaunt über die Wurfkraft eines großen stämmigen Iren, dem Gaelic Sports in seiner Jugend geholfen, ja womöglich das Leben gerettet hat.

Während der Rückfahrt fragte mich Brian, ohne den Blick von der Straße zu nehmen: »Wusstest du, Alex, dass die IRA zeitweilig Kaffeemühlen von Bewley's verwendete, um aus Nitratpellets für die Düngung Sprengpulver herzustellen?«

Wusste ich nicht – woher sollte ich auch?

»Und wusstest du, dass sie bei ihren Anschlagsteams vom ›lookout man‹, ›getaway man‹ und ›button man‹ sprachen – von dem mit dem Fernstecher, der das Signal für die Detonation gab; dem, der das Fluchtauto fuhr (und manchmal, wenn's nur zwei Leute waren, auch den Feldstecher hielt) und jenem mit dem Finger auf dem ›roten Knopf‹?«

Wusste ich ebenso wenig. Brachte aber bei mir die Neuronen in Schwung, die stets für Zynismus zu haben sind:

»Mountbutton« fiel mir dazu ein. Doch kaum hatte ich es gedacht *und ausgesprochen*, wurde mir schlecht – kotzübel, um genau zu sein.

Nachdem das jeweils erst Pint Guinness im Fiddlestone vor uns stand (und mein Magen sich beruhigt hatte), zog ich das leicht zerzauste Knatchbull-Buch aus der Jackentasche und schenkte es meinem Freund.

»Zur Feier des Tages!«, sagte ich ernst und wehrte Brians Einspruch mit den Worten ab, die Fakten hätte ich inzwischen im Kopf.

23

Gestern, am 4. Dezember (ich schreibe das Datum leicht beklommen hin) haben die Dinge sich überschlagen: Anja rief mich früh morgens aufgeregt an, nur um mir anzuraten, mit der Reservierung des Flugtickets nicht länger zu warten, wenn ich bei der Geburt unseres Kinds dabei sein wollte. Die Pensionäre mit den Second Homes und dem Wunsch, Weihnachten im »First Home« zu verbringen, hätten sonst alle Sitzplätze gebucht!

»Keine Sorge, meine Liebe!«, sagte ich. »Aer Lingus hatte noch ein Plätzchen in Business frei, und das habe ich mir geschnappt.«

Ob sie gerade wirklich »geschnappt« gehört habe, gar mit »natürlich« davor, fragte mich Anja verwirrt. »Natürlich«, kam es da aus meinem Mund, denn so schnell fiel mir nichts Schlaueres ein. Da hat die Frau, die ich liebe wie keine zuvor – o doch, das gilt weiterhin! –, ganz Norddeutsche, gesagt: »Da bin ich aber froh!« Sie hat's auf eine Weise gesagt, dass ich ein Ausrufezeichen hinzuschreiben mich genötigt sehe. Als hodenschwacher und trödelnder Astronom, dem der Sprung über den eigenen Schatten trotz allem gelungen ist, möchte man sich ein »büschen« gewürdigt fühlen.

Die zweite Sache, die sich seit der Entsorgung von Brians Altlasten ereignet hat, ist folgende: Gert Reimers, der noch nicht ganz begriffen hat, dass er tief drinnen mehr Künstler, als Kaufmann ist, will seine angekohlten Werke jetzt doch der Öffentlichkeit präsentieren: Er plant eine Ausstellung seiner Stelen auf dem Gelände seiner Farm. Ich zweifle keine Sekunde daran, dass die – mit dem Benbulben im Hintergrund – zu einem einzigartigen kulturellen Ereignis in Sligo wird. Bei Leonard Cohen hat's auch geklappt. Fuchsia House sei nicht Lissadell, kommt es ein wenig streng aus dem Off – oder nur aus meinem Kopf? Halt, ihr Lieben, wer behauptet das denn? Fuchsia House ist Fuchsia House und soll nichts anderes sein als eine Begegnungsstätte für junge und jung gebliebene Menschen, die einander mögen und ihren Nachwuchs mitbringen dürfen, soweit es welchen gibt.

Mit noch mehr Schwung als bei seiner Vorstellung der Stelen-Idee, hat Gert – wie von Brian vorhergesagt – gefragt, ob ich nicht sein Sohn und der von Ute werden wolle. Da habe ich geschluckt, doch auch fast umgehend gewusst: Mama wird das so gleichgültig sein wie alles, was ihr Leben nicht »tödlich« berührt. Die Reimers hingegen, so kommt's mir vor, stellen sich darauf ein, noch vor den Feiertagen Ersatz-Oma und -Opa zu sein. Mit anderen Worten: Gert ist auf Utes Linie eingeschwenkt.

›Anja first‹ fällt mir dazu ein und mich überkommt ein Gefühl, das zu gleichen Teilen aus Freude und Wehmut besteht. Mein Hirn lässt mich dennoch weiterdenken: Wo die Schrift nun in trockenen Tüchern, die »Laube fertig« ist, könnte ich ja mal überlegen, wie denn jener kleine Stern heißen soll, den ich so Anfang März, als die Hamburger, dadurch auch die Bergedorfer Kinder Ferien hatten, in unserer Milchstraße entdeckte, ohne es zu wollen. Mein Glück war: Ich hatte mich eines Nachts, am Teleskop und am Bildschirm müde geworden, in der Dosierung von Jacobs Krönung vertan und war danach für ein oder zwei Stunden hellsichtiger als sonst gewesen.

Auch der Name Muriel kommt mir erneut in den Sinn. An den hatte ich schon einmal gedacht, wenngleich nicht ernsthaft, im Zusammenhang mit Anjas Überlegungen. Aber was wäre, denke ich mit einem Mal, wenn die redensartliche Fliegenklappe zum Einsatz käme? Wenn der kleine Stern, bis vor Kurzem die Krönung meiner Karriere, *denselben* Namen erhielte wie das kleine, hoffentlich gesunde Mädchen, das in wenigen Tagen die Welt erblickt, es sei denn, jemand hat sich beim Rechnen vertan. *Muriel Godenberg* klänge nicht schlecht, überlege ich, noch gerührt vom irischen Namen meines Augen-Sterns. Auch mit *Muriel Schilck* gäb's klanglich kein Problem. Bei *Muriel Godenberg-Schilck-Reimers* jedoch, würde das Standesamt die Fassung verlieren und ausrasten.

Oje, mir ist jetzt wie nach einer Überdosis des löslichen Kaffees, auf den man heißes Wasser gibt: Hunderte, vielleicht Tausende Anjas umschwirren mich, so dass ich nicht mehr recht weiß, wie ich den Bleistift in der Hand und meine fünf Sinne beisammenhalten soll. Besorgt lehne ich mich gerade zurück, da hat Gert mich wieder in den orangefarbenen Overall gesteckt, den ich bei der Zaunreparatur trug. Doch jetzt, da ich vom nordirischen »Orange Order« mehr weiß, als ich wissen wollte, wird mir ähnlich schlecht wie nach meiner Verballhornung des Namens Mountbatten: Jedes Jahr in der »marching season« ziehen in Belfast und anderswo in Nordirland »Orangemen« demonstrativ an den Wohngegenden ihrer katholischen Nachbarn vorbei. Und zum Abschluss dieser Aktion wird in der Nacht, die auf den 11. Juli folgt, auf gigantischen Palettentürmen die irische Trikolore verbrannt. Neben einem Konterfei des Bischofs von Rom! All dies zur Erinnerung an eine über dreihundert Jahre zurückliegende Schlacht, bei der Wilhelm vor Oranien, König von England et cetera, den Iren zeigte, was eine protestantische Harke ist.

Kein Wunder, denke ich, dass es auf *beiden* Seiten der irischen Bruchlinie heute noch Leute gibt, die gewillt sind, ihre Brüder und Schwestern zu exekutieren.

Anstatt ihre politischen Ziele zivilisiert zu verfolgen und einen Ausweg aus dem Dilemma allein mit Vernunft, Respekt – und Liebe zu suchen.

Vernunft, Respekt, Liebe: Wie Wörter wirken, jetzt wo ich den Stift wieder besser zu halten vermag!

Was ich noch nicht erwähnt, im Grunde unterschlagen habe: Anja hat dicke Beine, dickere jedenfalls als in den Monaten davor. Bin kein Arzt, wollte auch nie einer werden, doch ein Anschwellen der Beine gegen Ende der Schwangerschaft, soviel verstehe ich dank Internet von diesen Dingen, bedarf der Aufmerksamkeit. Eine Wassereinlagerung ins Gewebe, die das dann akzeptable Maß übertrifft, kann nämlich Vorbote von Krankheiten sein, mit denen nicht zu spaßen ist. Dann ertönt oftmals, das weiß ich aus unserem Bekanntenkreis, das teils ominöse, teils erlösende Wort *Kaiserschnitt*.

Wieder so ein Ding der deutschen Sprache, kommt es mir da sofort! Ist selbstverständlich kein *Kaiser*, der das Kind aus der Gebärmutter »holt«. Es sei denn, die Geburtshelferin ist ein Mann, und der heißt zufällig so. Der Erste, nebenbei, der direkt aus dem Bauch seiner Mutter »geholt« worden ist, soll Julius Caesar gewesen sein. *Sectio caesarea* ist entsprechend die von Ärztinnen wie Ärzten fachsprachlich verwendete Bezeichnung für den heute aus anderen Gründen häufigen Eingriff, der laienhaft gesprochen Schnittentbindung heißt.

Oje, bin wieder abgeschweift, obwohl ich's mir abgewöhnen wollte, ja hab fast so getan, als wäre ich Arzt. In Wahrheit ist es wachsende Sorge, die mich dazu treibt, möglichst viel über vorgeburtliche und geburtshilfliche Dinge zu erfahren. Lange Rede, kurzer Sinn: Man kann eine vor der Niederkunft stehende Frau nicht alleinlassen, ganz gleich wie sie zu ihrem Zustand gekommen ist, wenn man sie seit so vielen Jahren aus der Perspektive eines gemeinsamen Schlafzimmers kennt. Wäre Anja ernstlich krank geworden, Krebs oder so, ich hätte mich ja auch nicht gedrückt! Wer ja zu einer Partnerschaft sagt, muss auch zu dem stehen, was sich im Lauf der Jahre ergibt. Na ja, nicht zu allem vielleicht – angesichts der Umstände, auch mangels Zeit, habe ich die Sache noch nicht zu Ende gedacht.

¡Ay!, wieder an dieser Schallmauer angelangt! So wie die Leute in Ulster Jahr für Jahr zur Zeit der Schlacht am Boyne an jene Grenze gehen, die anstrengungslos weder in den Herzen, noch geografisch je verschwinden wird, so bin auch ich an meine Grenze gegangen. Mit dem Ergebnis jedoch, dass *ich* gewählt, mich also entschieden habe: Ich werde das kleine Mädchen nicht weiter als Frucht eines heimtückischen Überfalls auf mein Ego ansehen, sondern als das einzige Kind, das mir mit Anja möglich war und sein wird. Muriel wird meine Tochter sein – wie sie sonst noch heißen wird, ist mir egal. Auch wenn ich's nicht mehr rechtzeitig nach Hause schaffen sollte, die Godenbergs werden, Vigga sei Dank, nie bezweifeln, dass ich, Alexander Schilck, der Vater ihrer Enkelin bin. Und wenn ihre Tochter kein weiteres Kind bekommt, wird's der Schulstress oder der an der Sternwarte gewesen sein. Aus Autonomiegründen wichtig wäre mir jedoch, das Villenviertel als Wohnort aufzugeben und innerhalb der Hansestadt Hamburg nach Westen zu ziehen.

Moment, mein Handy meldet sich: Bergedorf calling!

An den neuen Klingelton muss ich mich nach »Sphärenmusik« erst gewöhnen: Gestern Abend habe ich das Ding auf »Lullaby« umgestellt.

Bin zurück und notiere, leider sehr gestrafft, den Inhalt des Telefonats; wenn ich nicht bald meinen Koffer und den Rucksack packe, steigt mir auch Ersatzmutter Ute aufs Dach:

»Alex, es drängt, ich brauche dich hier!«

Hey, was ist denn *das*? So knapp, fast militärisch scharf, kam die Kurzform meines Namens noch nie aus Anjas Mund!

»Eine Steißlage wird es Gott sei Dank nicht werden, mein treuer Astronom, ein Sternguckerkind ist aber weiter drin.«

Weiß ich, weiß ich, wollte ich da erst sagen, die meisten Babies drehen sich rechtzeitig vor der Geburt. Doch gutmütig und kulant wie ich von Natur aus bin, sagte ich: »Es *muss* kein Sternguckerkind werden, Anja Schatz, damit *ich* es als meins ansehen und lieben kann!« Und schlaumeierisch, wie ich trotz allem bisweilen bin, dachte ich internet-informiert hinzu: ›Geburtshilflich ist die *vordere* Hinterhauptslage ohnehin die günstigere, statistisch gottlob auch die, mit der du rechnen kannst.‹

Ich lehne mich auf meinem Stuhl zurück und schiele zum Benbulben hin.

24

Zum ersten Mal fliege ich Business. Der Sitz sollte breiter als der in Economy sein, ganz sicher bin ich mir aber nicht. Ganz sicher bin ich mir allerdings, dass (außer mehr Freiheit für lange, lädierte Beine) ein größerer Abstand zwischen mir und dem Sitznachbarn besteht. Trotz des Wohlstands, der auf mich zuzukommen scheint: Mein Herz wird auch weiter für diejenigen schlagen, denen übel mitgespielt worden ist. Für die nächste Generation schlägt es freilich auch. Bis man aber die Schere zwischen Arm und Reich dazu bringen wird, sich zu schließen, statt sich mehr zu öffnen, bis man ohne Diesel und Kerosin von Hamburg nach Sligo kommt, wird es dauern, fürchte ich.

Wie ich guten Gewissens künftig dorthin gelange, wo diese Geschichte begann, kann ich daher leider noch nicht sagen.

Heute ist Nikolaustag, Namenstag jenes Heiligen, der unter anderem Schutzpatron der Reisenden ist. Es ist aber auch der fünfte Wochentag laut Euronorm: Sollte Anja also übermorgen niederkommen, wird's ein Sonntagskind!

Moment, Moment, muss erst mal von der vollschlanken, mich von oben herab anschauenden, auch etwas ungeduldig wirkenden *Flugbegleiterin* (wie's heute offiziell heißt) den Tomatensaft samt dem Salz- und Pfeffertütchen entgegennehmen. Die Bestellung eines weiteren Tomatensafts hatte ich zwischenzeitlich völlig verdrängt. Während ich nämlich diese letzten Gedanken zur wundersamen Reise nach Sligo und dem Yeats-Land notiere, so gut es angesichts der Turbulenz im Luftraum geht, registriere ich kaum, was um mich geschieht.

Jetzt, wo ich dank großer Sitzabstände schreiben kann, was mich in meinem Innern bewegt, gelange ich zur Einsicht: Liebe setzt uneingeschränkte Annahme des eigenen Wesens voraus: Wer sich selbst nicht recht mag, lässt auch ungern andere an sich heran und ist unfähig zur Bindung. Das spanische Verb »querer« fällt mir dazu ein – die Bedeutung von »gernhaben, mögen, lieben« steckt darin.

Als ich gestern den Rucksack packte – der alte Lederkoffer stand fertig im Flur – schreckte mich ein Klopfen am Fenster aus meinen Gedanken. ›Ein herrlich-herrisches Geräusch‹, dachte ich. Raquel trat ein und schaute sich neugierig um, wie sie's nach längeren Besuchspausen jedes Mal tat.

»Ajá, Don Quijote cabalga hacia las estrellas«, sagte sie, als wüsste sie nicht, dass ich auf dem Absprung war.

»Ich *fliege* zu den Sternen«, korrigierte ich sie. »Anders als du, Raquel, habe ich nie Reiten gelernt.«

»Ich kann dafür nicht schwimmen, Alex, *wirklich* nicht.«

»Ich hätte es dir beigebracht!«

»Sligo ist nicht der Ort, wo ich schwimmen lernen möchte – Streedagh Beach war für die Armada-Leute kein guter Ort.«

»Die Costa del Sol wäre geeigneter?«

»Bestimmt! Ersatzweise ein Schwimmbad in Madrid.«

Ich musste an einen fernen Sommer in Salamanca denken.

»Übrigens«, fuhr Raquel leichthin fort, »wenn du willst, bringe ich dich nach Dublin zum Flughafen.«

Da jauchzte es in meinem sonst nur noch »Abschied, Abschied« denkenden Hirn, denn so bekäme ich gleichsam Bonus-Stunden mit der Frau, die mich in Sligo davor bewahrt hatte, in Schwermut zu versinken. Außerdem entfiel auf diese Weise die Gefahr, auf der Zugfahrt durch die irische Provinz auf weitere aficionados der IRA beziehungsweise Vertreter ihres unionistischen, englandhörigen Gegenstücks zu stoßen.

Und nein, ihr Schlingel, wir liebten uns kein letztes Mal. Wir umarmten uns und hielten uns fest. Wie lange genau, kann ich nicht sagen – Lichtjahre lang wäre jedoch ein passender Vergleich.

Heute Morgen, an meinem Abreisetag, knirschte der Kies vor Fuchsia House zur vereinbarten Zeit. Von Ute und Gert hatte ich mich nach einem gemeinsamen Frühstück verabschiedet. Sie waren aus mir unbekannten Gründen in Eile gewesen, vor allem Gert auch etwas kurz angebunden, wie ich fand. Wenn unser Kind da sei und die Dozentur unter Dach und Fach, sähen wir weiter, hatte Ute nur dithmarsch-nüchtern gesagt und mich umarmt. Gert hat es nicht so mit Umarmen, weshalb er's bleiben ließ. Leider machte er – *zu unguter Letzt*, möchte ich sagen – doch noch eine Bemerkung seiner Art. Die ist mir entfallen, woraus ich schließe, dass mein Fell in Sligo ein klein wenig dicker geworden ist.

Wie gesagt, der Kies knirschte, als Raquels SEAT vor meiner Haustür hielt. Raquel wirkte so aufgekratzt, wie ich sie noch nie gesehen hatte. ›Sie wird nicht gleich nach Sligo zurückkehren‹, dachte ich, ›sie wird den Airport-Trip für ein Wochenende in der Hauptstadt nutzen‹. Dann dachte ich: ›Brian!‹ Der hatte mir vor Tagen Slán, also irisch Tschüss gesagt – kurz vor Beginn einer »Geschäftsreise« nach Galway, Cork und Waterford. ›Anschließend düst du über die Wicklow Mountains nach Dublin, alter Schwede!‹

Und siehe da, im Laderaum des Gefährts, mit dem ich aus dem Schatten meines geliebten Benbulben fortgeschafft werden sollte, befand sich bereits ein Koffer. Um mir das Herz nicht schwerer zu machen, verdrängte ich die Entdeckung so gut es ging. Andererseits ging Raquel mit der Angelegenheit auf seltsam lockere Weise um.

Den kleinen roten Wagen fuhr Raquel, als läge irgendwas Schönes, nicht die N4, vor ihr. Ein Wochenende in Dublin beispielsweise, bestimmt mit dem Mann, den ich diesbezüglich schwer im Verdacht … ›Stopp, Alex, lass das Jammern!‹, kam's da aus dem Off. Oder kam's aus einem Hirn, das wieder besser zu räsonieren in der Lage war? Egal, was der genaue Sachverhalt war, ich fand's auf einmal total blöd, mich weiterhin zu quälen. So wenig ich auf Lackstiefel stehe, so wenig bin ich ein Masochist.

Die Fahrt folgte im Wesentlichen dem Verlauf der Strecke, die ich in umgekehrter Richtung Mitte August per Irish Rail genommen hatte. Die Namen der Ortschaften kannte ich zum Teil noch von früheren Autoreisen her. Damals hatte ich regelmäßig rechts, kontinental gesehen »richtig« gesessen; nur im Volvo mit Anja am Steuer konnte ich mich den heranrasenden irischen Kraftfahrzeugen stellen. Jetzt saß ich *links* in einem kleinen Auto, das auf der *linken* Straßenseite fuhr, von meiner Fahrerin indes trotz ihres Rauschzustands umsichtig gesteuert wurde. *Wie immer*, bin ich versucht zu sagen. Kurzum, Angst hatte ich keine, nur diese Weekend-Sorge, wie gesagt.

Normalerweise ist es die Bahn, die Kurven hasst. Zwischen Collooney, County Sligo, und Boyle, County Roscommon, weicht die Trasse von Iarnród Éireann, wie Irish Rail auf Gälisch heißt, bogenförmig aber so weit nach Westen aus, dass man an ein Zerwürfnis mit der Straße denkt. Südlich von Carrick-on-Shannon wird dann wieder alles gut; Asphalt- und Eisenstrang laufen von dort an teils nebeneinander her, teils über- oder unterkreuzen sie sich. Stärkere Bögen treten noch einmal bei Longford auf, doch gleich darauf kehrt wieder Eintracht ein.

Am Lough Owel, dessen Wasser den Royal Canal bei Laune hält, verläuft der Schienenstrang kurzzeitig sogar direkt neben der Fernstraße her. Hinter Mullingar wird die N4 zum Motorway, ändert ihren Namen zu M4 und verlangt streckenweise Maut.

Ihr wartet, ich weiß! Während der langen Fahrt sei gewiss geredet worden, so euer Argument: Über die gemeinsame Zeit, die Gefühle im Augenblick, die Zukunft, solche Sachen.

Nun gut, jetzt wo's nicht mehr allzu lange bis zur Landung in Hamburg ist: Ich greife zunächst mal zu dem Dialogschema, das ihr vom Anfang dieser, *meiner* Geschichte kennt:

Raquel: Du liebst Anja trotz der Sache mit dem Kind?

Alex: *Wegen*, nicht trotz!

Raquel: Und mich?

Alex: Dich liebe ich ebenfalls.

Raquel: Obwohl ich unbedingt Kinder haben will?

Alex: *Weil* du Kinder haben willst!

Raquel: Deine zwei Sorten von Liebe verwirren mich.

Alex: Die zu Anja muss sich bewähren, die zu dir nicht.

Raquel: Wie soll ich das verstehen?

Alex: Die Liebe zu dir wird auf keine Probe mehr gestellt.

Raquel: Verstehe ich nicht?

Alex: Sie hat die Probe längst bestanden!

Raquel: Welche Probe? Verstehe ich nicht.

Alex: Musst du auch nicht verstehen.

Raquel: Hat es etwas mit Brian zu tun?

Alex: Nein, aber warum fragst du mich das?

Raquel: Weil du ihn weiter als Rivalen siehst.

Alex: Du kannst lieben, wen du lieben willst!

Raquel: Ich liebe *dich*, das weißt du genau.

Alex: Aber Brian liebst du auch, nicht wahr?

Raquel: Brian ist ein guter Freund, sonst nichts.

Alex: Aber auch ein Mann, der Kinder zeugen kann!

Raquel: Kinder will ich von dem Mann, den ich liebe.

Alex: Von Gonzalo hättest du sicher gern welche gehabt?

Raquel: Ja, natürlich! Warum fragst du mich das?

Alex: Weil Gonzalo mein eigentlicher Rivale ist.

Raquel: Gonzalo ist tot. Du reist zurück – erinnere dich!

Alex: Ich liebe dich und ich werde dich immer lieben.

Raquel: Sagen alle, die auf der Heimreise sind!

Alex: Aber wir werden uns doch in Sligo wiedersehen?

Raquel: Vielleicht! Dann wirst du mir deine kleine Tochter zeigen.

Alex: Und du mir dein erstes Kind.

Moment, bin gleich wieder da – muss kurz aufs Klo, bevor der Sinkflug beginnt.

Also: Merkwürdig war's dann, dass Raquel ihren für sein Alter gepflegt wirkenden kleinen roten SEAT auf dem Gelände abstellte, an dessen Einfahrt »Longterm Parking« stand. Wollte sie länger als übers Wochenende im quirligen Dublin bleiben? Hatte sie, trotz allem, was mit Brian vor? Ich brachte nicht den Mut auf, sie zu fragen.

Meine Verblüffung wuchs, als mein Gepäck auf dem Asphalt stand – und sie nach *ihrem* Koffer griff.

Da sah ich verwirrt und fragend in ihre dunklen Augen und fand sie ungewöhnlich groß, größer als die von Penélope Cruz. Ebenso musste ich an El Gordo denken und an mich halten. Wie sehr ich litt, sollte sie unter keinen Umständen merken.

»Auch ich fliege nach Hause, Alex! Mein Iberia-Flug geht in zwei Stunden.« Raquel streichelte mein Gesicht.

Und wie das bei Männern der Generation Golf so sind, genoss ich die liebevolle Berührung, blickte aber auch zu dem SEAT hin und fragte: »Und das Auto?«

»Hat mir Brian abgekauft, holt sich sein ältester Sohn.«

»Und all das, was nicht in deinen Koffer passte?«

»Schickt mir Brian per Frachtgut hinterher.«

Ich fasste Mut zu fragen, Raquel antwortete gern.

Sorry, muss diese Geschichte jetzt sehr straffen, mir geht der Platz in der Kladde aus!

Eine gute Freundin aus Alcalá, die bei dem 11M-Attentat glimpflicher davongekommen war, hatte ihr gemailt, in Madrid würden gegenwärtig erfahrene Physiotherapeutinnen mit guten Englischkenntnissen gesucht. Ob sie denn kein Heimweh habe?

Doch, habe sie! – Zu diesem Gefühl habe sie sich aber erst bekannt, sagte sie (ich glaubte ihr aufs Wort), als ihr meine Entscheidung zugunsten Anjas klargeworden sei.

»Und die Sache mit meiner Unfruchtbarkeit?«

»War schwerer für mich als ich sagen kann.«

Da hab ich's für klüger gehalten, nicht weiter zu fragen. Da wusste ich aber auch *irgendwie*, dass ihre Brüste wieder so würden wie vor der Tragödie von 2004.

Am Flugsteig nach Hamburg umarmte ich Raquel García Romero ein letztes Mal. »Te quiero para siempre«, sagte sie lächelnd und küsste mich auf den Mund. Und ich sagte, aus meiner neuen astronomischen Gewissheit heraus, für immer sei lange genug.

Danksagung

Ich danke meiner Lektorin, Sabine Hofbauer, für ihre Sorgfalt und die angenehme Zusammenarbeit. Meiner Frau Helga danke ich – außer für Ihre nie versiegende Geduld – für kluge Kritik und wertvollen Rat.

K.J. Sartor, Jahrgang 1941, ist ein ehemaliger Hochschulmediziner. Obgleich von den Musen früh geküsst, folgte er ihnen lange mehr im Stillen. Der weisesten Muse, Kalliope, zuständig unter anderem für die epische Literatur, verfiel er jedoch erst im Alter ganz. »Irish Blues oder Das ferne Kind« ist sein erster Roman. Der Autor lebt mit seiner Frau in Lübeck und Hamburg.

MICHAEL ZELLER

Abhauen!

Protokoll einer Flucht

»Was alles könnten wir von unseren verrückten Alten lernen!«, findet der Autor Michael Zeller.

In ABHAUEN! erzählt er die letzten zwei Jahre im Leben eines alten Menschen – eines ihm sehr nahen Menschen: der Mutter. Bei diesem bewußten Abschied spürt er den ganz eigenen Verbindungen zwischen allen Eltern und ihren Kindern nach.

Dank Zellers differenzierter Sprache macht die Lektüre von ABHAUEN! durchaus nicht trübsinnig. In ihrer Ehrlichkeit liest sich die Erzählung überraschend leicht und humorvoll.

»Es hat mich selbst gewundert, wie gern ich an dem Manuskript geschrieben habe, sonst hätte ich meine Notizen ruhen lassen. Es war, schreibend, eine Heiterkeit in mir, die sich hoffentlich auch auf einen Leser überträgt.

Poeten lieben das Leben. Und also auch den Tod.“

ISBN 978-3-9824150-5-5

CHRISTIANE GIBIEC

Unruhe

„Unsre Sehnsucht nennt man Wahn und Traum"

Sie war ein unruhiger Geist, die westfälische Dichterin Annette von Droste-Hülshoff. Ihr Leben lang suchte sie nach einer eigenen Identität als Frau und als Künstlerin im Umfeld des münsterländischen Adels, der ihr beides kaum zugestand.

Der biografische Roman von Christiane Gibiec nimmt nicht nur ihren künstlerischen Werdegang, sondern auch ihre Liebesbeziehungen in den Blick, die für die damalige Zeit eigenwillig und ungewöhnlich waren. Zum einen war es die „Affäre Straube", bei der die adligen Verwandten Annettes ihre Beziehung zu dem bürgerlichen Studenten Heinrich Straube mit Hilfe einer bösen Intrige vereitelten. Als Anfang Vierzigjährige verliebte sie sich in den sechzehn Jahre jüngeren Levin Schücking, der sie zu vielen ihrer meisterlichen Gedichte und ihrer Erzählung Die Judenbuche inspirierte. Auch diese Beziehung endete in einem Fiasko.

ISBN 978-3-9824516-7-1

www.rotekatzeverlag.de

KARIN SCHÜLLER

Iwan

Leningrad 1960: An einem frühen Herbstmorgen holen Beamte des KGB den Architekten Iwan Schischkin zu einem Verhör ab. Der befragende KGB-Offizier lässt den Architekten lange im Unklaren über den Grund des Verhörs, rollt aber Iwans Vergangenheit mitleidlos auf.

Im Zentrum des Romans stehen, neben Iwan, sein finnischer Schwiegervater Pekka und die deutsche Arbeiterfamilie Vogelsang. Die Zeit zwischen den Weltkriegen, der Zweite Weltkrieg und die Zeit des Kalten Krieges werden aus sowjetischer, deutscher und finnischer Perspektive gezeigt. In miteinander verwobenen Familiengeschichten spiegeln sich Stalinismus und Nationalsozialismus sowie die Traumata des Zweiten Weltkriegs. Das Leben aller Romanfiguren verändert sich fundamental, wobei Herkunft, Sozialisation und Alter der Protagonisten sehr unterschiedliche Sichtweisen hervorbringen.

Iwan ist ein spannender Roman über Ideologie und Krieg, Tod und Verwüstung, über Unverständnis und Intoleranz, aber auch über die tröstende Kraft von Natur und Kunst und eine große Liebe in der Zeit des Kalten Krieges. Die politischen Hintergründe sind aktueller denn je.

ISBN 978-3-9824516-3-3

www.rotekatzeverlag.de

HEINRICH MANN

Professor Unrat

oder
das Ende eines Tyrannen

Heinrich Mann schrieb seinen Roman „Prof. Unrat" von 1912 bis 1914. Die gesellschaftskritische Satire ist eine scharfe literarische Polemik gegen die politischen Verhältnisse, das repressive Bildungssystem, die Bigotterie und soziale Ungleichheit im Wilhelminischen Deutschland.

Professor Raat, Lehrer am Gymnasium, ist ein besonders strenger Vertreter des Systems und trägt deshalb den Spitznamen „Professor Unrat". Beim Versuch, einem besonders aufsässigen Schüler ein lasterhaftes Leben nachzuweisen, gerät Unrat in ein zweifelhaftes Nachtlokal, im Roman „Der blaue Engel". Hier verfällt der so sittenstrenge Lehrer immer mehr einer Frau, die in der Bar wohl nicht nur als „Barfußtänzerin" arbeitet.

Das Lokal, das auch der Verfilmung mit Emil Jannings und Marlene Dietrich den Titel gab, existierte wirklich. Es hieß in der Realität „Die rote Katze", das Gebäude steht noch heute in der Lübecker Altstadt. In Reminiszenz an Heinrich Mann und die vielen bedeutenden Schriftsteller und Schriftstellerinnen der alten Hansestadt ist unser Verlag danach benannt: Der Rote Katze Verlag, gegründet im Jahr des 150. Geburtstages von Heinrich Mann.

ISBN 978-3-9824150-0-0

www.rotekatzeverlag.de

JESKO WILKE

Rückwärts laufende Hunde

oder

warum ich Gudrun Ensslin zehntausend Mark schulde

Hippies, Festivals, freie Liebe und ein großes Geheimnis, von dem der heranwachsende Joe selbst lange nichts weiß – Jesko Wilke nimmt uns mit auf eine spannende Reise ins Erwachsenenleben.

Ein Meisterkoch, der nicht riechen und schmecken kann? Undenkbar! Außer bei Jesko Wilke, dem ein kultiger Roman über die 70er Jahre gelungen ist.

3-Sterne-Koch Christian Jürgens
Restaurant Überfahrt am Tegernsee

Dieses Buch ist ein Muss für alle, die in den 70er Jahren groß geworden sind und für jeden anderen ebenfalls!

Kai Rake
radio ffn

ISBN 978-3-9824150-3-1

www.rotekatzeverlag.de

JOHANNA FEIL

Träum nicht von Aschenputtel

Träume sind doch nur Träume, oder? Was aber passiert, wenn ein Traum nach dem Aufwachen die Wirklichkeit verändert hat, erfährt die Jugendliche Mira Reiter. Ihr Leben wird gehörig auf den Kopf gestellt – und dann ist es auch noch das Märchen von Aschenputtel, in welches sie zufällig hineingeraten ist…

ISBN 978-3-9824516-5-7

www.rotekatzeverlag.de

URSINA LIEBKE-KÖHRER

Verschollen in Tibet

„Und sie wurde bis heute nicht gefunden?“

Auf einer geologischen Expedition in Tibet verschwindet eine junge Frau spurlos. Jahre später macht sich ein Forschungsteam auf, um die Arbeiten fortzuführen. Als Studentin Mira von der Verschollenen erfährt, ist ihre Neugier geweckt. Schnell gerät der Professor in ihren Fokus. Warum ist er zurückgekommen - aus rein wissenschaftlichen Motiven? Oder hat er ganz andere Beweggründe?

„Verschollen in Tibet“ spielt in der Einsamkeit des tibetischen Hochlandes. Fernab der modernen Zivilisation versucht Mira, das Geheimnis um die vermisste Studentin aufzuklären. Doch kann sie die Wahrheit herausfinden, bevor es zu spät ist?

ISBN 978-3-9824516-9-5

www.rotekatzeverlag.de